I0602529

ଡାକ୍ତର ଦେବ୍

(ଉପନ୍ୟାସ)

ଅମୃତା ପ୍ରୀତମ

ଡାକ୍ତର ଦେବ୍

(ଉପନ୍ୟାସ)

ଓଡ଼ିଆ ଅନୁସୃଜନ :

ଡକ୍ଟର କୈଳାସ ବାଣ୍ଡ

ପ୍ରାକ୍ତନ ପ୍ରାଧ୍ୟାପକ, ଓଡ଼ିଆ

BLACK EAGLE BOOKS
Dublin, USA | Bhubaneswar, India

ଡାକ୍ତର ଦେବ୍ (ଉପନ୍ୟାସ)/ ଓଡ଼ିଆ ଅନୁସୃଜନ : ଡକ୍ତର କୈଳାସ ବାନ୍ଥ

 BLACK EAGLE BOOKS

USA address:
7464 Wisdom Lane
Dublin, OH 43016

India address:
E/312, Trident Galaxy, Kalinga Nagar,
Bhubaneswar-751003, Odisha, India

E-mail: info@blackeaglebooks.org
Website: www.blackeaglebooks.org

First International Edition Published by
BLACK EAGLE BOOKS, 2024

Dr. Deb
by
Amruta Peetam
Translated by
Dr. Kailash Bantha

Copyright © **BLACK EAGLE BOOKS**

All rights reserved. No part of this publication may be reproduced, stored in a
retrieval system, or transmitted, in any form or by any means, electronic, mechanical,
photocopying, recording or otherwise without the prior permission of the publisher.

Cover & Interior Design: S.S. Printers, Cuttack

ISBN- 978-1-64560-579-9 (Paperback)

Printed in the United States of America

ଅନୁବାଦକଙ୍କ କଲମରୁ :

ବିଂଶ ଶତାବ୍ଦୀର ପ୍ରଚଣ୍ଡ ମଧ୍ୟାହ୍ନରେ ମହାମାନବ ମହାମ୍ମା ଗାନ୍ଧୀଙ୍କ ସତ୍ୟ, ସତ୍ୟାଗ୍ରହ ଓ ଅହିଂସା ଆନ୍ଦୋଳନ ନିକଟରେ ଦୁର୍ଦ୍ଧର୍ଷ ବିଦେଶୀ ଇଂରେଜ ବଣିକ ଜାତି ପରାଜୟ ସ୍ୱୀକାର କରିବାକୁ ସମ୍ପୂର୍ଣ୍ଣ ବାଧ୍ୟ ହୁଏ । ସେମାନଙ୍କ ନିଷ୍ଠୁର ଶାସନର ରଥଚକ୍ରତଳେ ଏତେ ବଡ଼ ବିଶାଳ ଜାତି ଦଳିତ, ଲାଞ୍ଛିତ, ଅବହେଳିତ ଏବଂ ଅପମାନିତ ହୋଇ ଯେଉଁ ଲାଞ୍ଛନା ଓ ତାଡ଼ନାର ଶିକାର ହୋଇଥିଲା ତା'ର ସାକ୍ଷୀ କେବଳ ଇତିହାସ । କୁଚକ୍ରୀ ଇଂରେଜ ଜାତି ପାଇଁ ହଠାତ୍ ? ଏତେ ବଡ଼ ପରାଜୟ ଆସିବ ବୋଲି ସେମାନେ କେବେ ବି ସ୍ୱପ୍ନରେ ସୁଦ୍ଧା ଭାବି ନଥିଲେ । କିନ୍ତୁ ସମୟର ନିଷ୍ଠୁର ବିଦ୍ରୁପରେ ମହାକାଳର ତମିସ୍ରା ବୁକୁ ବିଦୀର୍ଣ୍ଣ କରି ସୂର୍ଯ୍ୟଙ୍କର ଆବିର୍ଭାବ ହେଲାଭଳି ହିଂସା, ଅରାଜକତା, ଅସତ୍ୟ, ଦୁର୍ନୀତି ରୂପକ ଇଂରେଜ ଶାସନର ଘନ କୃଷ୍ଣବାଦଲ ଆଚ୍ଛାଦିତ ଆକାଶରେ ସତ୍ୟ ରୂପକ ସ୍ୱାଧୀନତାର ନବୀନ ସୂର୍ଯ୍ୟୋଦୟର ହିରଣ୍ମୟ ଦ୍ୟୁତି ପ୍ରତିଭାତ ହେବା ତା'ଠାରୁ ଅଧିକ ସତ୍ୟ ଓ ବାସ୍ତବ । ଭାରତରୁ ଚିର ବିଦାୟ ନେବାର ନିଶ୍ଚିତ ସୂଚନା ପାଇବା ପରେ ଚତୁର ଇଂରେଜ ସରକାର କୌଶଳ ସହକାରେ 'ଭେଦ' ନୀତି ପ୍ରୟୋଗ କରି ଶାନ୍ତିର ଭାରତରେ ଅଶାନ୍ତିର ଦାବାଗ୍ନି ଜାଳି ଆଉ ଏକ ରକ୍ତାକ୍ତ ମହାସମର ସୃଷ୍ଟି କରିଦେଲେ । ଫଳତଃ ଭାରତ ଦୁଇ ଭାଗରେ ହେଲା ବିଭାଜିତ । ଗୋଟିଏ ହିନ୍ଦୁସ୍ଥାନ ଅନ୍ୟଟି ପାକିସ୍ତାନ । ଏ ସମୟର ସାମ୍ପ୍ରଦାୟିକ ଦଙ୍ଗାର ଚିତ୍ର ଅର୍ଥାତ୍ ବାସ୍ତବ ହିଂସାମୂଳକ ଦୃଶ୍ୟସବୁ ଭାରତୀୟ ସାହିତ୍ୟର ଛତ୍ରେ ଛତ୍ରେ ଅବିକଳ ରୂପେ ପ୍ରତିଭାତ ହୁଏ । ସବୁକାଳରେ ସାହିତ୍ୟିକ ହିଁ ସମୟର ବିଚିତ୍ର ଚିତ୍ରକର, ସମାଜ ଓ ସଂସ୍କୃତିର ଅନନ୍ୟ ରୂପକାର । ପଞ୍ଜାବୀ ଲେଖିକା, କବି, ଔପନ୍ୟାସିକା ତଥା ଭାରତର ସପ୍ତଦଶ ଜ୍ଞାନପୀଠ ପୁରସ୍କାର ବିଜୟିନୀ ଅମୃତା ପ୍ରୀତମ୍‌ଙ୍କ ହିନ୍ଦୀ ଉପନ୍ୟାସ 'ଡାକ୍ତର ଦେବ୍‌'ରେ ଏ ସମୟର ବାସ୍ତବ ସାମାଜିକ,

ରାଜନୈତିକ ଘଟଣା, ପ୍ରେମ ଓ ତଜ୍ଜନିତ ସଂଘର୍ଷକୁ ଅତି ସୁନ୍ଦର ଓ ମାର୍ମିକ ଭାବରେ ଯେଭଳି ପ୍ରକାଶ କରିଛନ୍ତି ତାହା ଏବେ ବି ବିସ୍ମୟ । ପରବର୍ତ୍ତୀ କାଳରେ ଆଲୋଚ୍ୟ ଔପନ୍ୟାସିକାଙ୍କ ଏ ଉପନ୍ୟାସକୁ ଇଂରେଜୀରେ କ୍ରିଷନ ଲାଲ ଗୁଜରାଲ ଅନୁବାଦ କରିବାରେ ମଧ୍ୟ ସଫଳ ହୋଇଛନ୍ତି । ସଂଯୋଗ କ୍ରମେ ଆଜକୁ ବୟାଳିଶି ବର୍ଷ ପୂର୍ବେ ଓଡ଼ିଆ ସ୍ନାତକୋତ୍ତର ଶ୍ରେଣୀର ଶେଷ ବର୍ଷରେ ସ୍ୱତନ୍ତ୍ର ଅନୁବାଦ ପତ୍ର ପାଇଁ ମୁଁ ଏହାକୁ ପ୍ରାୟତଃ ଓଡ଼ିଆରେ ଅନୁବାଦ ପାଇଁ ବିଶେଷ ଆଗ୍ରହ ଦେଖାଇଥିଲି, କାରଣ ଔପନ୍ୟାସିକା ସେତେବେଳକୁ ଭାରତର ସର୍ବଶ୍ରେଷ୍ଠ ସାହିତ୍ୟ ପୁରସ୍କାର 'ଜ୍ଞାନପୀଠ' ପାଇଁ ବିବେଚିତ ହୋଇଥାନ୍ତି ।

ଏ ଅବସରରେ ସ୍ୱର୍ଗୀୟା ଅମୃତା ପ୍ରୀତମ୍, ସ୍ୱର୍ଗୀୟ ଶିକ୍ଷା ନିର୍ଦ୍ଦେଶକ ପ୍ରଫେସର ମେଜର ଗୋପୀନାଥ ମିଶ୍ର ଏବଂ ପ୍ରିୟଗୁରୁ ସ୍ୱର୍ଗୀୟ ଦୁଃଖୀଶ୍ୟାମ ଦାସଙ୍କ ଅମର ଆତ୍ମା ପ୍ରତି ମୋର କୃତଜ୍ଞତା ଜଣାଉଛି । ଏଥିସହିତ ପତ୍ନୀ ସବିତା, ଦୁଇ କନ୍ୟା ଶାଶ୍ୱତୀ ସୁରଭିତା, ଓଁ କୃଷ୍ଣ ସ୍ୱରୂପା ଏବଂ ପୁତ୍ର ଓଁ କୃଷ୍ଣକୃପାଙ୍କୁ ମଧ୍ୟ ବଧେଇ ଜଣାଉଛି ।

ଅନୁବାଦ ଗ୍ରନ୍ଥଟି ଆଲୋକକୁ ଆସିବାରେ ସାହାଯ୍ୟ କରିଛନ୍ତି 'ବ୍ଲାକ ଇଗଲ' ପ୍ରକାଶନ ସଂସ୍ଥା, ଆମେରିକାର ପ୍ରକାଶକ ନିର୍ଦ୍ଦେଶକ ଶ୍ରୀଯୁକ୍ତ ସତ୍ୟ ପଟ୍ଟନାୟକ ଓ ସହଯୋଗୀ ଅଶୋକ ପରିଡ଼ା । ଉଭୟଙ୍କୁ ଏ ଅବସରରେ ମୋର ହୃଦୟରୁ ଆନ୍ତରିକ ଧନ୍ୟବାଦ । ପୁଣି କେନ୍ଦ୍ରୀୟ ବିଶ୍ୱବିଦ୍ୟାଳୟ, ଓଡ଼ିଶା, କୋରାପୁଟଠାରେ ଓଡ଼ିଆ ବିଭାଗରେ ମୁଖ୍ୟ ଭାବେ ମୁଁ କାର୍ଯ୍ୟ କରୁଥିବାବେଳେ ମୋର ଅନୁଜ ପ୍ରତିମ ଇଂରେଜୀ ବିଭାଗର ସହକାରୀ ପ୍ରଫେସର ସଞ୍ଜିତ କୁମାର ଦାସ ଆଗ୍ରହ ପ୍ରକାଶ କରି ଅନୁସୃଜନ ଗ୍ରନ୍ଥ ଉପରେ ଏକ ସମୀକ୍ଷା ଲେଖିଥିବାରୁ ତାଙ୍କୁ ମଧ୍ୟ ଧନ୍ୟବାଦ ଜଣାଉଛି ।

ଏ ଉପନ୍ୟାସ ଅନୁବାଦ କରିବା ସମୟରେ ଅନେକ ଅସୁବିଧାର ସମ୍ମୁଖୀନ ହୋଇଛି । ତଥାପି ଅନୁବାଦରେ ଯଦି କିଛି ତ୍ରୁଟି ପରିଲକ୍ଷିତ ହୁଏ, ତେବେ ତାହା ସବୁ ମୋର ଏକାନ୍ତ ନିଜସ୍ୱ । ସୁଧୀ ପାଠକେ ମୋତେ କ୍ଷମାଦେବେ ବୋଲି ଆଶା ଓ ବିଶ୍ୱାସ ।

ଡକ୍ଟର କୈଳାସ ବାଣ୍ଡ

ଏମ୍.ଏ, ଏଲ୍.ଏଲ୍.ବି., ପିଏଚ୍.ଡି, ଡି.ଲିଟ (ଉତ୍କଳ)

ପ୍ରାକ୍ତନ ଓଡ଼ିଆ ପ୍ରାଧ୍ୟାପକ

ମୋ ଦୃଷ୍ଟିରେ ଡକ୍ଟର ଦେବ : ଏକ ସୂକ୍ଷ୍ମ ସମୀକ୍ଷା

ଖ୍ୟାତନାମା ଭାରତୀୟ ଔପନ୍ୟାସିକା ଅମୃତା ପ୍ରୀତମ୍‌ଙ୍କ "ଡକ୍ଟର ଦେବ" ଓଡ଼ିଆ ପ୍ରାଧ୍ୟାପକ ଡକ୍ଟର କୈଳାସ ବାଷ୍କଙ୍କ ଦ୍ୱାରା ଓଡ଼ିଆ ଭାଷାରେ ଅନୁବାଦ ହୋଇ ସୁନ୍ଦର ଭାବରେ ଉପସ୍ଥାପିତ ହୋଇଛି ଯାହା ସୁନ୍ଦର ଭାଷା, ଭାବ, ଶୈଳୀ ଓ ଶବ୍ଦ ସଂଯୋଜନା ଦ୍ୱାରା ସୁସଜ୍ଜିତ ହୋଇଛି । ମୋ ଦୃଷ୍ଟି ତଥା ବିଚାରରେ ଅନୁବାଦକ ଓଡ଼ିଆ ଭାଷା ଓ ସାହିତ୍ୟର ଉଜ୍ଜ୍ଵଳ ତାରକାମାନଙ୍କ ମଧ୍ୟରୁ ଜଣେ । ସେ ଏକାଧାରରେ ଜଣେ ଉଚ୍ଚକୋଟିର ବକ୍ତା, ଗବେଷକ, ଅଧ୍ୟାପକ, କବି ଏବଂ ସାହିତ୍ୟ ସମାଲୋଚକ । ଓଡ଼ିଆ ଭାଷା ଓ ଶବ୍ଦ ସଂଯୋଜନା ଉପରେ ତାଙ୍କର ଉତ୍ତମ ଦକ୍ଷତା ରହିଛି । ଅନୁବାଦ କାର୍ଯ୍ୟରେ ସେହି ଧାରା ତାଙ୍କର ନିଖୁଣ ଭାବରେ ପ୍ରବାହିତ । ପଞ୍ଜାବୀ ଓ ହିନ୍ଦୀ ଭାଷାର ପ୍ରଭାବଶାଳୀ ଔପନ୍ୟାସିକା ଅମୃତା ପ୍ରୀତମଙ୍କ ଲିଖିତ ଡକ୍ଟର ଦେବ (କ୍ରିଷ୍ନଲାଲ ଗୁଜରାଲଙ୍କ ଦ୍ୱାରା ଇଂରେଜୀ ଭାଷାରେ ଅନୁବାଦ) ଉପନ୍ୟାସକୁ ନେଇ ଆଜିକୁ ବୟାଲିଶି ବର୍ଷ ପୂର୍ବେ ସେ ଉତ୍କଳ ବିଶ୍ୱବିଦ୍ୟାଳୟର ଓଡ଼ିଆ ସ୍ନାତକୋତ୍ତର ପରୀକ୍ଷାର ସ୍ୱତନ୍ତ୍ର ଅନୁବାଦପତ୍ର ପାଇଁ ପ୍ରସ୍ତୁତ କରିଥିଲେ, ଯେତେବେଳେ ଅମୃତା ପ୍ରୀତମ ଭାରତ ବର୍ଷର ସର୍ବଶ୍ରେଷ୍ଠ ସାହିତ୍ୟ ପୁରସ୍କାର ସପ୍ତଦଶ 'ଜ୍ଞାନପୀଠ' ବିଜୟିନୀ ବୋଲି ଘୋଷିତ ହୋଇଥିଲେ ।

ପଞ୍ଜାବୀ ତଥା ହିନ୍ଦୀ ଭାଷାର କବି ତଥା ଔପନ୍ୟାସିକା ଅମୃତା ପ୍ରୀତମ ପ୍ରଥମ ମହିଲା ଯିଏ ୧୯୫୬ ମସିହାରେ ପଞ୍ଜାବୀ ସାହିତ୍ୟରେ ସାହିତ୍ୟ ଏକାଡେମୀ ପୁରସ୍କାର ପାଇଥିଲେ, ୧୯୬୯ ମସିହାରେ ପଦ୍ମଶ୍ରୀ ଏବଂ ୨୦୦୪ ମସିହାରେ ପଦ୍ମଭୂଷଣ

ପୁରସ୍କାରରେ ଭୂଷିତ ହୋଇଥିଲେ । ଏପରିକି ରାଷ୍ଟ୍ରପତିଙ୍କ ଦ୍ୱାରା ସେ ସାଂସଦ ଭାବେ ରାଜ୍ୟସଭାକୁ ମନୋନୀତ ହୋଇଥିଲେ ।

ସଂସାରରେ ସଭ୍ୟତାର କେଉଁ ପ୍ରାରମ୍ଭିକ କାଲରୁ ପ୍ରେମ ହେଉଛି ମଣିଷର ମୂଳ ମୌଳିକ ପ୍ରବୃତ୍ତି । ଏହା ବେଲେବେଲେ ସମାଜରେ ସୃଷ୍ଟି ହେଉଥିବା ନାନାଦି ଦ୍ୱେଷ-ବିଦ୍ୱେଷ, ଧନି-ଦରିଦ୍ର, ସମ୍ଭ୍ରାନ୍ତ-ସାଧାରଣ, ରାଜା-ପ୍ରଜା, ଉଚ୍ଚ-ନୀଚ ଶ୍ରେଣୀ ସଂଘର୍ଷ ଭାବନାକୁ ଦୂର କରିବା ପାଇଁ ମାନବ ହୃଦୟରେ ନିରବଚ୍ଛିନ୍ନ ଭାବରେ ପ୍ରବାହିତ ହୋଇଥାଏ । ଏହା ବୟସ, ଜାତି, ଧର୍ମ, ଭାଷା ଇତ୍ୟାଦି ସମସ୍ତ ପ୍ରକାରର ସାମାଜିକ ବର୍ଗ-ବନ୍ଧନୀର ଦୁର୍ଗମ ପ୍ରାଚୀରକୁ ଭାଙ୍ଗି ଦୁଇଟି ପ୍ରାଣକୁ ଏକାଠି କରେ, ବିଭୋର କରେ, ତଲ୍ଲୀନ ବି କରେ । ତଥାପି ଏହା କିଛି ସମୟ ପାଇଁ ଦୁଇଟି ପ୍ରାଣରେ ବିଚ୍ଛେଦର କାରୁଣ୍ୟ ଝଙ୍କାର ତୋଲି ଉଭୟଙ୍କୁ ଅଲଗା ମଧ କରିଦିଏ । ଏ ସ୍ରୋତର ଚିରାଚରିତ ପ୍ରବାହର ବିପକ୍ଷରେ ଗତିକରି ମୁଖ୍ୟ ଦୁଇଟି ଚରିତ୍ରଙ୍କର ଜୟ ହୁଏ ଏବଂ ଶେଷରେ ଏହା ଦୁଇଟି ହୃଦୟକୁ ପୁଣି ଏକତ୍ର କରେ । 'ପ୍ରକୃତ ପ୍ରେମ'ର ପୁଷ୍ପମାଲ୍ୟରେ ଉଭୟେ ମିଲନ ବୃତ୍ତରେ ଏକତ୍ରିତ ହୁଅନ୍ତି । ପ୍ରକୃତ ପ୍ରେମକୁ ସମାଜର ନିଷ୍ଠୁର ନିୟମ, ପରମ୍ପରା, ଆଭିଜାତ୍ୟ, ମନୁ ବିଚାରଧାରା ଇତ୍ୟାଦି ବହୁଦିନ ଧରି ଦମନ କରିପାରିବ ନାହିଁ । ଦିନେ ନା ଦିନେ ପ୍ରେମର ପବିତ୍ର ଫଲ୍ଗୁ ଧାରାରେ ଦୁଇଟି ହୃଦୟ ସେମାନଙ୍କୁ ପୁନଃ ଏକାଠି କରିଥାଏ । ଏହି ସତ୍ୟର ଭିତ୍ତି ଉପରେ 'ଡକ୍ଟର ଦେବ' ଉପନ୍ୟାସଟି ରଚିତ । ଏ ଉପନ୍ୟାସରେ ନାୟକ ଡକ୍ଟର ଦେବ ଏବଂ ତାଙ୍କ ପ୍ରେମିକା ମମତାଙ୍କ ପବିତ୍ର ପ୍ରେମ କାହାଣୀକୁ ନେଇ ଘଟଣା ଚଲଚଞ୍ଚଲ ହୋଇଛି । ମମତା ଏକ ଉଚ୍ଚ ସମ୍ଭ୍ରାନ୍ତ ଶ୍ରେଣୀର ପରିବାରରେ ଜନ୍ମଗ୍ରହଣ କରିଥିବାବେଲେ ଡାକ୍ତର ଦେବ ସ୍ୱଳ୍ପ ଆୟ ପରିବାରର ପୃଷ୍ଠଭୂମିରୁ ଆସିଛନ୍ତି । ଦେବ ଡାକ୍ତରୀ ପଢୁଥିବା ବେଲେ ଉଭୟଙ୍କର ତୀବ୍ର ପ୍ରେମ ଫଳପ୍ରଦ ହୋଇଛି ଓ ଦୁହିଁଙ୍କ ପବିତ୍ର ସମ୍ପର୍କରୁ ମମତାଙ୍କ ଅବିବାହିତ ଅବସ୍ଥାରେ ଏକ ଡାକ୍ତରଖାନାରେ ପୁତ୍ର ସନ୍ତାନଟିଏ ଜନ୍ମ ହୋଇଛି । ସେମାନଙ୍କର ପୁତ୍ର ସନ୍ତାନଟି ବିବାହ ପୂର୍ବରୁ ଏ ଦୁନିଆକୁ ଆସିଛି । ସେମାନେ ଯେହେତୁ ବିବାହ କରିନାହାଁନ୍ତି, ଏକଥାକୁ ସମାଜ କି ମମତାଙ୍କ ଧନାଢ୍ୟ ପିତା ସହଜରେ ଗ୍ରହଣ କରିପାରିନାହାନ୍ତି । ସଦ୍ୟଜାତ ସନ୍ତାନଟିକୁ ଡାକ୍ତରଙ୍କ ସହାୟତାରେ ମୁଖ୍ୟ ନାୟକ ଦେବ ଜଣେ ବନ୍ଧୁଙ୍କ ପାଖରେ ନେଇ ରଖିଛନ୍ତି । ମମତାଙ୍କ ସମ୍ଭ୍ରାନ୍ତ ପିତା ତାଙ୍କୁ ଜଗଦୀଶଙ୍କ ସହିତ ବିବାହ ଦେଇଛନ୍ତି । ଅମତାଙ୍କ ପାଇଁ ପ୍ରେମ ବିନା ଜୀବନ ପ୍ରକୃତ ଜୀବନ ନୁହେଁ । ତାଙ୍କ ମହିଲା ନାୟକ ମମତାଙ୍କ ଚରିତ୍ର

ମାଧ୍ୟମରେ ସେ ନିଜର ମୁକ୍ତ, ଖୋଲା ଅଭିବ୍ୟକ୍ତିକୁ ମାନବ ହୃଦୟରେ ଅହରହ ଫୁଟୁଥିବା ନାରୀର ସ୍ୱାଧୀନ ଇଚ୍ଛାକୁ ସ୍ୱର ଦେଇଛନ୍ତି । 'ପ୍ରକୃତ ପ୍ରେମ' ହେଉଛି ଦୁଇଟି ମନ ଓ ପ୍ରାଣର ମିଳନ । ଏହା ଉଭୟଙ୍କୁ ଏକତ୍ରିତ ଭାବରେ ପ୍ରେମର ରାସ୍ତାରେ ଚାଲିବାକୁ ଶିଖାଏ, ପ୍ରେମର ଗଙ୍ଗୋତ୍ରୀରେ ଅବଗାହନ କରିବାକୁ କହିଥାଏ, କେବେ ଅଗାଧ ସମୁଦ୍ରର ଉତ୍ତାଲ ଫେନିଲ ଜଳରାଶିରେ ଜୀବନ ସଙ୍ଗୀତର ସପ୍ତସ୍ୱରରେ ସନ୍ତରଣ କରିବାକୁ ବାଧ୍ୟ କରାଏ ; କିନ୍ତୁ କେବେ ବି ଡୁବେଇ ମାରିଦେବାକୁ ସୁଯୋଗ ସୃଷ୍ଟି କରିନଥାଏ । ଏଠି ବିଶ୍ୱ ବିଖ୍ୟାତ ନାଟ୍ୟକାର ଓ କବି ଉଇଲିୟମ୍ ସେକ୍ସପିୟରଙ୍କ ରଚିତ 'ସନେଟ୍ ୧୧୬' (ପ୍ରକୃତ ବିବାହ)କୁ ନିମ୍ନରେ ଉଦ୍ଧୃତ କରିବା ପାଇଁ ଭାରି ଇଚ୍ଛାହୁଏ :

'...ପ୍ରେମ ଏକ ଚିରସ୍ଥାୟୀ ବତୀଘର,

ଯିଏ ଜୀବନର ଅନେକ ଝଡ ଝଞ୍ଜାରେ ଥାଏ ଅବିଚଳିତ,

ସେ ଏକ ସାର୍ଥକ ପଥ ପ୍ରଦର୍ଶକ ପ୍ରତିଟି ପଥଭୁଲା ଜାହାଜର....

ଯେପରି ପ୍ରକୃତ ପ୍ରେମ ସମୟ ସହିତ ତାଲ ଦେଇ ରହିଥାଏ ଅପରିବର୍ତିତ

ଅଥଚ, ଏହା ପ୍ରେମିକ ଓ ପ୍ରେମିକାଙ୍କୁ ନେଇଯାଏ, ବିନାଶର ଶେଷ ସୀମା ପର୍ଯ୍ୟନ୍ତ ।'

ଔପନ୍ୟାସିକା ଅମୃତା ପ୍ରୀତମ ସ୍ୱୀକାର କରିଛନ୍ତି ଯେ ତାଙ୍କଠାରୁ ବୟସରେ ଦଶବର୍ଷ ସାନ ନିଜ ପ୍ରେମିକ ଇମ୍ରୋଜ ତାଙ୍କର ଡାକ୍ତର ଦେବ ଏବଂ ସେ ନିଜେ ମମତା । ତାଙ୍କ ଜୀବନର ବାସ୍ତବ କାହାଣୀ ଏହି ଉପନ୍ୟାସରେ ଚିତ୍ରିତ । ସାମାଜିକ ପ୍ରତିଷ୍ଠା ଏବଂ ସ୍ୱୀତିକୁ ବିଚାର କରି ମମତାଙ୍କ ପିତା ଜଗଦୀଶଙ୍କ ସହିତ ତାଙ୍କର ବିବାହ ଦିଅନ୍ତି, କେବଳ ତାଙ୍କ ଇଚ୍ଛା ବିରୁଦ୍ଧରେ । ମମତାଙ୍କ ଅନ୍ୟତ୍ର ବିବାହ ପରେ ଡାକ୍ତର ଦେବ ସାରା ଜୀବନ ପାଇଁ ଅବିବାହିତ ଥାଇ ରୋଗୀଙ୍କ ସେବା ଶୁଶ୍ରୁଷାରେ ନିଜକୁ ନିୟୋଜିତ କରିଛନ୍ତି । ଏପରିକି ସାମ୍ପ୍ରଦାୟିକ ହିନ୍ଦୁ ଓ ମୁସଲମାନ ଦଙ୍ଗା ସମୟରେ ନାନା ଘାତ ପ୍ରତିଘାତ ମଧ୍ୟରେ ନିଜ ଜୀବନକୁ ବିପନ୍ନ କରି ରୋଗୀ ସେବାକୁ ନିଜର ପ୍ରଥମ କର୍ତ୍ତବ୍ୟ ରୂପେ ଗ୍ରହଣ କରିଛନ୍ତି । ଏ ସମୟରେ ସେ ହିନ୍ଦୁ ମୁସଲମାନମାନଙ୍କ ମଧ୍ୟରେ ଅପୂର୍ବ ଭାତୃତ୍ୱଭାବ ସୃଷ୍ଟି କରିଛନ୍ତି । ସମାଜ ପାଇଁ ସମର୍ପିତ ଜୀବନ ତାଙ୍କର ହୋଇଛି ସେବାମୟ ତଥା କବିତ୍ୱମୟ । ଶେଷରେ ମମତା ଘଟଣାକ୍ରମରେ ମନୁ ଓ ରଞ୍ଜୁ ସହିତ ନିଜର କର୍କଟ ରୋଗର ସଫଳ ଚିକିତ୍ସା ପାଇଁ ଦିଲ୍ଲୀରୁ ବିହାରର ଏକ ଅନୁନ୍ନତ ଅଞ୍ଚଳରେ ରୋଗୀଙ୍କ ସେବା କରିବାକୁ ନୂତନ ନିର୍ମିତ ଡାକ୍ତରଖାନାର ମୁଖ୍ୟ ଡାକ୍ତର ଦେବଙ୍କ ନିକଟକୁ ଆସନ୍ତି । ଉପନ୍ୟାସର ଅନ୍ତିମ ପର୍ବରେ

ହୁଏ ଆକସ୍ମିକ ମିଳନ, ଯାହା ସଂପୂର୍ଣ୍ଣ ଆତ୍ମିକ ଓ କରୁଣାକ୍ତ । ପଛେ ପଛେ ମନୁ, ରଞ୍ଜୁ, ମଧୁ ଆସି ମିଳନ ପର୍ବକୁ ଅଧିକ ସାଫଲ୍ୟ ମଣ୍ଡିତ କରନ୍ତି । କର୍କଟ ରୋଗାକ୍ରାନ୍ତ ମମତା ବହୁଦିନର ପ୍ରତୀକ୍ଷିତ ପ୍ରେମିକ ଡକ୍ତର ଦେବଙ୍କ କୋଳରେ ଶେଷନିଦ୍ରା ନିଅନ୍ତି ।

ଅନୁବାଦକ ଡକ୍ତର କୈଳାସ ସାର ଅନୁସୃଜନ ସୃଷ୍ଟିର ଭାଷା, ଶବ୍ଦସଂଯୋଜନା, ଚରିତ୍ରମାନଙ୍କର ପାତ୍ରୋପଯୋଗୀ ସଂଳାପକୁ ଏଠାରେ ଯଥାସମ୍ଭବ ସୁବିଧାଜନକ କରିଛନ୍ତି । ଉଭୟ ହିନ୍ଦୀ ଓ ଇଂରେଜୀ ଭାଷା ତଥା ଓଡ଼ିଆ ଭାଷା ମଧ୍ୟରେ ସମାନତାର ଏବଂ ବିଶ୍ୱସ୍ତତାର ନିୟମ ଅନୁସରଣ କରିଥିବାବେଳେ ସେ କିଛି ପ୍ରାକୃତିକ ପରିବର୍ତ୍ତନକୁ ଆପଣେଇଛନ୍ତି, ଯାହା ସଂପୂର୍ଣ୍ଣ ଗ୍ରହଣୀୟ । ଉକ୍ତ ଭାଷାଗୁଡ଼ିକର ସଂସ୍କୃତି-ନିର୍ଦ୍ଦିଷ୍ଟ ଶବ୍ଦଗୁଡ଼ିକ ପ୍ରାୟତଃ ଠିକ ରୂପେ ରହିଛନ୍ତି । ଅନୁବାଦ କରିବା ସମୟରେ ଓଡ଼ିଆ ଭାଷାର କିଛି ନିର୍ଦ୍ଦିଷ୍ଟ ଶୈଳ୍ଵିକ ଅଭିବ୍ୟକ୍ତିକୁ ସେ ଗ୍ରହଣ କରିଛନ୍ତି, ଯାହା ଯଥାର୍ଥ ବୋଲି ମୋ ମତରେ ବିଚାର୍ଯ୍ୟ । ଏ ଅନୁସୃଜନ ଉପନ୍ୟାସଟି ନିଶ୍ଚୟ ପାଠକୀୟ ଆଦୃତି ଲାଭ କରିବ, ନିଃସନ୍ଦେହ ।

ସଞ୍ଜିତ କୁମାର ଦାସ

ସହକାରୀ ପ୍ରଫେସର, ଇଂରେଜୀ ବିଭାଗ
କେନ୍ଦ୍ରୀୟ ବିଶ୍ୱବିଦ୍ୟାଳୟ, ଓଡ଼ିଶା, କୋରାପୁଟ

ପ୍ରଥମ ଭାଗ

। ଏକ ।

ଶୀତଦିନିଆ ସ୍ୱଚ୍ଛ ନୀଳଆକାଶ । କାକର ଭିଜା ପବନଟା ଦେହରେ ସାଇଁସାଇଁ ବାଜି ଦେହଟାକୁ ଛୁଞ୍ଚି ଗୋଞ୍ଜିଲା ଭଳି ଯେପରି ଫୋଡ଼ିଦେଉଥିଲା । ଦ୍ୱିପ୍ରହରର ସୂର୍ଯ୍ୟ କିରଣଟା କ୍ରମଶଃ ମଳିନ ପଡ଼ିଆସୁଥିଲା ଏବଂ ଦୂରଦିଗ୍? ବଳୟ ରେଖା ଛୁଇଁବାକୁ ଥିଲା ଖୁବ୍ ଅଳ୍ପସମୟ । ପର୍ଦ୍ଦା ଆଢୁଆଲରେ ରୁମ୍ ଭିତରକୁ ବିଞ୍ଚିହୋଇ ଆସୁଥିବା କ୍ଷୀଣ ସୂର୍ଯ୍ୟାଲୋକ କୋଠରୀର କ୍ରିମସନ ରଙ୍ଗର ଗାଲିଚା (ଚଟାଣରେ) ବିଛାହୋଇଥିବା ଚଟାଣକୁ ଅଳ୍ପ ମଳିନତାର ଆଭା ଫୁଟାଉଥିଲା ।

ମମତା ୫ର୍କ୍ ନିକଟକୁ ୫ପଟି ଗଲା । ଖଣ୍ଡିଏ ସଫେଦ ଶାଢ଼ୀର ଆବରଣ ମଧ୍ୟରେ ଠିକ୍ କାନ୍ଥକୁ ଲାଗି ସେ ଠିଆ ହୋଇଥାଏ । ତା' ସୁନ୍ଦର ମୁହଁଟା କେମିତି ଏକ ଚିନ୍ତାଗ୍ରସ୍ତର ମଳିନତାରେ ଢାଙ୍କି ହୋଇଯାଇଥିଲା । ଖୁବ୍ ଚିନ୍ତାଗ୍ରସ୍ତ ହୋଇ ଅଦୂରରେ ମଉଳି ଯାଉଥିବା ଫୁଲଗୁଡ଼ିକ ପ୍ରତି ସେ ଦୃଷ୍ଟି ନିକ୍ଷେପ କରୁଥିଲା ।

ଜଗଦୀଶ ଘର ଭିତରକୁ ପ୍ରବେଶ କଲାବେଲକୁ ମମତା ଅବିକଳ ଗୋଟିଏ ନୀରବ, ନିଷ୍କଳ ଓ ନିଷ୍ପନ୍ଦ ମାର୍ବଲ ପାଷାଣ ମୂର୍ତ୍ତି ସଦୃଶ ଠିଆ ହୋଇଥାଏ ।

'ମମତା' ! ଅତି ଆଗ୍ରହର ସହ ଡାକିଲେ ।

'ହୁଁ' ! ! ! ମମତା ଚମକି ଉଠିଲା । କେମିତି ଏକ ବିକୃତ ଚିତ୍କାର କରି ଥର ଥର କଣ୍ଠରେ ତା' ସ୍ୱାମୀଙ୍କ ଆଡେ ମୁହାଁଇଲା । ତା'ର ବାହ୍ୟ ମୁଖମଣ୍ଡଳରୁ ଜାଣି ହେଉଥିଲା ଯେ ସତେ ଅବା ସେ ନିଦରୁ ହଠାତ୍ ଉଠିଆସିଛି । ପାଟି ନଫିଟାଇ ତା' ସ୍ୱାମୀଙ୍କ ମୁହଁ ନଚାହିଁଲା ପରି ଲଥ୍ କିନା ଗୋଟିଏ ଚେୟାରରେ ବସିପଡ଼ିଲା ଠିକ୍ ଜଗଦୀଶଙ୍କ ପାଖକୁ

ଲାଗି । କିପରି ଏକ ବିରକ୍ତିଭାବ ଓ ଅଭୁତ ଚିନ୍ତା ତା' ମନରେ ଥିଲା ପରି ତା'ର ଚକ୍ଷୁ ଦୁଇଟିରୁ ସୂଚିତ ହେଉଥିଲା ।

"କ'ଣ ହେଇଛି ମମତା ? ଆଜି ତୁମ ଆଖି ଏମିତି ଦେଖାଯାଉଛି କିଆଁ ?" ଟିକିଏ ବିବ୍ରତ ହୋଇ ଜଗଦୀଶ ଜଣେ ସାର୍ଥକ ପଥ ପ୍ରଦର୍ଶକ ଭଲି ପଚାରିଲେ ।

"କିଛି ନାହିଁତ, କାହିଁକି ଆଜି ନୂଆକରି ମୋ ଆଖି ଦେଖୁଛ କି ? କାହିଁ ସେମିତି କିଛି ହୋଇନାହିଁ ତ ।" ତା' କଥାରେ କେମିତି ତୀବ୍ର ଛଳନା ଓ ନିଃସଙ୍ଗତା ଭରିରହିଥିଲା ପରି ମନେ ହେଉଥିଲା ।

"ନା, ସେକଥା ନୁହେଁ ଯେ, ତଥାପି ଆଗ ଅପେକ୍ଷା ଆଜି କେମିତି ସେଗୁଡାକ ମୋତେ ନୂଆ ଦିଶୁଛି ।" ଆଘାତ ପ୍ରାପ୍ତ ପଶୁଟେ ପରି ଜଗଦୀଶ ଉତ୍ତର ଦେଲା ।

"ଏଁ, କ'ଣ କହିଲ ? କ'ଣ ନୂଆ ଦିଶୁଛି ? କ'ଣ କିଛି ଶୁଭ ନାଁ ଅଶୁଭ ?

"ହଁ, କିଛିଟା ଅଲଗା ଓ ଭୟଙ୍କର ।"

"ଓଃ ...ତାହେଲେ ତୁମେ ଭୟ କରୁଛ ?"

"ଆଚ୍ଛା କହିଲ ମମତା, ତୁମର ଇଏ କି ଅଭୁତ ବ୍ୟବହାର ?"

"ସେଇଟା ଗୋଟାଏ ଛାଇ ମାତ୍ର ।"

"ଛାଇ ? କାହାର ଛାଇ ?"

"ମୋ ନିଜ ଜୀବନର ଛାଇ ।"

"ମମତା, ତୁମେ ଜାଣ ଏମିତି ଦ୍ବନ୍ଦ୍ୱ ମୋତେ ଆଦୌ ଭଲ ଲାଗେନା । ଦୟାକରି ଖୁବ୍ ଅଛ ଓ ସରଳ ଭାବରେ ଟିକିଏ କହିବ କି ମୋ'ଭଲି ଏକ ସ୍ପଷ୍ଟବାଦୀ ଆଗରେ ପ୍ରକୃତ ଘଟଣାଟା କ'ଣ ?"

"ଜୀବନଟା ସେମିତି ଏକ ସରଳ ଓ ଅନାବିଲ ନୁହେଁ । ଏଇଟା ତ ଗୋଟେ ବିରାଟ ଜଞ୍ଜାଳ — ଯା'ର କି ସମାଧାନର ରାସ୍ତା ବି ମୋତେ ନାହିଁ । ଆଚ୍ଛା ଆମେ କ'ଣ ଆମ ଭାଗ୍ୟ ବିରୁଦ୍ଧରେ ଅସ୍ତ୍ର (ସ୍ୱର) ଉତ୍ତୋଳନ କରିପାରିବା କି ?" ହଠାତ୍ ମମତା ମୁଖମଣ୍ଡଳରେ ଏକ ବିଷର୍ଷ, ନୈରାଶ୍ୟ ତଥା ଦ୍ବନ୍ଦ୍ବର ଘନ କାଳିମା ଛାଇ ହୋଇଗଲା ।

ଏଣୁ ତେଣୁ ଅଧିକ ଯୁକ୍ତିତର୍କ ପରିସ୍ଥିତିକୁ ଏଡେଇଦେଇ ଜଗଦୀଶ୍ କହିଲା — "ମମତା ମୁଁ ଗୋଟିଏ କଥା ପଚାରୁଛି ଯେ ତୁମ ହାତପାପୁଲିର ଭାଗ୍ୟରେଖାକୁ ସଳଖ ବା ଅଙ୍କାବଙ୍କା କରିପାରିବ କି ?"

"ନାଁ, ଜଗଦୀଶ । ତୁମ ଭାଗ୍ୟ ନିର୍ଦ୍ଧାରଣରେ ମୋ ହାତଗୁଡିକର କୌଣସି ସ୍ଥିତି ନାହିଁ । ତୁମ ପାଇଁ ସେଗୁଡ଼ିକ ସଂପୂର୍ଣ୍ଣ ଅନୁପଯୁକ୍ତ ।"

"ମମତା ତୁମେ ଜାଣ ଯେ, ମଣିଷ ନିଜ ଇଚ୍ଛାରେ ତା' ଜୀବନଧାରାକୁ ବଦଳାଇ ଦେଇପାରେ । ଏପରିକି ସିଏ ଚାହିଁଲେ ସମାଜର ଭୁଲ୍ ଭଟକାକୁ ଏଡ଼ାଇ ଦେଇପାରେ । କିନ୍ତୁ ମୁଁ ଆଜି କିଛିଟା ତୁମ କଥାରେ ଅଲଗା ଦେଖୁଛି । ଯାହା ଫଳରେ କି ତୁମେ ସବୁକଥାକୁ ନବୁଝି ନଶୁଣି ଅନ୍ଧଭାବରେ ଈଶ୍ୱରଙ୍କ କାର୍ଯ୍ୟ ଯେମିତି ଆମର ପ୍ରଶ୍ନ ବାହାରେ ସେମିତି ଗ୍ରହଣ କରିନେଉଛ । ତୁମର ସେ ମତାମତ ଅତ୍ୟନ୍ତ ବିରୋଧାମ୍ଳକ ଓ ଦ୍ୱନ୍ଦ୍ୱାମ୍ଳକ ।

'ହଁ, ଜଗଦୀଶ, ତୁମେ ମୋ ମତାମତକୁ ପାଗଳର ପାଗଳାମୀ ଆଖ୍ୟା ଦେଇପାର ବା ମୁଁ ବିବେକହୀନ ହୋଇ ପଡ଼ିଛି ବୋଲି କହିପାର । କିନ୍ତୁ ମୁଁ କହିବି ତୁମର ମତିଭ୍ରମ ହେଲାଣି ନହେଲେ ତୁମେ, ମୁଁ କେଉଁ ପରିସ୍ଥିତି ଦେଇ ଗତିକରୁଛି ତାହା ତୁମକୁ ଅବୁଝା ରହନ୍ତାନି । ଏବେ ମୁଁ ପ୍ରକୃତ ଘଟଣା ନକହି ରହିପାରୁନି । ସତ୍ୟକୁ ଆଉ ଅଧିକ କାଳ ଲୁଚାଇ ରଖିବା ମୋ ପକ୍ଷରେ ଅତ୍ୟନ୍ତ ଅସହ୍ୟ ।'

"କି ସତ୍ୟ ? କାହା ବିଷୟରେ ତୁମେ କ'ଣ କହୁଛ ?"

"ଜଗଦୀଶ, ତୁମକୁ ମିଛ ମୋତେ ସତ୍ୟ । ବିବାହବେଳକୁ ମୁଁ କୁମାରୀ ନଥିଲି । ସେତେବେଳକୁ ମୁଁ ଜଣକର ପନ୍ତୀ କେବଳ ନଥିଲି, ଅଥଚ ଅନ୍ୟଲୋକର ସନ୍ତାନର ଜନନୀ ବି ହୋଇ ସାରିଥିଲି ।"

ଏହାଶୁଣି ଜଗଦୀଶ, ସଂପୂର୍ଣ୍ଣ କାଠ ପାଲଟି ଯାଇଥିଲା । ତା'ର ଅସ୍ଥିମଜ୍ଜା ଦୋହଲି ଯାଇଥିଲା ସେ ସତ୍ୟର ପ୍ରକାଶରେ । ଏଭଳି ଏକ ବିରାଟ ତଥା ଅପ୍ରତ୍ୟାଶିତ କଥା ଶୁଣି ସେ ମୂକ ଭଳି ଠିଆ ହୋଇଥିଲା । ଦୁଃଖ ଓ ଅନୁଶୋଚନାରେ ମ୍ରିୟମାଣ ହୋଇ କିଛିସମୟ ପରେ କଣ୍ଠରୋଧ ଗଳାରେ ସେ ପଚାରିଲା — "ଏହା କ'ଣ ସତ୍ୟ... ସତ ତୁମର ପ୍ରଥମ ହର୍ତ୍ତା ଜୀବିତ ?"

ହଁ, ତାଙ୍କ ନାମ ଦେବ୍ ରାଜ । ସେ ଡାକ୍ତରୀ ପଢୁଥିଲେ । ମୋ' ନିଜ ବିବେକ ତଥା ପିତାମାତାଙ୍କ ଇଚ୍ଛା ବିରୁଦ୍ଧରେ ଯାଇ ମୁଁ ତାଙ୍କୁ ସ୍ୱାମୀ ରୂପେ ବରି ନେଇଥିଲି ।"

ଦୀର୍ଘ ସମୟର ନୀରବତା ଭଙ୍ଗକରି ପୁଣି କହିଚାଲିଲା—"ମୁଁ ଅନ୍ତଃସତ୍ତ୍ୱା ହେବାର ଜାଣି ମୋ ପିତାମାତା ମୋର ଭବିଷ୍ୟତ ବଂଶଧରର ରାସ୍ତାବନ୍ଦ କରିଦେବା ପାଇଁ ଦୃଢ଼ ପଦକ୍ଷେପ ନେଇଥିଲେ ଏବଂ ମୋର ଭବିଷ୍ୟତ, ଆଶା, ଆକାଂକ୍ଷା ସମ୍ମୁଖରେ ସେମାନେ ଏକ ବିରାଟ ପ୍ରାଚୀର ରୂପେ ଦଣ୍ଡାୟମାନ ହେଲେ । ଘରର ଚାରିକାନ୍ତ ମଧ୍ୟରେ ମୋତେ ଆବଦ୍ଧ କରି ଦିଆଗଲା । ଯା'ଫଳରେ ତାଙ୍କୁ ଦେଖିବାର ସୁଯୋଗ ମଧ୍ୟ ମିଳିଲାନି । ଏପରିକି ଛୁଆଟି ଜନ୍ମହେବା ମାତ୍ରେ ମୋ କୋଳରୁ ଛଡ଼ାଇ ନିଆଗଲା ।"

ଅତ୍ୟନ୍ତ ଭାବ ବିହ୍ୱଳ ହୋଇ ମମତା ଜଗଦୀଶର ବେକରେ ଦୁଇବାହୁକୁ ଛନ୍ଦି କହିଲା — "ଜଗଦୀଶ ତୁମେ ଜାଣ, ଆମେ ସମସ୍ତେ ଈଶ୍ୱରଙ୍କ ହାତର ଏକ ଏକ

ଅସହାୟ କ୍ରୀଡନକ । ଆମେ ଆମ ଜୀବଦଶାରେ ଯେଉଁ ପଦକ୍ଷେପମାନ ନେଉ ସେଗୁଡ଼ିକ ଉପରେ ଆମର କୌଣସି ନିୟନ୍ତ୍ରଣ ନାହିଁ । ତେଣୁ ଆମେ ଦାୟୀ ନୋହୁଁ ଆମର କାର୍ଯ୍ୟକଳାପ ପାଇଁ, ତାହା ଭୁଲହେଉ କି ଠିକ୍ ହେଉ ।"

ଜଗଦୀଶ କ୍ଷତାକ୍ତ, ଶରବିଦ୍ଧ ହେଲାଭଳି କ୍ରୋଧିତ ହୋଇ କହିଉଠିଲା—" ମମତା, ତେବେ ତୁମେ ଏକଥାକୁ ମୋତେ ଆଗରୁ କହିନଥିଲ କାହିଁକି ?"

"କହିବାର ଆବଶ୍ୟକତା ମୁଁ ଅନୁଭବ କରିନଥିଲି ।"

"କ'ଣ, ସତ କଥାଟି କହିବା ଜରୁରୀ ନଥିଲା ?"

"ହଁ ସେ ସବୁ ଘଟଣା ପ୍ରତି ମୋ ହୃଦୟରେ ଆଦୌ ଆନ୍ଦୋଳନ ସୃଷ୍ଟି ହୋଇନଥିଲା । ଆଉ ଏବେ ମୁଁ ସତ୍ୟ ଓ ଅସତ୍ୟ ମଧ୍ୟରେ କୌଣସି ତଫାତ୍ ଦେଖିପାରୁନି ।"

"ତେବେ ତୁମେ ଆଜି ତୁମ ମନଟାକୁ ବଦଳାଇ ଦେବାର କାରଣଟା କହିବ କି ?"

"ଯେତେବେଳେ ସତ୍ୟ ଅସତ୍ୟ ଦୁଇଟିଯାକ ଅବିଚ୍ଛେଦ୍ୟ, ମୁଁ କ'ଣ କହିଲି ନ କହିଲି ବଡକଥା ନୁହେଁ । କିନ୍ତୁ ମୁଁ ଏଇଠି ଗୋଟିଏ କଥା ସ୍ପଷ୍ଟ କହିଦେବାକୁ ଚାହେ ଯେ ମୁଁ କେବେହେଲେ ତୁମକୁ ମିଛ କହିନାହିଁ କି ମୁଁ କେବେ ତୁମକୁ କହିବି 'ତୁମକୁ ଭଲ ପାଏ' ବୋଲି ।"

"ମମତା ତୁମେ ବୁଝିପାରୁନ ଯେ, ତୁମେ କ'ଣ କରୁଛ । ତୁମେ ନିଜ ସଂସାରଟାକୁ ନିଜେ ହିଁ ଭାଙ୍ଗି ଦେଉଛ ।"

"କିଏ, ମୁଁ ?" ଦୁଇ ବାହୁ ପଛକୁ ଟାଣିନେଇ ଏକ ଲମ୍ବ ଶୁଷ୍କ ହସ ରେଖା ଟାଣିଲା ମମତା ।

"ତା ମାନେ, ତୁମକୁ ତୁମର ସଦ୍ୟ ଜନ୍ମିତ କନ୍ୟା ଠାରୁ ବି ବିଚ୍ଛିନ୍ନ ହେବାକୁ ପଡ଼ିବ ।"

"ହେଉ, ସେଥିରେ କ'ଣ ଅଛି ? ଯିଏ ତା' ଜନ୍ମିତ ପୁଅକୁ ହରାଇ ପାରେ, ଆଉ ତା' ଝିଅକୁ ହରାଇବାରେ ଆଶ୍ଚର୍ଯ୍ୟ ବା କ'ଣ ଥାଇପାରେ ? ସେଥିପ୍ରତି ମୋର ତିଳେ ହେଲେ ଭୁକ୍ଷେପ ନାହିଁ ।"

"କ'ଣ ତା'କୁ (ଝିଅକୁ) ତୁମେ ଭଲ ପାଅନା ?"

"ମୁଁ ଭାବୁଛି ନୁହେଁ । ମୋ ପୁଅ ମୋ ପ୍ରେମ କାହାଣୀର ଏକ ଜୀବନ୍ତ ଅଭିବ୍ୟକ୍ତି । ଆଉ ଏ ଝିଅଟା ମାତ୍ର ଏକ ମାଂସ ପିଣ୍ଡୁଲା ଯିଏ କି ବାଧ୍ୟ ଘୃଣ୍ୟ ପାଶବିକତାର ଏକ ନଗ୍ନରୂପ । ଯାହାକୁ କି ମାସ ମାସ ଧରି ମୁଁ ମୋ ଗର୍ଭରେ ବୋହିବାକୁ କୁଣ୍ଠାବୋଧ କରୁନଥିଲି (ବିବେକର ଶତ ଦଂଶନ ସତ୍ତ୍ଵେ) ।"

"କିନ୍ତୁ ମୁଁ ଯେ ତୁମକୁ ବାଧ୍ୟ କରିନଥିଲି... ।"

"ଜଗଦୀଶ ଯାହା ହେଲେ ବି ତୁମେ ଗୋଟିଏ ଅସ୍ତ୍ର, ନିମିଉ ମାତ୍ର । ଏଇଟା ସମାଜର ଗତାନୁଗତିକ ପନ୍ଥା । କ୍ରୁର, ନିଷ୍ଠୁର ସମାଜ, ଯିଏ କି ମୋ ଅନାବିଳ ସ୍ନେହ,ପ୍ରେମକୁ ପାଦରେ ଦଳି ଚକଟି ଆଜି ଖିନ୍‍ଭିନ୍ କରିପକାଇଛି ।"

"କ'ଣ ତୁମେ ସମାଜର ଏତାଦୃଶ କାର୍ଯ୍ୟର ପ୍ରତିଶୋଧ ନେବାକୁ ଚାହୁଁଛ ?"

"ମୁଁ କେବେହେଲେ ଅନ୍ୟକୁ ବା ମୋ ସନ୍ତାନକୁ ଈର୍ଷା କରିନି, କିନ୍ତୁ ଏ ଦୁଇଟିଯାକ ମୋ ଉପରେ ବାଧ୍ୟ କରି ଲଦି ଦିଆଯାଇଛି ।" ପତିଙ୍କ ପ୍ରଶ୍ନକୁ ଅପେକ୍ଷା ନକରି ମମତା କହିଚାଲିଥିଲା- "ତେବେ ତୁମେ ଏଭଳି ସମାଜର ବନ୍ଧନରୁ ମୁକ୍ତ ହେବା ପାଇଁ ଚେଷ୍ଟା କରିନଥିଲ ? ତେବେ ତୁମେ ଯଦି ସେ ବନ୍ଧନର ଶକ୍ତି ଜାଣିଥାନ୍ତ ! '

"ମମତା ! ଏକଥା ଜାଣିଥିଲେ ମୁଁ କେବେହେଲେ ତୁମ ରାସ୍ତାରେ ଏକ ପ୍ରତିବନ୍ଧକ ହୋଇନଥାନ୍ତି ।"

"ତୁମେ ବା କ'ଣ କରିପାରିଥାନ୍ତ ! ବିରାଟ ଝଡ଼, ବାତ୍ୟା ଆଗରେ ଯିଏ ଯାହା ପଡ଼ିବେ– ସବୁକିଛି ନିଶ୍ଚିହ୍ନ ହୋଇ ଯିବ । କେହି କେବେ ନିଜକୁ ବଞ୍ଚାଇ ପାରିନି ଏହାର କରାଳ ମୁହଁରୁ ।"

"ଆଚ୍ଛା ତୁମେ ଜାଣିଛ ତୁମର ପ୍ରଥମ ପତି କେଉଁଠି ଅଛନ୍ତି ?"

"ନାଁ !"

"ଆଉ କ'ଣ ତାଙ୍କ ପ୍ରତି ତୁମର କିଛି ଆସକ୍ତି ନାହିଁ ?"

"ମୁଁ ଯଦି ଦୁନିଆରେ କାହାକୁ ଅନ୍ତର ଦେଇ ବେଶୀ ଭଲ ପାଇଥାଏ ତେବେ ସେ ହେଉଛନ୍ତି ମୋର ପ୍ରଥମ ଓ ଶେଷ ।"

"ସମ୍ଭବତଃ ସେ ଏବେ ବିବାହିତ ।"

"ହୋଇପାରେ ।"

"ବୋଧେ ତୁମେ ଏବେ ଯେଉଁ ମୂର୍ତ୍ତି ପୂଜା କରୁଛ, ସେଇଟା ନିଃସ୍ୱ,ଅବହେଳିତ ତଥା ଲାଞ୍ଛିତ ।"

"ଅବହେଳିତ ହେଉ କି ନହେଉ । ମୁଁ ଅନ୍ୟ କୌଣସି ମୂର୍ତ୍ତି ଚାହେଁନା । ସେ ମୋ' ରକ୍ତ, ଅସ୍ଥି,ମଜ୍ଜାଗତ, ଶିରା ପ୍ରଶିରାରେ ସମ୍ପୂର୍ଣ୍ଣ ମିଶିଯାଇଛି ।"

"ତାହା ହେଲେ ତୁମେ ଯଦି ଇଚ୍ଛା କର ତେବେ ତାଙ୍କର ସନ୍ଧାନ କରିପାର । ମୁଁ ତୁମ ସମ୍ମୁଖରେ କେବେ ପ୍ରତିବନ୍ଧକ ହେବି ନାହିଁ ବୋଲି ଦୃଢ଼ ପ୍ରତିଶ୍ରୁତି ଦେଉଛି ।"

"ମୁଁ ଶୁଣୁଛି, ସେ ମୋ ବିଷୟରେ ଆଉ ଚିନ୍ତିତ ନାହାଁନ୍ତି । ତେଣୁ ତାଙ୍କ ଉପରେ ଆଉ ବୋଝ ହେବାକୁ ମୁଁ ଚାହେଁନା । ଦିନ ଥିଲା ଆମେ ଦୁହେଁ ହାତ ଧରାଧରି ହୋଇ

ଚାଲୁଥିଲୁ ଭଲ-ମନ୍ଦର ସାଥୀ ହୋଇ । ଥରେ (ଜଣେ ଜଣଙ୍କଠାରୁ ବିଚ୍ଛେଦ ହୋଇଗଲୁ) ପାଦ ଖସିଯାଇଛି ମାନେ ଚିର ଦିନ ପାଇଁ ଖସିଯାଇଛି ଓ ନିଜ ନିଜକୁ ସେଇଦିନଠାରୁ ହଜାଇଦେଇଛୁ ଏଇ ଦୁନିଆଁ ଭିତରେ । ତେଣୁ ତାଙ୍କୁ ଆଉ ଖୋଜିବାର ଆଗ୍ରହ ମୋର ନାହିଁ କହିଲେ ଚଳେ ।"

"ମୁଁ ଆଶାକରେ ମମତା, ତୁମେ ଯାହା ସବୁ କରି ଯାଉଛ, ଠିକ୍ ଭାବରେ ନିଜେ ହୃଦୟଙ୍ଗମ କରୁଛ ବୋଲି ।"

"ନିଶ୍ଚୟ, ମୁଁ ସବୁ ବୁଝି କରୁଛି ।"

"ତୁମ ପୁଅ କିପରି ଅଛି ?"

"ପୁଅ ବିଷୟରେ ମୋର କିଛି ଧାରଣା ନାହିଁ । ଖାଲି ଏତିକି ଜାଣେ ଯେ ତାକୁ ଡାକ୍ତରଖାନା ନିଆଯାଇଥିଲା । ଜଣେ ମହିଳା ଡାକ୍ତର ଦଶଦିନ ଧରି ତା'ର ଚିକିସା କରିବାକୁ ନେଇଛନ୍ତି (ଯତ୍ନର ସହିତ ଜୀବନ ରକ୍ଷା କରିବାକୁ) ବୋଲି ମୋତେ କହିଥିଲେ । ତା'ପରେ କ'ଣ ହେଲା ମୁଁ କିଛି ଜାଣେନା ।"

"ଦେଖ ମମତା, ମୋତେ ହରେଇ ଦେବାକୁ ଚେଷ୍ଟାକଲେ ତୁମକୁ ତୁମ ଝିଅଠାରୁ ବି ଦୂରେଇ ଯିବାକୁ ପଡ଼ିବ ।"

"ହେଲା ଠିକ୍ ଅଛି, ତୁମ ଇଚ୍ଛାନୁସାରେ ହେଉ ।"

"ତୁମର ଯାହା ଯାହା ଦରକାର ମୁଁ କିଛି ହେଲେ ଅଭାବ କରିବିନି । ହେଲେ ମନେରଖ, ରଞ୍ଜୁ ଯେମିତି ନଜାଣେ ଯେ ତୁମେ ତା'ର ମାଆ ବୋଲି ।"

"ମୁଁ ଆଉ କିଛି ଚାହେଁନା ଜଗଦୀଶ ।"

"ବୋଧହୁଏ, ନୈନିତାଲରେ ଥିବା ମୋ' ବଙ୍ଗଲାଟିରେ ତୁମକୁ ରହିବାକୁ ଭଲ ଲାଗିବ ।"

ଜଗଦୀଶ୍ ମନେକରୁଥିଲା, ସତେ ଯେମିତି ଦୁନିଆର ସବୁକିଛି ପଦାର୍ଥକୁ ପଛକୁ ପକାଇ ଦେଇ କୁଆଡେ ପଳେଇଯିବ । ଲାହୋର ସହର, ପିତାମାତା, ଝିଅ ଏସବୁକୁ ଛାଡ଼ି ଦେଇ ମମତାକୁ ନେଇ କେଉଁ ଏକ ଅଜଣା ଅଶୁଣା ସ୍ଥାନକୁ ଚାଲିଯିବ । ସେ ଆହୁରି ମଧ ଭାବୁଥିଲା ଯେ, ଏମିତି ଏକ ଅଜଣା ଜାଗାକୁ ଉଡ଼ିଯିବ ଯେଉଁଠି ମମତା ତା'ର ପ୍ରଥମ ପ୍ରେମର ସମସ୍ତ ସ୍ମର୍ଶ ସମ୍ପୂର୍ଣ୍ଣ ଭୁଲିଯିବ । ଫଳରେ, ସେ ନିଜେ ଆଉ ନିଜ ବିବେକ ଦ୍ୱାରା ବାରମ୍ବାର ଯନ୍ତ୍ରଣା ଜର୍ଜରିତ ହେବନି, ବରଂ ଦୁହେଁ ଚିରଦିନ ପାଇଁ ସୁଖରେ କାଳାତିପାତ କରିବେ ।

"ଜଗଦୀଶ ! ମୁଁ କିଛି ଚାହେଁନା, ମୁଁ ତୁମକୁ ସ୍ତ୍ରୀ ହିସାବରେ କିଛି ଦେଇପାରିନି । ଯଦିବା ମୋର କିଛିଥିଲା, ମୁଁ କେବେହେଲେ ବିବାହ ନାମରେ କାହାର କୌଣସି ଦୟା (ଦାନ)ର ପାତ୍ରୀ ହେବାକୁ ଚାହେଁନା ।

ବାକ୍‌ରୁଦ୍ଧ ହୋଇ ଦୃଢ଼ କଣ୍ଠରେ ଏଭଳି ମନ୍ତବ୍ୟ ଦେଇ ମମତା ଚଟ୍‌କିନା ଉଠିପଡ଼ିଲା ଏବଂ ଜଗଦୀଶ ଉପରେ ଏକ ତୀକ୍ଷଣ ଦୃଷ୍ଟି ନିକ୍ଷେପ କରି ସେଠାରୁ ଚାଲିଗଲା । ଏମିତି ମୁହୂର୍ତ୍ତରେ ଜଗଦୀଶ ଭାବୁଥିଲା ସତେକି ସେ ମମତାର ଦୁଇ ହାତକୁ ତା' ନିଜ ହାତରେ ଜାବୁଡ଼ିଧରି ଖୁବ୍ ଜୋରରେ ଚିକ୍ରାର କରିଉଠୁଛି – "ମମତା ! ମମତା, ମୋତେ ଛାଡ଼ି କୁଆଡ଼େ ଯାଅନା, ମୁଁ ତୁମର କେବଳ ଉପସ୍ଥିତି ଚାହେଁ । ଆମ କଳହର କୌଣସି ମାନେ ନାହିଁ । ଆମ ଦୁହିଁଙ୍କର ଲକ୍ଷ୍ୟ ଏକ, ମାଧ୍ୟମ ବି ଏକ ।"

କିନ୍ତୁ ଜଗଦୀଶ ନିଜକୁ ଅତିଶୟ ଶକ୍ତିହୀନ ମନେକରୁଥିଲା । ଫଳରେ, ସେ କେବଳ ସ୍ଲାଣ୍ଠୁଭଳି ସେଠାରେ ସେମିତି ବସି ରହିଥିଲା । ମମତା ଯେ ତା' ଦୃଷ୍ଟି ପଥାରୁଥ୍‌ଢ଼ା ହୋଇଥିଲା ତା'ନୁହେଁ ବରଂ ଚିରଦିନ ପାଇଁ ତା'ର ଜୀବନ ସଙ୍ଗିନୀ ପଦରୁ ଅବ୍ୟାହତ ନେଇଥିଲା ।

। ଦୁଇ ।

ଘଣ୍ଟା ଘଣ୍ଟା ଧରି ନୀରବ, ନିସ୍ତବ୍ଧ, କିଂକର୍ତ୍ତବ୍ୟ ବିମୂଢ଼ ହୋଇ ସେ ବସିରହିଲା ସେଇଠି । ଅତୀତର ସ୍ମୃତିଟା ବନ୍ୟା ସୁଅ‌ପରି ମାଡ଼ିଗଲା ତା' ମନ ଉପତ୍ୟକାରେ । ବର୍ତ୍ତମାନର ସ୍ମୃତି ବିନା ଅନ୍ୟ ସବୁ ତାକୁ ତୁଚ୍ଛ ମନେ ହେଲା । ଏମିତି ଅତୀତର ସବୁଘଟଣା ଗୁଡ଼ିକ ଗୋଟାଏ ପରେ ଗୋଟାଏ ତା'ମନ ଗାଲିଚାରେ ଭୁଲିହୋଇ ଯିବାପରେ ଶେଷରେ ସବୁକିଛ୍ଛ ସମସ୍ୟା, ଦ୍ୱନ୍ଦ୍ୱର ଧୂମ କୁଣ୍ଡଳୀ, ବୁଢ଼ିଆଣୀ ଜାଲ ସବୁ ସମାଧାନ ହୋଇ ଅପସରି ଯାଇଥିଲା । ମମତା ରୂପକ ଘନ କୁଳିଶର ଘନଘଟା ଆଉ ତା' ଆଗରେ ଜଞ୍ଜାଲ— ଯନ୍ତ୍ରଣା ନ ହୋଇ ଏକ ମୁକ୍ତ ନୀଳ ଆକାଶର ଇଙ୍ଗିତ ଦେଇ ନାଚି ନାଚି ଭାସି ଆସିଲା ଭବିଷ୍ୟତ ।

ସେ ମନେ ପକାଇଲା ରକ୍ଷୁର ଜନ୍ମଠାରୁ ହିଁ ତା' ଜୀବନର ଜ୍ୱଳନ ଆରମ୍ଭ । ମମତାକୁ ଖୁସି କରାଇବାକୁ ନର୍ସଟି କହି ଉଠିଥିଲା – "ଝିଅଟିର ସୁନ୍ଦର ଗଢ଼ଣ, ସାକ୍ଷାତ୍ ମସୃଣ ସିଲ୍‌କର ସୁକ୍ଷ୍ମ ତନ୍ତୁଟିଏ ।"

ବରଂ ମମତା ଅପ୍ରାକୃତିକ ଭାବରେ ନିଜକୁ ମୌନ ରଖ୍‌ଥିଲା । ଆଉ ରହିଥିଲା ସେଇ ପିଲାଟି ଉପରେ ଏକ କଟାକ୍ଷ ଚାହାଁଣି । ତା' ପରେ ଅତି ନରମ ଗଳାରେ କହି ଉଠିଥିଲା – "ସୁନ୍ଦର ପୁଅଟିଏ ବୋଲି ।"

ଏଥରେ ନର୍ସଟି ଯେ ବିଚଳିତ ହୋଇଉଠିଥିଲା ତା' ନୁହେଁ, ସେ ଭାବିଲା ମମତାର ଧାରଣା ଥିଲା ଯେ ସେ ଏକ ଶିଶୁ ପୁତ୍ର ଜନ୍ମ ଦେଇଛି । କିନ୍ତୁ ଝିଅଟିଏ ନୁହେଁ, ଏ ଅସମୟରେ ମମତାକୁ କୌଣସି ଆଘାତ ନଦେଇ ଖୁବ୍ ଚତୁରତାର ସହ ନର୍ସଟି ଜବାବ୍ ଦେଇଥିଲା— "ହଁ, ସୁନ୍ଦର ଗୁଲୁଗୁଲିଆ ପୁଅଟିଏ ଜନ୍ମ ହୋଇଛି ।"

ମମତା କୋଳରୁ ସୁପ୍ତ ପିଲାଟିକୁ ସେ ଉଠାଇ ନେଲା । ମମତା କିନ୍ତୁ ଜୋରରେ ଚିକ୍ରାର କରି ଉଠିଥିଲା ଓ ଅଚେତ ହୋଇଯାଇଥିଲା । ଡାକ୍ତରଖାନାର ବାରଣ୍ଡାରେ ଥିବା ଜଗଦୀଶ ସେଇ ଚିକ୍ରାରରେ ଚମକି ଉଠି କୋଠରୀ ମଧକୁ ପ୍ରବେଶ କରିଥିଲେ । ଡାକ୍ତର ଇଞ୍ଜେକ୍ସନ ଦେଇ ମମତାଙ୍କୁ ଶୁଆଇ ଦେଇ ଜଗଦୀଶଙ୍କୁ ଆଶ୍ୱାସନା ଦେଇଥିଲେ ଯେ, ମମତା ପାଇଁ ବ୍ୟସ୍ତହେବାର କୌଣସି କାରଣ ନାହିଁ ବରଂ ଅତ୍ୟନ୍ତ କ୍ଲାନ୍ତ ଯୋଗୁଁ ସେ ଏପରି ଚିକ୍ରାର କରୁଥିଲେ ।

ଆଖ୍ ଖୋଲିଲା ବେଳକୁ ମମତା ଅତି ଭୟାତୁର ଓ ଶଙ୍କିତ ଜଣାପଡୁଥିଲେ । ଜଗଦୀଶ୍ ମମତାର ଅସଜଡା କେଶଗୁଡ଼ିକୁ ନିଜ ଆଙ୍ଗୁଳିରେ ସାଉଁଳେଇ ଆଚମ୍ବିତ ହୋଇ ପଚାରୁଥିଲା ଭୟର କାରଣ କ'ଣ ବୋଲି ।

କିଛି ସମୟ ଅତିକ୍ରାନ୍ତ କଲାପରେ ମମତା କହି ଉଠିଲା ଯେ, ନର୍ସ ତା'ପାଖରୁ ତା' ପୁଅଟାକୁ ଝାମ୍ପି ନେବାକୁ ଚେଷ୍ଟା କରୁଥିଲା । ଏଥିରେ ଜଗଦୀଶ ଓ ଡାକ୍ତର ଦୁହେଁ ହସି ଉଠିଲେ । ଡାକ୍ତର ପିଲାଟିକୁ ତା' ପାଖରେ ଶୁଆଇ ଦେଇ କହୁଥିଲେ— "ଏଇ ତୁମ ପୁଅ ।"

କିନ୍ତୁ ଜଗଦୀଶ ବିଚଳିତ ହୋଇ ପଡ଼ିଥିଲା । ସେ ଜାଣିନଥିଲା ଯେ ଗୋଟିଏ ଉଚ୍ଚ ବଂଶଜା ଯୁବତୀ ଝିଅଟିଏ ଜନ୍ମ ଦେଇ ଏପରି ବିଚଳିତ ଓ ବିବ୍ରତ ହୋଇଇପଡ଼ିବ । ସେ ଜଣେ ବିଚକ୍ଷଣା, ବୁଦ୍ଧିମତୀ ମହିଲା ଥିଲା ଓ ତା'ର ଜ୍ଞାନଗାରିମା ଆଗରେ ନିଜକୁ ସମ୍ଭ୍ରମ ଓ ସଙ୍କୋଚ କରି ରଖୁଥିଲା । ଏପରିକି ଜଗଦୀଶ ନିଜେ ମମତାକୁ ପାଇ ଆମ୍ଭ ସନ୍ତୋଷ ଲଭୁଥିଲା, କାରଣ ତା'ର ସମଗ୍ର ପରିବାରଟିରେ ମମତା ପରି ଧୁରୀଣା, ଆଦର୍ଶବତୀ ମହିଲା କେହି ନଥିଲେ କହିଲେ ଚଳେ ।

ଜଗଦୀଶ୍ ଏମିତି ଆଶ୍ଚର୍ଯ୍ୟ ହେଉଥିଲାବେଳେ ଡାକ୍ତର ଆଶ୍ୱାସନା ଦେଇ କହିଲେ ଯେ, ଏ ସବୁ ପ୍ରତିକ୍ରିୟାଗୁଡ଼ିକ ପୁରୁଣାକାଳିଆ ଚିନ୍ତା ପ୍ରସୂତ ନୁହେଁ, କିନ୍ତୁ ବେଳେବେଳେ ଜଣେ ସ୍ତ୍ରୀ ଲୋକ ପୁତ୍ର ସନ୍ତାନ ଜାତକରି ଅପାର ଆନନ୍ଦ ପାଉଥାଏ ବା ନିଜକୁ ଗୌରବାନ୍ୱିତା ମନେକରି ଆମ୍ଭସନ୍ତୋଷ ଲଭିଥାଏ । ଡାକ୍ତର ଜଗଦୀଶଙ୍କୁ ଆହୁରି ପରାମର୍ଶ ଦେଇ କହୁଥିଲେ ଯେ, ମମତାକୁ ଆଉ କିଛିଦିନ ଏମିତି ପୁଅ ହୋଇଛି ଝିଅ ନୁହେଁ ଚିନ୍ତା କରିବାକୁ ଛାଡ଼ି ଦେବାକୁ । ଏପରିକି ମମତା ଗୋଟିଏ ମୁହୂର୍ତ୍ତ ପାଇଁ କି ତା' ପିଲାକୁ ତା' ପାଖରୁ ନେଇ ଯିବାକୁ ପ୍ରଶ୍ରୟ ଦେଉନଥିଲା ।

ଦିନେ ମମତା ପିଲାଟିକୁ ଠେଲାଗାଡ଼ିରେ ବସାଇ ବଗିଚା ଭ୍ରମଣରେ ଯାଇଥିଲା । ଜଗଦୀଶ ତା' ସହ ବି ଥିଲା । ଏ ଭିତରେ ଧାଇଁ ସେଠାରେ ପଛରୁ ପହଞ୍ଜିଯାଇ ପିଲାଟି ବସିଥିବା ଠେଲାଗାଡିଟାକୁ ମମତା ହାତରୁ ଝିଙ୍କିନେଇ ଚାଲିଗଲା । ସେ କହିଗଲା ଯେ, ପିଲାର ଖାଇବାବେଳ ହୋଇ ଗଲାଣି ।

ଧାଇ ପଛକୁ ଫେରିଯାଇଛି କି ନାହିଁ, ମମତା ଜୋରରେ ଚିକ୍ଷାର କରିବାକୁ ଲାଗିଲା । କ୍ରମଶଃ ତା' ଦେହମୁଣ୍ଡ ଅବଶ ହୋଇ ଆସିଲା ଓ ସେ ବଗିଚାରେ ଥିବା ଏକ ବେଞ୍ଚ ଉପରେ ଲଥକିନା ବସିପଡ଼ିଲା । ଜଗଦୀଶ୍ ଅନେକ ଚେଷ୍ଟା କରୁଥିଲା ମମତାକୁ ଯେକୌଣସି ପ୍ରକାରେ ବୁଝେଇ ସାନ୍ତ୍ୱନା ଦେବ, କିନ୍ତୁ ମମତା ଅତି ଉଚ୍ଚ ଗଲାରେ କହି ଉଠିଲା – "ତାକୁ ଫେରି ଆସିବାକୁ କହ, ସେ ମୋ ପୁଅକୁ ନେଇ ଯାଉଛି ।"

ଡାକ୍ତର ଜଗଦୀଶକୁ କହିଥିଲେ ଯେ, ମମତାର ପୁଅ ମରିଯାଇପାରେ ବୋଲି । ଏଇ ଆଶଙ୍କାରେ ସେ ଅତି ଭୟଭୀତ ହୋଇପଡ଼ିଛି । ଏ ପ୍ରକାର ଭୟ ନିଶ୍ଚିତ ଅପସରି ଯିବ ଓ ସେ ଏକ ସାଧାରଣ ମଣିଷ ଭଳି କଥାବାର୍ତ୍ତା କରିବ । ଏ ଆଶ୍ୱାସନା ବି ଡାକ୍ତର ଜଗଦୀଶକୁ ଦେଇଥିଲେ । ଯାହା ହେଲେ ବି ଜଗଦୀଶ ଅତିଶୟ ବିବ୍ରତ ହୋଇ ପଡ଼ିଥିଲା । ହୁଏତ ସେଇ ଧାଇର ଉପସ୍ଥିତି ତା' ମନରେ ଭୟର କାରଣ ହୋଇପାରେ । ଏ ଆଶଙ୍କାରେ ତା' ଜାଗାରେ ଏକ ନୂତନ ଧାଇ ନିଯୁକ୍ତି ପାଇଲା । ପୁରୁଣା ଧାଇଠାରୁ ନୂତନ ଧାଇ ସମ୍ପୂର୍ଣ୍ଣ ଭିନ୍ନଥିଲା ନିଶ୍ଚୟ । କାରଣ ନୂତନ ଜଣକ ବେଶ୍ ଗୋରା, ସୁନ୍ଦର ବ୍ୟବହାର ଓ ଖୁବ୍ ଭଦ୍ରୋଚିତ କଥାବାର୍ତ୍ତା କରୁଥିଲେ । କିନ୍ତୁ ମମତାର ଭାବଭଙ୍ଗୀରେ କୌଣସି ବିଶେଷ ପରିବର୍ତ୍ତନ ଦୃଷ୍ଟିଗୋଚର ହୋଇନଥିଲା । ସେମିତି ସେ ପୂରା ଦିନୟାକ ପିଲା ପାଖରେ ବସି ରହୁଥିଲା, ଯାହାକୁ କି 'ରଞ୍ଜୁ' ନାମରେ ସମ୍ବୋଧନ କରୁଥିଲା ।

। ତିନି ।

ସମୟ ଗଡ଼ିଚାଲିଲା । ଜଗଦୀଶ କିନ୍ତୁ ମମତାକୁ ଭୁଲିପାରିଲାନି, ଯଦିବା ମମତା ବ୍ୟତିରେକ ବଞ୍ଚିବାକୁ ଚେଷ୍ଟା କରୁଥିଲା । ଦିନେ ସେ ୫ର୍କୀ ବାହାରକୁ ଲକ୍ଷ୍ୟରଖ୍ଧ କୋଠରୀ ଭିତରେ ବସିଥିଲା । ଧାଇ ସାଙ୍ଗରେ ରଞ୍ଜୁ ବଗିଚା ଭିତରେ ଖେଲୁଥିଲା । ଆସ୍ତେ ଆସ୍ତେ ସେ ଖେଲିବାକୁ ଶିଖୁଥିଲା । କିଛି ପାଦ ଆଗେଇଲା ପରେ ପୁଣି ପଡ଼ିଯାଉଥିଲା । ଚାଲିବା ପାଇଁ ଶିଶୁଟିର ଯେଉଁ ଅବିରତ ଉଦ୍ୟମ ତାକୁ ବେଶ୍ ଆନନ୍ଦ ଦେଉଥିଲା । ଧାଇ ଗୋଟିଏ ଗୋଲାପ ଫୁଲ ତୋଲିଆଣି ରଞ୍ଜୁର ମୁଣ୍ଡରେ ଖୋସିଦେଲା । ଦୁହେଁ କିଛି ସମୟ ଚାହାଁଚାହିଁ ହେଲାପରେ ହସିପକାଇଲେ । ଏଇ ସମୟରେ ଧାଇ ତା'ଘଣ୍ଟାକୁ ଦେଖ୍ଧ ରଞ୍ଜୁର ଖାଇବା ସମୟ ହୋଇ ଯାଇଛି ଭାବି ଘରକୁ ନେଇଯିବାକୁ ଇଚ୍ଛାକଲା । କିନ୍ତୁ ରଞ୍ଜୁ ଅବୁଝା– ଆହୁରି ଇଚ୍ଛା କରୁଥାଏ ଖେଲିବାକୁ । ଧାଇ ଜୋର୍ କରି ଅବୁଝା ରଞ୍ଜୁକୁ ଟେକିନେଇ ତା' କୋଠରୀ ଆଡ଼କୁ ଧାଇଁଲା ।

ଜଗଦୀଶ ଦୀର୍ଘଶ୍ୱାସଟିଏ ପକାଇ ନିଜକୁ ନିଜେ କହିବାକୁ ଲାଗିଲା– "ଏ ଧାଇଟା ଗୋଟେ ମେସିନ୍ ପରି । ଠିକ୍ ଘଣ୍ଟା କଣ୍ଟା ଅନୁସାରେ ସେ କାମ କରୁଛି । ସବୁ କାମ ପାଇଁ ତା'ର ନିର୍ଦ୍ଧିଷ୍ଟ ସମୟ ଦରକାର । ଖାଇବା, ଶୋଇବା, ଉଠିବା ଓ ଖେଲିବା ।

ମଣିଷ ପରି ତା' ପାଖରେ ଅନୁଭୂତିର ଅଭାବ, ପିଲାର ମନକଥା ଆଉ ଖେଳିବ କି ଟିକିଏ ଅନ୍ନ ଖାଇବ ଏକଥା ତା'ପକ୍ଷେ ବୁଝିବା ମୁସ୍କିଲ୍।"

ରଞ୍ଜୁର ଏ ପ୍ରକାର ଦୟନୀୟ ଅବସ୍ଥା ପାଇଁ ସେ ଖେଦ ପ୍ରକାଶ କଲା, କାରଣ ମା' ଠାରୁ ଅଲଗା ହେବା ଓ ମା'ର ସ୍ନେହରୁ ବଞ୍ଚିତ ହେବା ଏ ପରିସ୍ଥିତି ପାଇଁ ରଞ୍ଜୁ ଦାୟୀ ନୁହେଁ। ତଥାପି ସେ କିଛି କରିପାରି ନଥିଲା।

ହଠାତ୍ ଜଗଦୀଶ୍ ମୁହଁ ବୁଲାଇଦେଇ ମମତାର ଫଟୋ ଆଡେ ଚାହିଁଲା। ବହୁଥର ସେ ଚାହିଁଛି ଓ ଭାବିଛି ସେ ଫଟୋଟାକୁ କାନ୍ଥରୁ କାଢି ଆଣିବାକୁ, କିନ୍ତୁ ତା'ର ସାହସ ନଥିଲା ସେ କାମ କରିବାକୁ। ପ୍ରତିଦିନ ସକାଳେ ଭୃତ୍ୟମାନେ ସେଥିରୁ ଧୂଳିଝାଡି ଠିକ୍ ଭାବେ ଝୁଲାଇଦେବା ସମୟରେ ସେମାନଙ୍କ ଚକ୍ଷୁ ଲୋତକାପ୍ଲୁତ ହୋଇଯାଏ।

ଜଗଦୀଶର ଅନ୍ତର ଚାହିଁନଥିଲା ସେ ଫଟୋଟିକୁ ସେଠାରୁ ଘୁଞ୍ଚାଇଦେବ ବୋଲି। ଯେଉଁ ମୁହୂର୍ତ୍ତରେ କକ୍ଷ ମଧ୍ୟକୁ ପ୍ରବେଶ କରିଛି ସେ ଲକ୍ଷ୍ୟ କରିଛି ସେଇ ମମତାର ବିଶାଳ ଆବକ୍ଷପ୍ରତି। ମନେହେଉଥିଲା ସତେ ଅବା ମମତା ସଶରୀରେ ଗୃହ ମଧ୍ୟରେ ଉପସ୍ଥିତ।

ବେଳେବେଳେ ଜଗଦୀଶ୍ ମନେ ମନେ ମମତା ଉପରେ ଖୁବ୍ ଗମ୍ଭୀର, ବିଚଳିତ ଓ କ୍ରୋଧାନ୍ଵିତ ହୋଇ ପଡୁଥିଲା। ପୁଣି କେବେ ତା' ନିଜ ଉପରେ। ସେଇ ଦୁଃଖ, କ୍ରୋଧ ଓ ବିରହ ମୁହୂର୍ତ୍ତ ମଧ୍ୟରେ ସେ ଭାବିଛି ମମତା ତ ନିଜେ ଘର ଛାଡି ନିଜ ଜୀବନର ସୁଖ ସୁବିଧା ପାଇଁ ଚାଲିଗଲା। ତାକୁ ଘରୁ ବାହାରିଯିବା ପାଇଁ ତ ସେ କେବେ କହିନି, ତେବେ ଏ ଫଟୋ ଗୁଡ଼ିକ ରହି ଲାଭ କ'ଣ ?

କିନ୍ତୁ ଆଜି ଜଗଦୀଶ ସେଗୁଡ଼ିକୁ ଅଧିକ ସମୟ ରଖିପାରିନଥିଲା। ଅନ୍ତରର କୋହକୁ ଛପାଇଦେଇ ମମତାର ବିଶାଳ ଆବକ୍ଷଟାକୁ କାନ୍ଥରୁ ତଳକୁ ଓହ୍ଲାଇ ଆଣିଲା। ତା'ପରେ ଗୋଟିଏ ପରେ ଗୋଟିଏ ସବୁଗୁଡାକ ସେ କକ୍ଷରୁ ବାହାର କରିଦେଲା। ସେ କେମିତି ରାଗିଲା ଭଳି ଦେଖାଯାଉଥିଲା। ଏ ଛବିଗୁଡ଼ାକ ଯେ ପର୍ଯ୍ୟନ୍ତ ଏ ଘରେ ଟଙ୍ଗା ହୋଇଥିବେ ସେ ପର୍ଯ୍ୟନ୍ତ ସେ ତାଙ୍କ ଅତୀତଟାକୁ ଭୁଲିପାରିବେନି ବରଂ ଅଧିକରୁ ଅଧିକ ଜୀବନ୍ତ ଯନ୍ତ୍ରଣା ଦେଉଥିବେ। ମୁହଁ ତଳକୁ କରି ଚାହିଁଲା ଗୋଟେ ଅବ୍ୟବହୃତ କ୍ୟାବିନେଟ୍ ଫଟୋ ଆଡ଼େ।

। ଚାରି ।

ଜଗଦୀଶକୁ ଛାଡ଼ି ମମତା ଗୋଟେ ସରକାରୀ ବିଦ୍ୟାଳୟରେ ଶିକ୍ଷକତା କଲା ଏବଂ ନିକଟସ୍ଥ ଶିକ୍ଷକମାନଙ୍କ ପାଇଁ ଉଦ୍ଦିଷ୍ଟ ଏକ କ୍ୱାର୍ଟରରେ ସେ ରହୁଥିଲା। କେବଳ ଶ୍ରେଣୀରେ ପଢାଇବା ଓ ଲାଇବ୍ରେରୀରେ ବସି ଅନ୍ୟାନ୍ୟ ବହିପତ୍ର ପଢାପଢି କରିବା ବ୍ୟତୀତ ତା'ର ଅନ୍ୟ କୌଣସିରେ ଆଗ୍ରହ ନଥିଲା। ଖୁବ୍ କୃଚିତ ସମୟ ପାଇଁ ବିଦ୍ୟାଳୟ

ପରିସର ବାହାରକୁ ସେ ବାହାରୁଥିଲା । ସବୁକିଛି ପାଇଁ ତା'ର ବୈରାଗ୍ୟ ଭାବ ସୃଷ୍ଟି ହୋଇଥିଲା କହିଲେ ଚଲେ ।

ଦିନେ ବିଛଣାରେ ବସି କାନ୍ଥୁଆଡେ ସେ ଦୃଷ୍ଟି ରଖିଥିଲା । ବାହାରର ଶୁଭ୍ର ଚନ୍ଦ୍ରାଲୋକ ଅଧା ଝୁଲୁଥିବା ପରଦା ଭିତର ଦେଇ କକ୍ଷ ମଧ୍ୟକୁ ପ୍ରବେଶ କରୁଥିଲା । କକ୍ଷର ଆଲୁଅଗୁଡ଼ିକ ଲିଭାଇ ଦିଆଯାଇଥିଲା ।

ସତୃଷ୍ଣ ନୟନରେ ମମତା ଚାହିଁ ରହିଥିଲା ଏଇ ନୀଳ ଆଲୋକ ଭିଜା କାନ୍ଥଗୁଡ଼ିକୁ । ସେଗୁଡ଼ିକ ବେଶ୍ ସ୍ୱଚ୍ଛ ଓ ଆନନ୍ଦଦାୟକ ଥିଲା । ତା'ପରେ ହଠାତ୍ ଅନ୍ତର୍ହିତ ହୋଇଗଲେ ଓ ତା' ଜାଗାରେ ଏକ ବିଶାଳ ସୂକ୍ଷ୍ମ ନଦୀଟିଏ କୁଳୁକୁଳୁ ନାଦରେ ବହିଗଲା ପରି ମନେ ହେଉଥିଲା । ଆଉ ମମତା ଅନୁଭବ କଲା ସତେ ଅବା ତା' ଖଟଟି ଡଙ୍ଗାଭଳି ସେଇ ନଦୀ ଭିତରେ ଭାସୁଅଛି । ପୁଣି ତା'କୂଳରେ ଯେମିତି କି ଏକ ପ୍ରତିମୂର୍ତ୍ତି ଗ୍ରହ ସଦୃଶ ଘୁରିବୁଲୁଛି । କ୍ରମଶଃ ଘନକୁହୁଡ଼ି ଅପସରି ଯିବାପରେ ସେ ପ୍ରତିମୂର୍ତ୍ତିଟି ପୂର୍ବ ପରିଣତ ଦେବ୍ ଙ୍କର ବୋଲି ସେ ଚିହ୍ନିପାରିଲା ।

ମମତାର ଚକ୍ଷୁ ଗୋଲକ ଦୁଇଟି ଅତି ଆନନ୍ଦରେ ବିସ୍ତାରିତ ହେବାକୁ ଲାଗିଲା । ଦେବ୍‍ଙ୍କ ମୁଖମଣ୍ଡଳ ଅତ୍ୟନ୍ତ ସ୍ୱସ୍ଥ ଏବଂ ଉଜ୍ଜ୍ୱଳ ଦେଖାଯାଉଥିଲା । କିନ୍ତୁ ତାଙ୍କର ବାହ୍ୟ ସୌନ୍ଦର୍ଯ୍ୟତା କିପରି ଏକ ବୃକ୍ଷର ପରିପକ୍ୱ ଫଳ ଭଳି ମନେହେଉଥିଲା । ତାଙ୍କ ଶରୀର ଅତ୍ୟନ୍ତ ଦୁର୍ବଳ ଓ ଭଗ୍ନ ଦେଖାଯାଉଥିଲା । କାରଣ ଯନ୍ତ୍ରଣା ଓ ବିରହରେ ସେ ଅତ୍ୟନ୍ତ ଭାଙ୍ଗି ପଡ଼ିଥିଲେ । ମମତାର ଆଖି ଦୁଇଟି ଠିକ୍ ଦେବ୍ ଙ୍କର ସେହି ଶ୍ରୀହୀନ ମୁଖମଣ୍ଡଳ ଉପରେ ଲାଗିରହିଥିଲା । ସିଏ ଥିଲା ଏକ ସ୍ନେହ ଓ ପ୍ରେମର ଆବେଗମୟ ପରିବେଶ । ଅତି ଶାନ୍ତ ଓ କୋମଳ କଣ୍ଠରେ ମମତା କହିଉଠିଲା "ବିଦାୟ–ବିଦାୟ, ମୁଁ ଆଶା କରୁଥିଲି ତୁମ ପାଖକୁ ଆସିବା ପାଇଁ, କିନ୍ତୁ ହାୟ ମୋର ସେ ସମସ୍ତ ଶକ୍ତି ଆଜି ଅବଶ ହୋଇଯାଇଛି । ସମାଜର ବିରହ ବିଚ୍ଛେଦ କାହାଣୀର ଢେଉର ଶକ୍ତି ଖୁବ୍ ଭୟଙ୍କର ଏବଂ ଖୁବ୍ ଶକ୍ତିଶାଳୀ । ଏହାକୁ ଅତିକ୍ରମ କରି କୂଳରେ ପହଞ୍ଚିବା ଏକ ଦୁରୂହ ବ୍ୟାପାର । ସେଇ ମାୟା, ମୋହ, ସ୍ନେହ, ଶ୍ରଦ୍ଧା.. ବନ୍ଧନର କୂଳଟି ବର୍ତ୍ତମାନ ବହୁ ଦୂରକୁ ଚାଲିଯାଇଛି । ତେଣୁ ବନ୍ଧୁ ବିଦାୟ ।" ମମତାର ଚିବୁକରେ ଅଶ୍ରୁମାରୀ ବନ୍ୟାର ଉଦ୍ଗୀକ୍ଷା ।

ହଠାତ୍ ମମତା ଉଠିପଡ଼ିଲା । ଅନ୍ୟ ଏକ ଚିତ୍ର ପ୍ରତିମା ତା' ଆଖିଆଗରେ ନାଚି ଉଠିଲା—ସେଇଟା ଥିଲା ଜଗଦୀଶଙ୍କର ପ୍ରତିଚ୍ଛବି । ତାଙ୍କ କପାଳରେ ଯେଉଁ ଜନ୍ମଗତ ଚିହ୍ନଟି ଥିଲା ସେଇଟା ଆହୁରି ଗଭୀରତର ହେବାକୁ ଲାଗିଲା । କିନ୍ତୁ ଓଠରେ ଆଉ ସେ ଅତୀତର ସ୍ପନ୍ଦନ ନଥିଲା । ଆଖିଗୁଡ଼ିକ କ୍ରୋଟରସ୍ତ କିନ୍ତୁ ଆନ୍ତରିକତାରେ ଭରପୁର । ତଥାପି ଦୁଃଖ, ଅବଶ ଏବଂ କାକୁତି ମିନତିରେ ସ୍ପନ୍ଦିତ ହୋଇ ଉଠୁଥିଲା । ମମତା କିନ୍ତୁ

ଜଗଦୀଶର ଏପରି ଏକ ଦୟନୀୟ ଅବସ୍ଥାକୁ ଅଧିକ ସମୟ ନିରୀକ୍ଷଣ କରିପାରିଲାନି । ଚକ୍ଷୁ ଦୁଇଟାକୁ ଭୁଲୁଣ୍ଠିତ କରି ସେ କହି ଉଠିଲା– "ମୁଁ ତୁମକୁ କ'ଣ ଦେଇପାରେ । ମୁଁ ନିଃସ୍ୱ-ସବୁକିଛି ହରାଇ ବସିଛି । ମୋତେ କ୍ଷମା କରିଦିଅ ।" ଏହା କହି ସେ ସନ୍ତ୍ରମରେ ଜଗଦୀଶର ସମ୍ମୁଖୀନ ହୋଇ ନପାରି ମସ୍ତକ ଅବନତ କରିପକାଇଲା । ଡଙ୍ଗାଟି କ୍ରମଶଃ ଗତି କରିବାକୁ ଲାଗିଲା । ହଠାତ୍ ମମତା ଚାହିଁ ଦେଖିଲା ଗୋଟିଏ ଛୋଟିଆ ବାଳକଟିଏ ଓଦା ବାଲିରେ ଘାଣ୍ଟି ହୋଇ ତା'ଆଡ଼କୁ ସନ୍ତର୍ପଣରେ ଚାହିଁ ରହିଛି । ମନେହେଉଥିଲା ସତେ ଅବା ସେଇ ପିଲାଟି ମମତାକୁ ଭଲ ଭାବରେ ଚିହ୍ନିପାରିଲା । ମମତାର କ'ଣ ହେଲା କେଜାଣି ସେ କ୍ରମଶଃ ନିଜକୁ ନିର୍ଜୀବ ମନେ କରୁଥିଲା ।

ଏହାପରେ ଅଳ୍ପ ଦୂରରେ ସେ କୌଣସି ଏକ ଶିଶୁର କ୍ରନ୍ଦନ ଶୁଣିପାରିଲା । ସେଇଟା ଥିଲା ଗୋଟିଏ ଛୋଟିଆ ଝିଅର କ୍ରନ୍ଦନ ସ୍ୱର । ବହୁ ଦୂରରୁ ଜଣାପଡୁଥିଲା ପିଲାଟିଏ ବାଲିରେ ଘୋଷାଡ଼ି ହୋଇ ହରାଇଥିବା ମାଆକୁ କାନ୍ଦିକାନ୍ଦି ଖୋଜି ବୁଲୁଥିଲା । ଏଇ ପରିବେଶ ମଧ୍ୟରେ ମମତା ମାତୃତ୍ୱର ଜିଜ୍ଞାସୁ ହୃଦୟ ଉକ୍ରଣ୍ଠାରେ ଭରପୁର ହୋଇଯାଇଥିଲା । ସେ ଭାବିଲା ତା'ର ପରିବେଶ ଅତ୍ୟନ୍ତ ରୁକ୍ଷ ଓ କଠିନ ଥିଲା । ଏଭଳି ଏକ ପିଲାର କ୍ରନ୍ଦନରୋଳ ପାଇଁ ସେ ଅତ୍ୟନ୍ତ ମର୍ମାହତ ହୋଇପଡ଼ିଲା ଏବଂ ପିଲାଟି କାଲେ ସେଇ ଓଦାଲିଆ ବାଲୁକାପ୍ରାନ୍ତରେ ମାଆକୁ ଖୋଜି ଖୋଜି ପାଣି ଭିତରକୁ ଚାଲିଯିବ ଏଇ ଆଶଙ୍କାରେ ପିଲାଟିକୁ ତୋଳିଆଣି ମାତୃସୁଲଭ ଗୁଣରେ ଚୁମ୍ବନଟିଏ ଦେଇ ବଞ୍ଚେଇ ରଖିବାକୁ ମମତା ତା'ର ଦୁଇବାହୁକୁ ପ୍ରସାରିତ କରିଦେଲା ।

ଯାହା ହେଲେ ବି ନଦୀକୂଳଟି ଖୁବ୍ ଦୂରରେ ଥିଲା ଏବଂ ପିଲାଟିର କ୍ରନ୍ଦନରୋଳ ମଧ୍ୟ ବହୁ ଦୂରକୁ ଶୁଣାଯାଉଥିଲା । ପ୍ରଶସ୍ତ ନଦୀ ମଧ୍ୟରେ ନୌକାଟି ଖୁବ୍ ଜୋରରେ ଗତିକରିବାକୁ ଲାଗିଲା ଆଉ ମମତା ପଛକୁ ଚାହିଁ ଶୁଣିପାରୁଥିଲା ସେଇ କ୍ରନ୍ଦନରତା ଶିଶୁଟିର ସ୍ୱର । ସେ ନିଜକୁ ଅସହାୟ ଓ ନିରାଶ ମନେକରୁଥିଲା । ଆଗକୁ ଚାହିଁ ଦେଖିଲା ନଦୀର ଦୁଇ କୂଳରେ ଅନେକ ଲୋକ ପ୍ରତୀକ୍ଷାରତ । ସେମାନଙ୍କ ମଧ୍ୟରେ ତା'ର ମାଆ, ବାପା, ଭାଇ ଓ ଭଉଣୀ ସମସ୍ତେ ଆସ୍ତମାଡ଼ି ଅନେଇ ରହିଛନ୍ତି । ସେମାନଙ୍କ ପଛକୁ ତା'ର ଅନ୍ୟ ସଂପର୍କୀୟ ବନ୍ଧୁ ବାନ୍ଧବ, ସେମାନଙ୍କର ମୁଖମଣ୍ଡଳ ଆଶା, ନୈରାଶ୍ୟ, ଯନ୍ତ୍ରଣା, ଦୁର୍ଦ୍ଦଶା ଓ ବୟସର ତାଡ଼ନାରେ କୁଞ୍ଚିତ ହୋଇ ଉଠୁଥିଲା । ସେମାନେ ମଧ୍ୟ କାନ୍ଦି ଉଠୁଥିଲେ ନିଜକୁ ଅସହାୟ ମନେକରି । ଏଇ ପରିପ୍ରେକ୍ଷୀରେ ମମତା ମୁହଁ ବୁଲାଇ ଆଗକୁ ଚାହିଁଲା । ହଠାତ୍ ସେ ଶୁଣିପାରିଲା କୌଣସି ଏକ ଦୂରରୁ ଭାସି ଆସୁଥିବା କ୍ରନ୍ଦନ ସ୍ୱର । ଯାହାକି ତା'ର ଚକ୍ଷୁ ଦୁଇଟିକୁ ଲୋତକାପ୍ଲୁତ କରିପକାଇଲା । ସେମାନେ ଅତି ଦରଦଭରା କଣ୍ଠରେ କହି ଉଠୁଥିଲେ–"ମମତା ଆମକୁ କ୍ଷମା ଦେଇଦିଅ । ଆମେ ସମସ୍ତେ

ପାପୀ ଓ ଆତତାୟୀ । ଆମକୁ କ୍ଷମା ଦେଇଦେ ମମତା ।" ଜଣାଯାଉଥିଲା ସତେ କି ମମତାର ଶିରା ପ୍ରଶିରାଗୁଡ଼ିକ ନିସ୍ତେଜ ହୋଇ ଉଠୁଥିଲା । ତା' କପାଳକୁ ଡାହାଣ ହାତରେ ଚାପିଧରି ଏକ ଦୀର୍ଘଶ୍ୱାସ ଛାଡ଼ିଲା ମମତା । ଅତି କ୍ଷୀଣ ସ୍ୱରରେ ସେ କହିପକାଇଲା —"କେବଳ ଭଗବାନ ହିଁ ତୁମକୁ କ୍ଷମା ଦେଇ ପାରିବେ ।"

ନୌକାଟିଏ ସମସ୍ତ କୂଳ ଅତିକ୍ରମ କରି ଖୁବ୍ ଜୋରରେ ବହିଚାଲିଲା ଆହୁରି ଦୂରକୁ । ମମତା ଆଉଥରେ ସେଇକୂଳକୁ ଫେରି ଚାହିଁବାକୁ ସତ ସାହସ ବି କଲାନାହିଁ । ମାଇଲ ମାଇଲ ବ୍ୟାପୀ ହା ହତାଶାର କାହାଣୀ ତା' ମନକୁ ଆଲୋଡିତ କରୁଥିଲା । ପୃଥିବୀଟା ନିର୍ଜୀବ ମରୁଭୂମି ପରି ଜଣାଯାଉଥିଲା । ସେଥିରେ ନା ଥିଲା ଜୀବନ ନା ପଶୁପକ୍ଷୀ, ମଣିଷ । ଏଇଭଳି ନୀରବତା ଖୁବ୍ ଭୟଙ୍କର ମନେହେଉଥିଲା । ପୁଣି ହଠାତ୍ ସେ ଶୁଣିପାରିଲା କିଛି ମଣିଷଙ୍କର ସ୍ୱର ସେଇ ସୁଦୂର ନଦୀକୂଳରୁ । ସେ କ'ଣ ଆଉ ଏକ ଜୀବ ଜଗତର ନିକଟତର ହେଉଥିଲାକି ? ଆଶ୍ଚର୍ଯ୍ୟ ହୋଇ ଉଠୁଥିଲା ମମତା, ଦୁଇକର୍ଣ୍ଣ ଗହ୍ୱରକୁ ହାତରେ ବନ୍ଦରଖି ମୁହଁ ଲୁଚେଇ ନିଦ୍ରାମଗ୍ନ ହୋଇଥିଲା ସେ ।

ଦ୍ବିତୀୟ ଭାଗ

। ଏକ ।

କୃଷ୍ଣଲାଲ ଜଣେ ଧନୀକ ବ୍ୟବସାୟୀ ଥିଲେ । ସେ ଏବଂ ତାଙ୍କ ସହଧର୍ମିଣୀ ସରଲା ଅତ୍ୟନ୍ତ ଆନନ୍ଦରେ କାଳାତିପାତ କରୁଥିଲେ । ସେମାନେ ଖୁବ୍ ଆନନ୍ଦରେ ଥିଲେ କାରଣ ସେମାନଙ୍କର ବିବାହର ଦୀର୍ଘ ବାରବର୍ଷ ପରେ ଏକ ପୁତ୍ର ଜାତ ହୋଇଥିଲା ।

ସଂଧ୍ୟାରେ ସ୍ବ ଗୃହକୁ ଫେରିଆସି ଦେଖନ୍ତି ତ ତାଙ୍କ ସ୍ତ୍ରୀ କ୍ଷୀର ବୋତଲରେ କ୍ଷୀର ଭର୍ତ୍ତି କରୁଛନ୍ତି । ଅଳ୍ପ ଚକିତ ହୋଇ ସେ ପଚାରିଲେ– "ସରଲା, ଏଇ ରୌପ୍ୟ ବୋତଲରେ କେତେ କ୍ଷୀର ରହିପାରିବ ତମେ ଜାଣିଛ କି ? କାଚ ବୋତଲ ବିଷୟରେ ତୁମେ ହୁଏତ ଠିକ୍ କହିପାରିବ ।"

"ତୁମର ଏ ସବୁ କଥା ମୁଣ୍ଡରେ ପୁରାଇବା ଅନାବଶ୍ୟକ । କାଚ ବୋତଲଟାରେ ସମସ୍ତଙ୍କୁ ଜଣାପଡ଼ିବ । ଆମର ଏଇ ବଡ ପରିବାରକୁ ସବୁଦିନେ ତ ସବୁ ପ୍ରକାରର ଲୋକଙ୍କ ଯିବା ଆସିବା ଲାଗିରହିଛି । ତେଣୁ କାଚ ବୋତଲ ଉପରେ ସମସ୍ତଙ୍କର ନଜର ଶୀଘ୍ର ପଡ଼ିଯିବାର ସମ୍ଭାବନା ଅଛି ଏବଂ ପିଲା ଖାଉଥିବା କ୍ଷୀର ଉପରେ ସେମାନଙ୍କର ଦୃଷ୍ଟି ପଡ଼ିପାରେ ।"

"ସରଲାର ଏଇ ଧରାବନ୍ଧା (ରକ୍ଷଣଶୀଳ) ମନ୍ତବ୍ୟକୁ ଦୃଷ୍ଟି ନଦେଇ କୃଷ୍ଣ କହିଲେ– "ଏବେ କିଛି ଦିନ ପାଇଁ ଡକ୍ଟର ଦେବ୍ ଦିଲ୍ଲୀ ଆସିଛନ୍ତି, ହେଲେ ଏପର୍ଯ୍ୟନ୍ତ ଆମ ଘରକୁ ଆସିନାହାଁନ୍ତି । ମୁଁ ଆଶା କରୁଛି ସେ ଭଲରେ ଥାଆନ୍ତୁ । ଯଦିଓ ଦେବ୍ କୃଷ୍ଣଙ୍କ ଠାରୁ ଛୋଟ, ତଥାପି ତାଙ୍କର ସେ ଜଣେ ଘନିଷ୍ଠ ବନ୍ଧୁ । ବେଲେବେଲେ ସରଲା ଠଟ୍ଟା କରି ଅତି ମଜାରେ କୃଷ୍ଣଙ୍କୁ କହନ୍ତି ଯେ, ତାଙ୍କ ଭିତରୁ ଜଣେ କିଏ ସ୍ତ୍ରୀଲୋକ ହୋଇଥାଆନ୍ତା ହୁଏତ ଦୁଇଜଣଯାକ ଗୋଟେ ଭଲ ଦମ୍ପତି ହୋଇପାରିଥାଆନ୍ତେ । ସରଲା ହସି ହସି କହିଲେ–"ଏବେ ସେ ବୋଧେ କେଉଁଠି ତାଙ୍କର ନୂତନ କବିତାବଳୀର ଆବୃତ୍ତି କରୁଥିବେ ।"

"ନ ହେଲେ କେଉଁଠି ଏକ ଅପରେସନରେ ବ୍ୟସ୍ତ ଥିବେ ।"

''ଯାହା ହେଲେ ବି ଲୋକ ହିସାବରେ ସେ ବହୁତ ଭଲ ।'' ସରଳା କହିଲା ।

"ଏଁ କ'ଣ ମୋ ଠାରୁ ଭଲ ?'' କୃଷ୍ଣ ଟିକିଏ ଚିଡେଇବା କଣ୍ଠରେ ପ୍ରଶ୍ନ କଲେ ।

"ହଁ ଆମେ ସିନା ମଣିଷ, କିନ୍ତୁ ସେ ଯେ ସ୍ୱର୍ଗର ଦୂତ ।" ସରଳାର ଏ ମନ୍ତବ୍ୟ ପାଟିରୁ ସରିଛି କି ନାହିଁ ହଠାତ୍ ବାହାର ଦର୍ଜାଆଡୁ ଶୁଭିଲା– "ଭାଉଜ ଭାଉଜ" । ଦେବ୍ ଆସି ସେଠାରେ ପହଞ୍ଚି ଯାଇଥିଲେ । "ଦେବ୍ ଯାହାହେଉ ତୁମେ ଠିକ୍ ସମୟରେ ଆସି ଭଲ କରିଛ । ଆମେ ଦୁହେଁ ତୁମ ଅପେକ୍ଷାରେ ଥିଲୁ ।" ସରଳା ଅତି ଆନନ୍ଦରେ କହିପକାଇଲା । ଟିକିଏ ଗମ୍ଭୀର ହୋଇ କୃଷ୍ଣ କହିଲେ– "ଆଚ୍ଛା, ତୁମେ ଯେତେବେଳେ ଆସୁଛ ତୁମ ଭାଉଜକୁ ଦେଖାକରୁଛ, ଆଉ ତୁମ ଭାଇ ବିଷୟରେ କିଛି ପଚାରି ବୁଝୁଛ କି ?"

"ବୁଝିଲ କୃଷ୍ଣ, ଘରେ ଭାଉଜଙ୍କ ରାଜତ୍ୱ ଆଉ ଅଫିସରେ ତୁମର । ମୁଁ କ'ଣ ତୁମ ଅଫିସରେ ଭାଉଜଙ୍କୁ ଡାକେ କି ?" ଏକଥା ଦେବ୍ କହିପକାଇ ସୋଫାରେ ବସିପଡ଼ିଲା ବେଳକୁ ସ୍ୱାମୀ ସ୍ତ୍ରୀ ଦୁହେଁ ହସି ହସି ଗଡ଼ି ଯାଉଥିଲେ ।

"ଦେବ୍ ତୁମେ ଆସିବାବେଲକୁ ଆମେ କ'ଣ ଆଲୋଚନା କରୁଥିଲୁ, ଜାଣିଛ ?" ସରଳା ପଚାରିଲେ । ଦେବ୍ କିଛି ଉତ୍ତର ଦେବା ପୂର୍ବରୁ କୃଷ୍ଣ କହିପକାଇଲେ– "ତୁମ ଭାଉଜଙ୍କ ମତରେ ତୁମେ କାଲେ ଖୁବ୍ ଭଲ ଲୋକ । ଏପରିକି ମୋ ଠାରୁ ଆହୁରି ଭଲ ।" ସରଳା ଟିକେ ପ୍ରତିବାଦ କରି କହିଲା– "ସେ ତୁମଠାରୁ ଭଲ ବୋଲି ତ ମୁଁ କହିନି, ମୁଁ କେବଲ କହିଛି ଆମ ଦୁଇ ଜଣ ପରି ସେ କ'ଣ ମରଣଶୀଳ ତଥା ପାପୀ ?'

"ମୁଁ କିନ୍ତୁ ତୁମ କଥାରେ ଏକମତ ନୁହେଁ ଭାଉଜ । ତୁମ ଭଳି ମୁଁ ହସି କାଦି ପାରେ । ତେଣୁ ମୋ ପ୍ରତି ସେ ଶଢ଼ଟା ଠିକ୍ ନୁହେଁ । ଏହା କହି ଦେବ୍ ଅନ୍ୟ ଦିଗରେ କାନ୍ଥରେ ଥିବା କୃଷ୍ଣଙ୍କର ପୁଅର ଫଟୋ ଆଡ଼କୁ ଦୃଷ୍ଟି ବୁଲାଇ କହିଲେ–"ବୁଝିଲ ଭାଇ, ତୁମ ପାଖରେ ଆମେ ବହୁଦିଗରୁ ରଣୀ ।"

"ନା, ନା ସେମିତି କିଛି କୁହନା ଭାଉଜ, ଆଉ କିଛି ବିଷୟରେ ଆଲୋଚନା କଲେ ଭଲ ହେବ ।'' ଆଲୋଚନାର ମୋଡ ବଦଲାଇ କୃଷ୍ଣ କହିଲେ–"ସରଲା କହୁଥିଲା ଯେ, ତୁମେ ଆମ ଘରକୁ ନଆସି ସଙ୍ଗୀତ ଦେବାଙ୍କ ପୂଜା ଆରାଧନାରେ ବ୍ୟସ୍ତଥିଲ । ତାଙ୍କୁ ସ୍ୱର୍ଗୀୟ ଆସ୍ଥାନରୁ ଓହ୍ଲାଇ ଆଣି ଏଇ ମର୍ତ୍ୟଭୂମିରେ ପ୍ରତିଷ୍ଠା କରିବା ପାଇଁ ପୂଜାର୍ଚ୍ଚନା କରିବାରେ ବ୍ୟସ୍ତଥିଲ ।"

"ମର୍ତ୍ୟର ଜଣେ ଲୋକକୁ ମୁଁ ଯଦି ବଶୀଭୂତ କରିପାରିଲିନି ତେବେ ସେ ସ୍ୱର୍ଗର ଦେବଦେବୀଙ୍କୁ ବଶୀଭୂତ କରିପାରିବି କି ?" ଦେବ୍ ର ଏତାଦୃଶ ମନ୍ତବ୍ୟକୁ ତା' ଅନ୍ତର କୋହର ପରିପ୍ରକାଶ ବୋଲି ମନେ ହେଉଥିଲା ।

"କି ବିଚିତ୍ର ଜଗତ । କି ତଫାତ୍ ଜଣେ କବି ଓ ଡାକ୍ତର ମଧ୍ୟରେ । ଜଣେ ବିଶ୍ୱ ସୌନ୍ଦର୍ଯ୍ୟର ପୂଜକ ହେଲାବେଳକୁ ଆଉ ଜଣେ ମାନବିକ ଦୁଃଖ-ଦୈନ୍ୟ ଭିତରେ ଘାଣ୍ଟି ସନ୍ତୁଳି ହେଉଛି । ଆଚ୍ଛା କହିଲ ଦେବ୍, ଡାକ୍ତର ହିସାବରେ ତୁମର ରୋଗୀମାନଙ୍କ ସହିତ ଯେଉଁ ସମ୍ପର୍କ ସେଇଟା ତୁମର କାବ୍ୟିକ ମାନସକୁ ବହୁପରିମାଣରେ ଆଘାତ ଦେଉନାହିଁକି ?"

" ନାଁ କୃଷ୍ଣ, ମଣିଷ ହୃଦୟରେ ବିଭିନ୍ନ ପ୍ରକାରର ଚିନ୍ତାଧାରା ରହିଆସିଛି । ତୁମେ କ'ଣ ଭାବୁଛ ଡାକ୍ତର ଯେତେବେଳେ ତା' କର୍ତ୍ତବ୍ୟ କରୁଛି, ଗୋଟେ ରୋଗୀର କ୍ଷତସ୍ଥାନ ଧୋଇ ବ୍ୟାଣ୍ଡେଜ କରୁଛି ତା' ହୃଦୟରେ କ'ଣ ସ୍ନେହ, ଶ୍ରଦ୍ଧା, ସହାନୁଭୂତିର ଅନୁଭୂତି ରହୁନାହିଁ କି ?" ଦେବ୍ ପୁଣି ଅଳ୍ପ ହସି କହିଚାଲିଲେ–"ଆଉ କବିତା, କେବଳ ଯେ ସୌନ୍ଦର୍ଯ୍ୟ ଉପଲବ୍ଧିରୁ ଜନ୍ମନିଏ ସେଇଟା ଭାବିବା ଭୁଲ୍ । ଏଇଟା ମଧ୍ୟ ଅବିରତ ମାନବିକ ସୁଖ, ଦୁଃଖ, ସ୍ନେହ, ଶ୍ରଦ୍ଧା, ଆଶା ଓ ଆକାଂକ୍ଷାର ଫଳସ୍ୱରୂପ ଯେଉଁଟା କି ଦୈହିକ ଆଘାତ ଅପେକ୍ଷା ଅଧିକ କଷ୍ଟଦାୟକ" ।

ଏଇ ସମୟରେ ଧାଇ ପିଲାଟିକୁ ଧରି ଭିତରକୁ ପଶିଆସିଲା । ପିଲାଟି ହଠାତ୍ ସବୁଦିନିଆ ପରିଚିତ ଲୋକ ଭାବି ହାତ ଦୁଇଟାକୁ ବଢେଇଦେଇ ଡେଇଁ ପଡ଼ିଲା ଦେବ୍ଙ୍କ ଉପରକୁ । ସେ ଯେତେବେଳେ ପିଲାଟିର କ୍ଷୁଦ୍ର କଅଁଳିଆ ପାଦଦୁଇଟିକୁ ସାଉଁଲିବାରେ ବ୍ୟସ୍ତ ରହିଥାନ୍ତି ପିଲାଟି ଦୁଇ ନେତ୍ରକୁ ବିସ୍ତାରିତ କରି ଚାହିଁରହିଲା ଦେବ୍ଙ୍କର ପକେଟସ୍ଥ କଲମଟିକୁ । ଶେଷରେ ଦେବ୍ଙ୍କ ମୁହଁରେ ହାତ ବୁଲାଇ କଲମଟି ଆଡକୁ ହାତଓାରି କହିଲା– "ମୋତେ ସେଇଟା ଦିଅ ।"

"ହଁ ଏଇଟା ନେବୁ, କ'ଣ ଲେଖିବୁ ଏଇ କଲମରେ, ମୋ ଭଳି ତୁ କବିତା ଲେଖିପାରିବୁ ?" କଲମଟିକୁ ଦେବ୍ ପିଲାଟିକୁ ଦେଇ ଏହା କହିଲେ ।

କୃଷ୍ଣ ମଝିରେ ବାଧାଦେଇ କହିଲେ– "ପିଲାମାନେ ଲେଖନ୍ତି ନାଁ ପ୍ରକୃତ ଜୀବନକୁ ଉପଭୋଗ କରନ୍ତି । ଯାହା ହେଉ ତୁମେ ବର୍ତ୍ତମାନ ଭଲ କାବ୍ୟ ଚିନ୍ତାଧାରାରେ ବୁଡ଼ିରହିଛ । ଆଉ ଆମକୁ ଗୋଟେ ଦୁଇଟା କବିତା ଶୁଣଅନ ।"

ସରଳା ମଧ୍ୟ ଏଇ କଥାକୁ ସମର୍ଥନ କଲା । ଏହାପରେ ଦେବ୍ ଗୋଟିଏ କବିତା ଆବୃତ୍ତି କରିବାକୁ ଲାଗିଲେ ଯାହାର ଅର୍ଥ ଥିଲା–"ସନ୍ଧ୍ୟା କି ସକାଳ, ମୁଁ ସବୁବେଳେ ଅନୁଭବ କରୁଛି ଯେ, ଦୁଇଟି ଆଖି ସଦାସର୍ବଦା ମୋ ଉପରେ ଦୃଷ୍ଟି ରଖିଛି । ଯେଉଁଆଡେ ମୁଁ ଯାଏ ସେଗୁଡ଼ିକ ମୋତେ ବି ଅନୁଧାବନ କରୁଛି । ପ୍ରସ୍ତୁଟିତ ପୁଷ୍ଟି ଉପରେ ମୁଁ ଯେତେବେଳେ ନଜର ଦିଏ ସେମାନେ ମଧ୍ୟ ସେଇଠି, ମୁଁ କିନ୍ତୁ ଫୁଲଟିଏ ବା ତାହାର କଣ୍ଢା ଦେଖିବାକୁ ସକ୍ଷମ ହୁଏନା । ସଦାସର୍ବଦା ମୁଁ କେବଳ ଦେଖିବାକୁ ପାଏ ସେ

ସୌନ୍ଦର୍ଯ୍ୟଭରା ଚକ୍ଷୁଦୁଇଟିକୁ, ଏପରିକି ରାତ୍ରିର ଅମା ଅନ୍ଧକାର ମୋତେ ସେଇ ସୌନ୍ଦର୍ଯ୍ୟଭରା ଆଖି ଦୁଇଟିଠାରୁ ବିଚ୍ଛିନ୍ନ କରି ରଖିପାରେନା । ସେଗୁଡ଼ିକ ସର୍ବବ୍ୟାପୀ । ଜଳ, ସ୍ଥଳ, ଆକାଶ ଏବଂ ମୋ ସମଗ୍ର ଶରୀର ମଧ୍ୟରେ" ।

<h3 align="center">। ଦୁଇ ।</h3>

ବାହାର ଦର୍ଜାରେ ଶବ୍ଦ ଶୁଣି ସରଳା ପଚାରିଲେ – "କିଏ, କୃଷ୍ଣ ଆସିଲ କି ?"

"ନା, ଭାଉଜ, ମୁଁ ଦେବ୍, କୃଷ୍ଣ ନୁହେଁ । ଦେବ୍ ଘର ଭିତରକୁ ପଶିଆସି କହିଲେ– "ମନୁ କାହିଁ ?"

"ବହୁ ସମୟଧରି କାନ୍ଦି ଧାଈକୁ ଖୋଜାଖୋଜି କରି ସେ ଏଇ ଅଳ୍ପ ସମୟ ହେଲା ଶୋଇଛି । ସେ ଧାଈର ବି ଦେହ ଭଲ ନାହିଁ । ସେ ତା'ର ଗାଁକୁ ଯାଇଛି ।"

"ହଁ"

"ଆଛା ଆଉ ଗୋଟେ ନୂଆ ଧାଈ ବୁଝି ଦେବ କି ? ସେ ଦୁଇଦିନ ହେଲା ଘରୁ ଯିବାପରେ ମନୁ ଆଦୌ ଘରୁ ବାହାରି ନାହିଁ ।"

"କାହିଁକି ମୋତେ ସେ ଜାଗାରେ ରଖି ଦେଉନାହଁ ? ମୁଁ ମନୁ କଥା ସେ ଧାଈ ଅପେକ୍ଷା ଭଲଭାବେ ବୁଝିପାରିବି ।"

"ତୁମେ ଗୋଟେ... ।" ସରଳା ପାଟିରୁ ବାହାରିଛି କି ନାହିଁ, ତାଙ୍କ ଭୃତ୍ୟଟି ଆସି କହିଲା ଯେ ସେ ଏକ ନୂଆ ଧାଈ ଠିକ୍ କରି ଆସିଛି ।

ସରଳା ସେ ଧାଈଟିକୁ ସଙ୍ଗେସଙ୍ଗେ ଡାକି କହିଲେ– "ଆମର ଗୋଟେ ଛୋଟପୁଅ ଅଛି । ତା'ର ବୁଝାସୁଝା କରିପାରିବ ?"

"ମାଆ, ଏଇ କାମରେ ମୋ ଜୀବନ୍ୟାକ କଟେଇ ଦେଲିଣି । କିଛି ଭୟ କରିବାର ନାହିଁ, ମୋର ବିଶ୍ୱାସ ତୁମେ ମୋ କାମରେ ନିଶ୍ଚୟ ଖୁସି ହେବ ।" ଧାଈ ଦୃଢ଼ ବିଶ୍ୱାସରେ ଏଇ କଥା କହିଲା ।

ମଧ୍ୟ ବୟସର ସ୍ତ୍ରୀ ଲୋକଟି, ମୁଖ ମଣ୍ଡଳରୁ ତା'ର ଜଣାପଡ଼ୁଥିଲା ସେ ଯେମିତି ବୁଦ୍ଧିମତୀ ଓ ପାରଙ୍ଗମା ଧାଈ ଥିଲା ।

"ଆଛା, ଆଗରୁ କେଉଁଠି କାମ କରୁଥିଲ କହିବ କି ?" ସରଳା ଏକ ଅସମ୍ଭବ ଧରଣର ପ୍ରଶ୍ନ କଲା ।

"ଲାହୋରରେ ମୁଁ କାମ କରୁଥିଲି, କାହାଘରେ... ସେଇଟା ମୁଁ ସବୁବେଳେ ଭୁଲିଯାଉଛି, ହଁ ହଁ ରାୟ ବାହାଦୁରଙ୍କ ପୁଅ ପାଖରେ, ହଁ ମନେପଡ଼ିଲା ତାଙ୍କନାମ ଜଗଦୀଶ ଚନ୍ଦ୍ର । ତାଙ୍କ ଘରେ ଚାରିମାସ କାମ କଲାପରେ ମୁଁ ଗାଁକୁ ଚାଲିଆସିଲି ।"

ଜଗଦୀଶ ଚନ୍ଦ୍ର ନାଁ ଶୁଣି ଦେବ୍ କେମିତି ଟିକେ ବିଚଳିତ ହୋଇପଡ଼ିଲେ । ଦେବର ଏତାଦୃଶ ଉକ୍ଷ୍ଣାକୁ ସରଳା କିନ୍ତୁ ଜାଣିପାରିନଥିଲେ । ସେ ଧାଇକୁ ପଚାରିଲେ —"ତୁମେ ହଠାତ୍ ତାଙ୍କ ଘର କାହିଁକି ଛାଡ଼ିଦେଲ ?"

"ମୁଁ ତାଙ୍କୁ ଛାଡ଼ି ଆସିନଥିଲି, କି କେବେ ଛାଡ଼ି ଆସିବି ବୋଲି ଭାବିନଥିଲି । ସେମାନେ ମୋ କାର୍ଯ୍ୟକଲାପରେ ଏତେ ସନ୍ତୁଷ୍ଟ ଥିଲେ ଯେ, ତାହା ବିଶ୍ୱାସ କରିହେବ ନାହିଁ ।" ଅତି ରୁଦ୍ଧଗଳାରେ ଧାଇଟି କହିପକାଇଲା ।

ଏଥରେ ଦେବ୍ ଉକ୍ଷ୍ଟିତ ହୋଇ ଜାଣିବାକୁ ଚାହିଁଲେ—"ଆଚ୍ଛା ତା'ପରେ କଣ ହେଲା ?"

"ସେଇଟା ଆଜ୍ଞା ମୋ ଭାଗ୍ୟ ଦୋଷ । ତା' ପରେ ମୁଁ ଠିକ୍ କଲି ବାକି ସମୟତକ ସେଇ ଘରେ କଟାଇବି ବୋଲି । କିନ୍ତୁ ଦେଇବ ଦଉଡ଼ି ମଣିଷ ଗାଈ । କଥାରେ ଫଳ ଠିକ୍ ? ଓଲଟା ହେଲା । ଝିଅଟିଏ ଜନ୍ମ ହେବା ପରେ ମା'ର ଏକ ବିକୃତ ରୋଗ ଆରମ୍ଭ ହେଲା । ହଠାତ୍ ଥରକୁ ଥର ଭୟ ପାଇକି ସେ ଅଚେତ ହେବାକୁ ଲାଗିଲେ । ବେଲେବେଲେ ସେ କାନ୍ଦିକି ଚିକ୍ରାର କରୁଥିଲେ— "ମୋ ପିଲାଟିକୁ ନେଇଯାଅ ନାହିଁ, ମୋ ପିଲାଟିକୁ ନେଇଯାଅ ନାହିଁ" । କିଛି ସମୟନେଇ ପୁଣି ଧାଇଟି କହିଚାଲିଲା— "ସେମାନେ ଭାରି ଧନୀଲୋକ, କେବଳ ସେ ଡାକ୍ତରଙ୍କ ପରାମର୍ଶରେ ରାତାରାତି ମୋ ଜାଗାରେ ଆଉ ଜଣକୁ ରଖିଦେଲେ ।" ଦେବ୍ ଙ୍କ ଆଡ଼କୁ ଲକ୍ଷ୍ୟକରି ଏବଂ କିଛି ସମର୍ଥନ ପାଇବା ଆଶାରେ ସେ ପୁନର୍ବାର କହିଲା—"ପ୍ରକୃତରେ ସେଇ ରୋଗଟା ଭଲ ହେବାର କିଛି ବାଟନାହିଁ କି ?" ଦେବ୍ କିନ୍ତୁ କିଛି କହିଲେନି, ସେ ସେମିତି ମଉନ ହୋଇ ଏପରିକି ସେ ଧାଇ ଆଡ଼କୁ ନଚାହିଁ ସେ ନିଜେ ଝରକା ଆଡ଼କୁ ମୁହଁ ବୁଲାଇଦେଲେ ।

ଧାଇକୁ ରଖିବା ପାଇଁ ସମସ୍ତ କଥାବାର୍ତ୍ତା ଠିକ୍ ହୋଇଗଲା । ଏଇ ସମୟରେ କୃଷ୍ଣ ଆସି ପହଞ୍ଚିଗଲେ । ସରଳା ଆଉ ସେ ଦୁହେଁ ଦେବ୍ଙ୍କ ମୁହଁରେ କେମିତି ଏକ ବିଷାଦର ଚିହ୍ନ ଦେଖିପାରିଲେ । ଦେବ୍ଙ୍କୁ ଭୁଲାଇବା ପାଇଁ କୃଷ୍ଣ ଗୁଢ଼ାଏ ଏଣୁ ତେଣୁ ମଜା କଥା କହିଲେ ମଧ୍ୟ ସେ କେଉଁଥିରେ ବିଚଳିତ ହୋଇ ନଥିଲେ । ଦେବ୍ ଘରୁ ବାହାରିଗଲା ବେଲକୁ ସାମନା ବଗିଚାରେ ଧାଇଟି ମନୁ ସାଙ୍ଗରେ ଖେଲୁଥିବାର ଦେଖିଲେ । ସେ ପିଲାଟି ସହ ଖେଲିବା ବାହାନାରେ ସେଠାକୁ ଯାଇ ଧାଇକୁ ପଚାରିଲେ—

"ଆଚ୍ଛା, ତୁମେ ଯେଉଁଠି କାମ କରୁଥିଲ ସେ ପିଲାଟିର ନାଁ କ'ଣ ?"

"ସେମାନେ ତାକୁ ରଞ୍ଜୁ ବୋଲି ଡାକୁଥିଲେ ।"

"ରଞ୍ଜୁ" !!! ଦେବ୍ଙ୍କର ଶିରା ପ୍ରଶିରାରେ ଏକ ଚମକ ସୃଷ୍ଟି ହୋଇଗଲା ଓ ସେ ସମ୍ପୂର୍ଣ୍ଣ ଭାବରେ ନିସ୍ତବ୍ଧ ଜଣାପଡୁଥିଲେ ।

“ହଁ ବାବୁ, ରଞ୍ଜୁଟି ଅତି ଭଲ ପିଲା ଥିଲା । ଠିକ୍ ତା’ ମାଆ ପରି । ବର୍ତ୍ତମାନ ସେ ବଡ ହୋଇଯିବଣି । ଏହା କହିଲା ବେଳକୁ ଧାଇଟି କିଞ୍ଚି ପରିମାଣରେ ଭାବବିହ୍ଵଳ ହୋଇ ପଡୁଥିଲା ପରି ମନେହେଉଥିଲା । ଦେବ୍ ମନୁକୁ ଦୁଇ ହାତରେ ଧରିଥିଲେ ମଧ ଏଇ କଥା ଶୁଣି ସେ ନିଜକୁ ଦୃଢ ରଖିପାରିଲେନି ।

। ତିନି ।

ମନୁର ଜନ୍ମଦିନ । ସେ ଗୋଟିଏ ସୂଚୀକାମଭରା ଚିକ୍‌ଣ ରେଶମୀ ସାର୍ଟଏ ପାଜାମାର ରଙ୍ଗକୁ ମେଲକରି ପିନ୍ଧିଥିଲା । ଅନ୍ୟଦିନ ଅପେକ୍ଷା ଆଜି ସେ ଭାରି ସୁନ୍ଦର ଦେଖାଯାଉଥିଲା । ଅତିଥିମାନେ ତା’ ଉପରେ ଅନେକ ଆଶୀର୍ବାଦ ଓ ଉପହାରମାନ ଓଜାଡ଼ି ଦେଉଥିଲେ । ସରଳା ଅତିଥିମାନଙ୍କର ଚର୍ଚ୍ଚା କରିବାରେ ବ୍ୟସ୍ତଥିଲେ ଏବଂ କୃଷ୍ଣ ଜିନିଷପତ୍ର ଓ ଉପହାରଗୁଡ଼ିକୁ ସଜାଡି ରଖିବାର ଦାୟିତ୍ଵରେ ଥିଲେ । ମନୁ, ଦେବ୍‌ଙ୍କ ହାତକୁ ଧରି ମିଠେଇଗୁଡ଼ିକ ରଖାହୋଇଥିବା ଟେବୁଲ ଚାରିପାଖରେ ଅତି ଆନନ୍ଦରେ ଘୁରୁଥିଲା । ଏଇ ସମୟରେ କୃଷ୍ଣଙ୍କ ଜନୈକ ବନ୍ଧୁ କହିଲେ—

“ବୁଝିଲ ଡାକ୍ତର ସାହେବ, ଜଣେ ବାହା ହୋଇପାରେ ବା ନହୋଇପାରେ ତାହା ଅଲଗା କଥା କିନ୍ତୁ ବାହାହେବା ପରେ ପିଲାଟିଏ ପାଇବା ଆଶା ହିଁ ଏଇ ବିବାହକୁ ଅତ୍ୟନ୍ତ କଳୁଷିତ କରି ପକେଇଛି ।” ଦେବ୍ ଏକଥା ଶୁଣି ଅଛ ହସିଲେ ।

“ଆଚ୍ଛା, ମନୁଭଳି ଏକ ସୁନ୍ଦର ପିଲା ସାଥିରେ ଖେଳିବାକୁ ଆପଣ କେବେ ଆଗ୍ରହ ପ୍ରକାଶ କରିନାହାଁନ୍ତି ?” ଅନ୍ୟ ଜଣେ ପଚାରିଲେ ।

ଦେବ୍ କିଞ୍ଚି ନକହି ହସିବାକୁ ଲାଗିଲେ । କୃଷ୍ଣ, ଦେବ୍‌ଙ୍କ ସପକ୍ଷରେ କହିଲେ— “ସେ ଏବେ କ’ଣ ଖେଳୁ ନାହାଁନ୍ତି କି ? ସେ ତାଙ୍କ ପୁଅ କି ଆମ ପୁଅ ସେଥରେ କ’ଣ ପ୍ରଭେଦ ଅଛି । ଆପଣମାନେ ଆମ ରଖିପ୍ରତିମ ବନ୍ଧୁକୁ ଏମିତି କାହିଁକି ଚିଡାଉ ଅଛନ୍ତି ।” ଏଥରେ ସମସ୍ତେ ହୋ ହୋ ହୋଇ ହସିଲେ ।

ସୁନ୍ଦର ଓ ଭଦ୍ର ଦେବ୍ ଜଣେ ଅବିବାହିତ ଯୁବକ । ଯେଉଁମାନେ ସେଠାକୁ ଆସିଥିଲେ ସେମାନେ ସମସ୍ତେ ସେମାନଙ୍କର ଝିଅ ଝିଆରୀମାନଙ୍କ ସହ ଉତ୍ତମ ବରପାତ୍ର ହିସାବରେ ଦେବ୍‌ଙ୍କୁ ବାଛିବା ପାଇଁ ତାଙ୍କୁ କେହି ପ୍ରବର୍ତ୍ତାଇ ପାରିନଥିଲେ । ଅତିଥି ଅଭ୍ୟାଗତମାନଙ୍କର ସତ୍କାର ପରେ ସରଳା, କୃଷ୍ଣ ଓ ଦେବ୍ ଆଲୋଚନା କରିଥିଲେ ଏବଂ ମଝିରେ ମଝିରେ ମନୁ ସାଙ୍ଗରେ ମଧ ଲାଗୁଥିଲେ । ଦେବ୍ ଯିବାକୁ ଉଠିପଡ଼ିବାରୁ ସରଳା ପଚାରିଲେ— ‘ପୁଣି କେବେ ଆସିବ ?’

ଦେବ୍ ଟିକିଏ ସଙ୍କୋଚ ହୋଇ ଉତ୍ତର ଦେଲେ — “ସେଥିପାଇଁ ଚିନ୍ତିତ ହେବାର କିଛି ନାହିଁ । ମୁଁ ତ ଦି, ତିନି ଦିନରେ ଥରେ ପ୍ରାୟ ସବୁବେଳେ ଏଠାକୁ ଆସୁଛି ।”

"ନାଁ, ତୁମେ ଯାହା କୁହ ପଛେ, ତୁମର ଆଗ ଆସିବା ଅପେକ୍ଷା ଏବେ ବହୁତ କମିଯାଇଛି । ଏଇତ ମୁଁ ଗତକାଲି ତୁମରି ବିଷୟରେ କୃଷ୍ଣଙ୍କ ସାଥିରେ କଥାବାର୍ତ୍ତା ହେଉଥିଲି । ସେ କହିଲେ ଯେ, ତୁମେ କ'ଣ ଆଜିକାଲି ବହୁ ସମୟ ଡାକ୍ତର ରବିଶଙ୍କରଙ୍କ ଘରେ କଟାଉଛ ।"

"ଆଚ୍ଛା ଭାଉଜ, ତୁମେ ଜାଣିଛ ତ ଡାକ୍ତର ରବିଶଙ୍କର ହିଁ ମୋତେ ଲାହୋରରୁ ଆଣିଛନ୍ତି । ଆଉ ମୋ ପ୍ରତି ସେ କେତେ ସହାନୁଭୂତିଶୀଳ । ଠିକ୍ ସନ୍ଧ୍ୟା ହେଲେ ତାଙ୍କ କାରଟି ଧରି ମୋତେ ସବୁଦିନ ବାଧ୍ୟ କରୁଛନ୍ତି ତାଙ୍କ ଘରକୁ ଯିବାପାଇଁ, ମୁଁ ମନାକରି ପାରୁନାହିଁ ।"

"ହଁ, ମୁଁ ତ ସେଇକଥା କହୁଥିଲି.... ।"

"ନା, ମୁଁ ସବୁବେଳେ ସେଠାକୁ ଯିବାକୁ ଚାହେଁନା, କିନ୍ତୁ... ।" ଦେବ୍ ଟିକିଏ କୁଣ୍ଠାବୋଧ କଲେ କହିବାକୁ।

"କାହିଁକି ? ସେଠାକୁ ଗଲେ କ'ଣ ଅସୁବିଧା ହେଉଛି କି ?"

"କ'ଣ ବିପଦ ! ନା ଭାଉଜ ମୋର କିଛି ବିପଦ ନାହିଁ । ହେଲେ ମୁଁ ଜଣକ ପାଇଁ ଟିକେ ଚିନ୍ତିତ ଆଉ ବ୍ୟସ୍ତ । ସରଲା ବିବ୍ରତ ଜଣାପଡୁଥିଲେ, କୃଷ୍ଣ ବାଷ୍ପରୁଦ୍ଧ ଗଳାରେ କହିଲେ—"ଆଜିକାଲି ଡ଼ ଶଙ୍କର, ଦେବ୍ ଙ୍କ ପ୍ରତି ଖୁବ୍ ସମ୍ବେଦନଶୀଳ, ଆଉ ଏଇଟା କାହିଁକି ବୁଝି ପାରୁନ ?"

ସରଲା କଥାଚାର ଖିଅ ଧରି କହିଲେ— "ମନେରଖ, ଅତି ଲେମ୍ବୁ ଚିପୁଡ଼ିଲେ ପିତା, ଈଶ୍ୱର ତୁମର ମଙ୍ଗଳ କରନ୍ତୁ । ଡାକ୍ତର ରବିଶଙ୍କରଙ୍କର କେହି ବଢ଼ିଲା ଝିଅ ଅଛନ୍ତି କି ?" ତାଙ୍କ ମୁରୁକି ହସାର ଟିକିଏ ଚଗଲାମିର ଚିହ୍ନ ଉକୁଟି ଉଠିଲା । କୃଷ୍ଣ ଟିକିଏ ଉସ୍ତୁକେଇ ଦେଇ କହିଲେ— "ତା' ହେଲେ ତ କଥା ଜାଣିଛ ।"

ସରଲା ତାଙ୍କ ହସକୁ ଚାପିରଖି ଉତ୍ଫୁଲ୍ଲିତ ହୋଇ ପଚାରିଲେ— "ବାଃ ! ମୋର ଗୋଟାଏ ଭାଉଜ ଆସିଯିବ ।"

"ତାହା କେବେ ସମ୍ଭବ ନୁହେଁ, ସ୍ୱୟଂ ଭଗବାନ ହୁଏତ ମୋ ହାତ ପାପୁଲିର ରେଖାଗୁଡ଼ିକୁ ଟାଣି ରଖିଥିବେ । ତାଙ୍କ କଲମରୁ କାଳୀ ଶୁଖିଯିବ ଏବଂ ସେ ପ୍ରେମ କରିବାର ରେଖାଗୁଡ଼ିକୁ ଅତିକ୍ରମ କରିଯିବେ ।" ଏହା କହି ଦେବ୍ ଟିକେ କୃତ୍ରିମ ହସ ସୃଷ୍ଟିକଲେ ।

। ଚାରି ।

ଡାକ୍ତର ରବିଶଙ୍କରଙ୍କ ଝିଅ 'ରାଜକୁମାରୀ' ଜଣେ ଅତି ସୁନ୍ଦର, ଭଦ୍ର ଓ ସୁରୁଚି ସମ୍ପନ୍ନା ଝିଅଟିଏ । ସେ ଚିତ୍ର ଆଙ୍କିବା ଏବଂ ସଙ୍ଗୀତ ବିଦ୍ୟାରେ ପାରଙ୍ଗମା ଥିଲା । ବାପାଙ୍କର ବହୁ ଧନସମ୍ପତ୍ତି ତାକୁ କଳାପ୍ରେମୀ ଓ ଧୀଶକ୍ତି ସମ୍ପନ୍ନା କରି ଗଢ଼ିବାରେ ସହାୟକ ହୋଇଥିଲା । ଡାକ୍ତର ଶଙ୍କର ମଧ୍ୟ ଦେବ୍ ଙ୍କ ପ୍ରତି ତା'ର ମନୋଭାବ ଜାଣିପାରିଥିଲେ ।

ଦେବ୍ ଯେ ଜଣେ ଉଉମ ଚରିତ୍ର ସଂପନ୍ନ ସେକଥା ସେ ଜାଣିଥିଲେ । ତେଣୁ ତାଙ୍କ ପ୍ରତି ଡକ୍ତର ଶଙ୍କରଙ୍କର ଯଥେଷ୍ଟ ସମ୍ମାନ ଥିଲା ଏବଂ ରାଜକୁମାରୀଙ୍କ ପାଇଁ ଡ଼କ୍ ଦେବ୍ ଥିଲେ ଏକ ଗର୍ବ । କୁମାରୀର ଅନ୍ୟ ଭଉଣୀମାନେ ବିବାହ କରିସାରିଥିଲେ । ତେଣୁ ସେ ଘରେ ଏକୁଟିଆ ଅନୁଭବ କରୁଥିଲା । ଯଦ୍ୱାରା ସେ ଅତି ବ୍ୟତିବ୍ୟସ୍ତ ହୋଇପଡ଼ୁଥିଲା । ଏଇସବୁ କାରଣ ହେତୁ ଦେବ୍ ଙ୍କର ଉପସ୍ଥିତି ତା' ପାଇଁ ଏକ ନିତ୍ୟାନ୍ତ ଆବଶ୍ୟକ ଥିଲା । ତା' ବାପା ମଧ୍ୟ ଦେବ୍ ଙ୍କୁ ଭାରି ଭଲ ପାଉଥିଲେ । ତେଣୁ ତାଙ୍କର ଅନ୍ୟ ସମୟତକ ପ୍ରାୟତଃ ଡକ୍ତର ଶଙ୍କରଙ୍କ ଘରେ କଟାଉଥିଲେ ।

ଡକ୍ତର ଶଙ୍କର ଏକ ଗଣ୍ଠିବାତ ରୋଗରେ ଆକ୍ରାନ୍ତ ଥିଲେ । ଯାବତୀୟ ପ୍ରକାର ଚିକିଲା କଲେ ମଧ୍ୟ ସେ ରୋଗମୁକ୍ତ ହୋଇପାରିନଥିଲେ । ତାଙ୍କର ବହୁ ସମୟ ବଗିଚାରେ କିମ୍ୱ ବାରଣ୍ଡାରେ କଟୁଥିଲା ।

ଦିନେ କୁମାରୀ ଓ ତା'ର ବାପା ଡାଇନିଙ୍ଗ୍ ଟେବୁଲ ପାଖରେ ବସି ଚା, ମିଠା, ଅଣ୍ଡା ଓ କିଛି ମିକ୍ଚର ଖାଉଥିଲେ । ମନେହେଉଥିଲା ସେମାନେ ଯେମିତି କାହାର ଅନୁପସ୍ଥିତି ଅନୁଭବ କରୁଥିଲେ । ତେଣୁ ସେମାନଙ୍କ ମନରେ ଏକ ନୀରବତା ଛାଇ ହୋଇ ରହିଯାଇଥିଲା, ସେଇ ଦେବ୍ ଙ୍କ ଅନୁପସ୍ଥିତି ଚିନ୍ତାରେ । କିନ୍ତୁ ସେଇଟା କ୍ଷଣସ୍ଥାୟୀ ଥିଲା । ହଠାତ ଦେବ୍ ଙ୍କର ଉପସ୍ଥିତି ସେମାନଙ୍କ ମନରେ ଆଶା ସଞ୍ଚାର କରିଥିଲା ଏବଂ ସେଦିନ ଚା' କପ୍ ଟା ଆହୁରି ଉପଭୋଗ୍ୟ ହୋଇପଡ଼ିଥିଲା ।

ଦେବ୍ କିପରି ହସ୍ପିଟାଲରେ ଏକ ନବବିବାହିତ ଲୋକର କଷ୍ଟକର ଅପରେସନ କରି କିପରି ତା'ସ୍ତ୍ରୀ କରୁଣ ଚିକ୍ରାରେ ବିହ୍ୱଳିତ ହୋଇପଡ଼ିଥିଲେ,ସେଇ କଥା ବର୍ଣ୍ଣନା କରିବାକୁ ସେ ଲାଗିଲେ । ତାଙ୍କ ହୃଦୟ ବିଶେଷକରି ଦରିଦ୍ର, ନିଃସହାୟ ପରିବାରର ଭାରତୀୟ ମହିଲାମାନଙ୍କ ପ୍ରତି ଦରଦଭରା ହୋଇ ଉଠିଥିଲା । ସ୍ୱାମୀ ଓ ସ୍ତ୍ରୀଙ୍କ ସଂପର୍କ ଭାରତୀୟ ସଂସ୍କୃତିରେ ଏତେ ନିବିଡ଼ ଯେ ସ୍ୱାମୀର ଦୁଃଖ ସୁଖ, ହସକାନ୍ଦରେ ସ୍ତ୍ରୀ ସମ୍ପୂର୍ଣ୍ଣ ରୂପେ ଭାଗି ହୋଇପାରେ ।

ଦେବ୍ ଙ୍କର ଏତାଦୃଶ ମତବାଦରେ କୁମାରୀ ଏକମତ ହୋଇ ପାରିନଥିଲା । ସେ ପଚାରିଲେ ଯେ, ତୁମେ କ'ଣ ଭାବୁଛ ଭାରତୀୟ ଉଚ ପରିବାରରେ ଥିବା ମହିଲାମାନଙ୍କର ତାଙ୍କ ସ୍ୱାମୀଙ୍କ ପ୍ରତି ସେପରି ସ୍ନେହ,ଶ୍ରଦ୍ଧା ଓ ସହାନୁଭୂତି ନାହିଁ ବୋଲି ଜଣେ ମହିଲାଙ୍କର ହୃଦୟ ସଦାସର୍ବଦା କୋମଳ ଓ ମାନବପ୍ରେମୀ ହୋଇଥବ । ସେ ଜୀବନସାକ ତା'ର ସ୍ୱାମୀ ପାଇଁ ବଞ୍ଚିରହେ ଏବଂ ଅଭାବ ଓ ଅସୁବିଧାରେ ଭାଗୀ ହୋଇଥାଏ ।

ଦେବ୍ କହିଲେ—"ହଁ ତୁମେ ଯାହା କହୁଛ ତା' ଠିକ୍ କିନ୍ତୁ ଏକ ଧନୀକ ସ୍ତ୍ରୀ ପାଇଁ ତା'ର ପରିବାର ବାହାରେ ଚଲପ୍ରଚଲ ପାଇଁ ଅନେକ କିଛି ସୁବିଧା ସୁଯୋଗ ରହିଛି ।

ଅନ୍ୟ ପକ୍ଷରେ ଜଣେ ସାଧାରଣ ଦରିଦ୍ର ଓ ସରଳ ଜୀବନଯାପନ କରୁଥିବା ବିଧବା ସ୍ତ୍ରୀ ଲୋକର ଏଇସବୁ ସୁବିଧା ସୁଯୋଗ ମିଳେନା ।"

ଦେବ୍ ଙ୍କର ଏଇ ଯୁକ୍ତିକୁ ପ୍ରତ୍ୟାଖ୍ୟାନ କରି କୁମାରୀ କହିଲା—"ଆଚ୍ଛା, ଯଦି ଜଣେ ଉଚ୍ଚ ପରିବାରର ସ୍ତ୍ରୀଲୋକ ନିଜର ମାନସିକ ସନ୍ତୋଷ ପାଇଁ ସମାଜର କୌଣସି ଦୁଃଖ, ଦୈନ୍ୟ, କ୍ଲିଷ୍ଟ ପଥକୁ ଗ୍ରହଣ କରେ ଅବା ବେଲେବେଲେ ସୁଖ ସ୍ୱାଚ୍ଛନ୍ଦ୍ୟକୁ ଉପଭୋଗ କରେ, ତେବେ କ'ଣ ସେ ସ୍ତ୍ରୀ ଲୋକଟିର ଦୁଃଖ ଦୁର୍ଦ୍ଦଶା ଓ ଯନ୍ତ୍ରଣା ତା'ହୃଦୟର ବୋଲି କହିପାରିବା ?"

ଏହିଭଳି ଯୁକ୍ତିତର୍କ ଆଉ ଅଧିକ ଗୁରୁତର ହେବାକୁ ନଦେଇ ଡକ୍ତର ଶଙ୍କର ମନେପକାଇ ଦେଲେ ଯେ, ତା'ର ଦୁଇପ୍ରହରର ପଢ଼ିବା ସମୟ ହୋଇ ଯାଇଛି । ଏହାପରେ କୁମାରୀ ଓ ଦେବ୍ ପଢ଼ିବା ଘରକୁ ଚାଲିଗଲେ ଏବଂ ସେଠାରେ ସେ ତାଙ୍କ କବିତା ଆବୃତ୍ତି କରିବାକୁ ଲାଗିଲେ । ତାଙ୍କର ଗୋଟିଏ ସର୍ତ୍ତଥିଲା ଯେ, ସେ କବିତା ଆବୃତ୍ତି କରି କହିଲା ପରେ, କୁମାରୀ ଆଉ ଥରେ କବିତାକୁ ବୋଲିବ । ସେ ପ୍ରଥମ ଗୀତଟି ହେଲା–

"ଚନ୍ଦ୍ର ଓ ତାରକାଗଣ,

ଝିଲିମିଲି ଦୂରଗଗନରେ

ରାତ୍ରି ଡାକେ ରହି ରହି, ଆସିବ କି ତୁମେ ?

ସଦ୍ୟ ଓ ତଟକା ଫୁଲ

ଫୁଟି ଉଠେ ଅସୁମାରୀ ବଗିଚା କାନନେ, ଆସିବ କି ତୁମେ ?

ରତୁରାଜଙ୍କର ଆଗମନ

ନୂତନର ଢୋଲ ପିଟି

ମୋ ହୃଦୟ ଖାଲି ଆଜି

ଦୁଃଖଭରା ସବୁଜିମା ଘାସ

ବିସ୍ତୀର୍ଣ୍ଣ ପ୍ରାନ୍ତର ପରି, ଆସିବ କି ତୁମେ ?

ସମୟଟା ଆସିଥିଲା ଦିନେ

ଯେତେବେଲେ ତୁମେ ଥିଲ ମୋ ହୃଦୟ

ମୁଁ ଥିଲି ତୁମର

କିନ୍ତୁ– ସେ ଦିନ କୁଆଡ଼େ

ପୁଣି ସେଇ ରାତି, ଚନ୍ଦ୍ର ତାରାଭରା ଗଗନ, ଆସିବ କି ତୁମେ ?"

ଏଇ ଗୀତଟାକୁ ଦେବ୍ ସାରିଛନ୍ତି କି ନାହିଁ କୁମାରୀ ତାନପୁରା ଧରି ଆରମ୍ଭ କରିଦେଲା ଗାଇବାକୁ । ତା'ର ସ୍ୱର ଅତ୍ୟନ୍ତ କୋମଲ, ମଧୁର ଓ ଆନନ୍ଦଦାୟକ ଥିଲା ଏବଂ ସ୍ୱର୍ଶ

ଥିଲା ଅତୀବ ହୃଦୟସ୍ପର୍ଶୀ । ଫଳରେ ଦେବ୍ ଅତ୍ୟନ୍ତ ଭାବ ବିହ୍ୱଳିତ ହୋଇଥିଲେ ଏବଂ ସେ ଅନୁଭବ କଲେ, ତାଙ୍କ ହୃଦୟ ଯେପରି ଉନ୍ନତ ଅନୁଭୂତିରେ ଉତ୍ଫୁଲିତ ହୋଇଉଠୁଛି । କୁମାରୀ କ'ଣ ତାଙ୍କ କବିତାଟି ପଢ଼ି ପ୍ରେମର ପବିତ୍ର ମନ୍ଦାକିନୀ ଧାରା ଅଜାଡ଼ି ଦେଉଥିଲେ କି, ଯେଉଁଟାକି ଅନ୍ୟଜଣଙ୍କ ପାଇଁ ଉଦ୍ଦିଷ୍ଟ ଥିଲା । ଦେବ୍ ମଧ୍ୟ କୁମାରୀର ସୌନ୍ଦର୍ଯ୍ୟ ଓ ଅନୁକମ୍ପାର ବନ୍ଧନରୁ ମୁକ୍ତ ହୋଇ ପାରିନଥିଲେ । ସେ ତା'ର ସ୍ନେହ, ଶ୍ରଦ୍ଧା ବିଷୟରେ ସଚେତନ ହୋଇ ଉଠିଥିଲେ । ସେ ହୁଏତ ତାକୁ ସ୍ନେହ କରୁଥିଲେ କିନ୍ତୁ ଭଲ ପାଉନଥିଲେ । କାରଣ, ସେ ଯେଉଁ ପଥର ପଥିକ ହୋଇ ପାରିବେ ନାହିଁ, ସେ ପଥର ପଥିକ ହେବା ପାଇଁ କୁମାରୀଙ୍କୁ କେବେହେଲେ ଉସ୍ସାହିତ କରିବାକୁ ଆଗ୍ରହ ପ୍ରକାଶ କରୁନଥିଲେ । ତେବେ କିପରି ତାକୁ ସେ ଏ କଥା ଜଣାଇବେ ।

ଏପରି ଭାବୁଥିଲେ ଯେ, ସେ ଦିଲ୍ଲୀରୁ ବହୁଦୂରକୁ ଯାଇ କୌଣସି ଏକ ଅନ୍ୟସ୍ଥାନରେ ତାଙ୍କର ଡାକ୍ତରୀ ଚିକିତ୍ସା କରିଦିଅନ୍ତେ । କିନ୍ତୁ କୁମାରୀର ବାପା କ'ଣ ଭାବିବେ ? ଯିଏ ତାଙ୍କ ପ୍ରତି ଏତେ ସାହାଯ୍ୟ, ସହାନୁଭୂତି ଦେଖାଉଛନ୍ତି ? ତା' ଛଡ଼ା କୃଷ୍ଣ ଓ ସରଳା ପୁଣି ତାଙ୍କପୁଅ ମନୁ ଇତ୍ୟାଦି ସମସ୍ତେ ତାଙ୍କ ଆଗରେ ନାଚିବାକୁ ଲାଗିଲେ । ମନୁକୁ କିପରି ସେ ଏତେଶୀଘ୍ର ଛାଡ଼ିପାରିବେ ? ନିଜକୁ ଅସହାୟ ମନେକରି ସେ ଗୋଟିଏ ଯନ୍ତା ଭିତରେ ଥିଲାପରି ମନେକଲେ ।

ପରଦିନ କୁମାରୀଙ୍କ ଘରେ ଗୋଟିଏ ଚା' ପାନପାଇଁ ଦେବ୍‌କୁ ନିମନ୍ତ୍ରଣ ଥିଲା । ସମସ୍ତ ଅତିଥିମାନେ ଡକ୍ତର ଶଙ୍କର ଓ ତାଙ୍କ ଝିଅର ପ୍ରାୟତଃ ବନ୍ଧୁଥିଲେ ଓ ଦେବ୍ ସେମାନଙ୍କୁ ଆଗରୁ ଜାଣିଥିଲେ ମଧ୍ୟ । ଏଇ ଚା' ପାନ ମୁଖ୍ୟତଃ ଅତ୍ୟନ୍ତ ସାଧାରଣ ଥିଲା, ହେଲେ ଦେବ୍‌ଙ୍କ ଉପରେ ସମସ୍ତଙ୍କର ଆଖି ରହିଥିଲା ।

ବିଶିଷ୍ଟ ଚିକିତ୍ସାବିତ୍ ଓ କବି ଭାବରେ ସେ ସମସ୍ତଙ୍କ ଦ୍ୱାରା ବହୁବାର ସମର୍ଦ୍ଧିତ ହୋଇଥିଲେ । ସେ ଦେଖିବାକୁ ଡେଙ୍ଗା ଓ ପତଲା ଥିଲେ । ତାଙ୍କ ଦେହର ଗଠନ ଖୁବ୍ ଆକର୍ଷଣୀୟ ଥିଲା, ଯଦିଓ ସେ ଗୋରା ନଥିଲେ । କ୍ୱଚିତ୍ ସେ ହସୁଥିଲେ । ତାଙ୍କ ମୁଖମଣ୍ଡଳ କେବେବି ଦୁଃଖ ବା ଚିନ୍ତାରେ ଭାରାକ୍ରାନ୍ତ ନଥିଲା । କୁମାରୀର ପ୍ରାୟ ସମସ୍ତ ବନ୍ଧୁ ତାଙ୍କ ଉପସ୍ଥିତିରେ ଖୁସିଥିଲେ, ଅଥଚ ସେଇଟା ଥିଲା ଅପ୍ରକାଶ୍ୟ । ଆଜି କିନ୍ତୁ କିଛି ପରିବର୍ତ୍ତନ ଲକ୍ଷ୍ୟ କରାଗଲା । ଲଜ୍ଜା ଓ ସଙ୍କୋଚକୁ ଦୂରେଇ ଦେଇ ସେମାନେ ଖୋଲାଖୋଲି ଭାବରେ ତାଙ୍କୁ ବଧେଇ ଜଣେଇଥିଲେ । ଯାହାଫଳରେ କି ଦେବ୍ ଅଛ ବିବ୍ରତ ହୋଇ ପଡ଼ିଲେ । ଏଇଟା ତାଙ୍କର ଥିଲା ଜନ୍ମଦିନ, ଯାହା ପାଇଁ ସେ ପୂର୍ବରୁ ସଚେତନ ନଥିଲେ । ଡକ୍ତର ଶଙ୍କର ତାଙ୍କୁ ପୁଅଭଳି ଦେଖୁଥିଲେ, ତେଣୁ ଶ୍ରଦ୍ଧାରେ ଗୋଟିଏ ଉଲର ସୁଟ୍ ଜନ୍ମଦିନ ପାଇଁ ଉପହାର ଦେଇଥିଲେ । ଉସ୍ସବ ପରେ ପରେ ଦେବ୍ କୁମାରୀଙ୍କ କକ୍ଷକୁ ପ୍ରବେଶ କଲେ ଓ କହିଲେ– "ମୋତେ ଆଜି ଶୀଘ୍ର ଫେରିଯିବାକୁ ହେବ ।"

"ତୁମେ ଯଦି ମୋ ଅନୁମତି ଚାହଁ ତେବେ ଯାଇପାରିବ ନାହିଁ ।"

"ତେବେ କ'ଣ ମୋ ଅନୁରୋଧ ପ୍ରତ୍ୟାଖ୍ୟାନ ହୋଇଗଲା, ତେବେ ଅନୁମତି ନଦେଇ ମଧ୍ୟ ଜଣେ ଯାଇପାରେ ।"

"ସେଇଟା ତ ଅଲଗା କଥା ।"

"ତାହାହେଲେ ମୋତେ ଯିବାକୁ ନଦେବାଟା ମଧ୍ୟ ଏକପ୍ରକାର ବାଧ ବାଧକତା, ଏଇଟା ନୁହେଁ କି ?"

"ତେବେ ଛାଡ଼ି ଯାଉନ କାହିଁକି ?"

"ମୁଁ ଗଲେ କୁମାରୀ କ'ଣ ସୁଖୀ ହେବେ କି ?"

"ହଁ ଖୁବ୍ ଖୁସୀ ହେବି ।"

"ହଁ ତା' ଠିକ୍ କଥା, ସେୟା ହେଉ ।"

ଏହାପରେ କୁମାରୀ ଆଲମ୍ୟୀରା ଖୋଲି ଦେବ୍ର ଏକ ଫଟୋଚିତ୍ର ବାହାର କରି ହାତରେ ଦେଖାଇ କହିଲା– "ତୁମ ଜନ୍ମଦିନ ଅବସରରେ ମୋ ପାଖରୁ କିଛି ଉପହାର ଗ୍ରହଣ କରିବ ନାହିଁ ?" ଏଇ ସୁନ୍ଦର ଚିତ୍ରଟି ଦେବ୍ ଙ୍କ ମନୋଭାବକୁ ଅତ୍ୟନ୍ତ ଗମ୍ଭୀର କରିଦେଇଥିଲା । ସେ ଜାଣିଥିଲେ ଯେ, କୁମାରୀର ଚିତ୍ରପ୍ରତି ଏକ ଅସମ୍ଭବ ଧରଣର ଆଗ୍ରହ ଥିଲା କିନ୍ତୁ ସେ ଚିତ୍ର ପ୍ରତି ତା'ର ଏଭଳି ଉକ୍ଷ୍ଣା, ତାହା ଦେବ୍ ର ଧାରଣାର ବାହାରେ ଥିଲା । ଯଦିଓ ଛବି ଓ ତା' ମଧ୍ୟରେ ସାମଞ୍ଜସ୍ୟ ଥିଲା ତଥାପି ସେ ଭାବିଲା ଯେ ଚିତ୍ରଟିର ପରିପାଟୀ ଖୁବ୍ ଶୀଘ୍ର ଶୀଘ୍ର ଅଙ୍କା ଯାଇଛି । ସେ ମଧ୍ୟ ଆଶ୍ଚର୍ଯ୍ୟ ହୋଇଯାଇଥିଲା ଯେ, କିପରି କୁମାରୀ ଖୁବ୍ ଗୁରୁତ୍ୱ ସହ ତା'ର ମୁଖମଣ୍ଡଳର (ଦେବ୍ର) ବାହ୍ୟ ଆବରଣର ଚିତ୍ର ଆଙ୍କିଛି ଯାହା ଦେବ୍ ର ମାନସିକ ସ୍ଥିତିର ନିଖୁଣ ପ୍ରତିଫଳନ କରୁଥିଲା । ଗୋଟିଏ ଜିନିଷ ତାକୁ ଭାରି ବ୍ୟସ୍ତ କରି ପକାଇଥିଲା, ତାହା ହେଉଛି ଚିତ୍ର ଗଳାରେ ଯେଉଁ ଗୋଲାପ ଫୁଲର ମାଲା ଝୁଲୁଥିଲା । ତା' ନିଜ ପ୍ରତିକ୍ରିୟାଟିକୁ ଚାପି ରଖି ଅତି ସନ୍ତର୍ପଣ ସହିତ ରୁଦ୍ଧଗଳାରେ କହି ଉଠିଲା–"କୁମାରୀ, ତୁମର ଏ ଛବିର ପ୍ରଶଂସା ପାଇଁ ମୁଁ କୌଣସି ଶବ୍ଦ ପାଉନି ।"

"ସେଇଟା ଠିକ୍ ନୁହେଁ ।"

"କ'ଣ ବା ଦେଇ ତୁମର ଏ ସ୍ନେହ,ସହାନୁଭୂତିର ରଣ ମୁଁ ଶୁଝିବି । ମୁଁ ନିଃସ୍ୱ ।"

"ସେଇଟା ପ୍ରକୃତରେ ଦାନ ନୁହେଁ, ଗୋଟେ ଉପହାର ମାତ୍ର; ଯାହା କିଣାବିକାର ଊର୍ଦ୍ଧ୍ୱରେ ।"

"ଆଚ୍ଛା, ଏଇ ଫୁଲମାଲଟି କାହିଁକି............ ?

"ଏଇଟା ତୁମର ଆଜି ଜନ୍ମଦିନ ପାଇଁ ନୁହେଁ କି ? ମୁଁ ଭାବୁଥିଲି ମୁଁ ନିଜେ ସେଇ ମାଲାଟିକୁ ତୁମ ଗଳାରେ ପିନ୍ଧାଇ ଦେବାକୁ; କିନ୍ତୁ ସାହସ ହେଲାନି ।" କୁମାରୀ ତଳକୁ ମୁହଁ ରଖି କହିଲା ।

ଦେବ୍ ଅସମ୍ଭବ ଭାବରେ ବିଚଳିତ ହୋଇପଡ଼ିଥିଲେ । ସେ କହିବାକୁ ଚାହୁଁଥିଲେ-
"ସେଭଳି କର ନାହିଁ ।" କିନ୍ତୁ, କହି ପାରିଲାନି । ବରଂ ଆରମ୍ଭ କରିଦେଲା- "କୁମାରୀ,
ତୁମେ ଜାଣ ଆଜିକାଲି ମୋର ସ୍ୱାସ୍ଥ୍ୟ ଭଲ ରହୁନି । ମୋର ଉତ୍ତମ ଜଳବାୟୁର ଆବଶ୍ୟକ
ଅଛି । ଯଦି ବାପା ରାଜି ହୁଅନ୍ତି, ତେବେ ମୁଁ ଭାବୁଛି ଅନ୍ୟଗୋଟେ ସହରକୁ ଯାଇ
ସେଠାରେ ମୋ କ୍ଲିନିକ୍? ଆରମ୍ଭ କରିବି । କୁମାରୀ ଭଳି ଦେବ୍ ସବୁବେଳେ ଡକ୍ତର
ଶଙ୍କରଙ୍କୁ ବାପା ବୋଲି ସମ୍ବୋଧନ କରନ୍ତି ।

କୁମାରୀକୁ ଜଣାଗଲା ଯେମିତି କି ସ୍ୱଳ୍ପଭାଗଟା ତା' ପାଦତଲୁ ଖୁଣ୍ଡିଯାଉଛି ।
ଟେବୁଲଟିକୁ ସାହାରା ରଖି ନିରାଶ ହୋଇ ଆଘାତ ପ୍ରାପ୍ତ ହରିଣୀଟିଏ ଭଳି ଚାହିଁ ରହିଲା
ଦେବ୍ ଆଡକୁ । ଦେବ୍ ର ସାହସ ନଥିଲା କୁମାରୀର ସମ୍ମୁଖୀନ ହେବା ପାଇଁ । ତେଣୁ
ସେ ଆଖି ତଲକୁ କରିଦେଲେ । କୁମାରୀ ଭଲଭାବେ ଜାଣିପାରିଥିଲା ଯେ, ତା' ହାତରୁ
ପ୍ରାପ୍ତିର ଆଶା ଖସି ଯାଇଛି ଏବଂ ବୁଝିପାରିଲା ଦେବ୍ ର ମନୋଭାବ ବଦଲାଇବା ତା'
ପାଖରେ ଏକ ଅସମ୍ଭବ ବ୍ୟାପାର । ନିଜେ ଅନ୍ତରର କୋହକୁ ଲୁଚାଇ ରଖି ସେ ପଚାରିଲା-

"ସତରେ ଆପଣ କ'ଣ ଭଲ ନାହାଁନ୍ତି ।"

"ମୁଁ ବେଳେ ବେଳେ ଅସୁସ୍ଥ ଅନୁଭବ କରୁଛି ।"

"ଆଚ୍ଛା କେଉଁ ଜାଗାକୁ ତୁମେ ଠିକ୍ କରିଛ ?"

"ତୁମେ ଜାଣିନ କି, ମୁଁ ଏ ପର୍ଯ୍ୟନ୍ତ ସେ ଜାଗା ସ୍ଥିର କରିନି ।"

"କେବେ ଫେରିବ ?"

"ଯେତେବେଳେ ତୁମେ ତୁମ ବିବାହ ଉତ୍ସବକୁ ମୋତେ ନିମନ୍ତ୍ରଣ କରିବ"

ଦିନ କେଇଟା ପରେ କୁମାରୀର ଦେହ ଖରାପ ହେବାକୁ ଲାଗିଲା । ଡକ୍ତର
ଶଙ୍କର ବ୍ୟସ୍ତ ହୋଇ ଭାବିଲେ କୌଣସି ଏକ ଗ୍ରୀଷ୍ମ ନିବାସକୁ କୁମାରୀକୁ ନେଇଯିବାକୁ
ତା'ମନର ପରିବର୍ତ୍ତନ ପାଇଁ । ତେଣୁ ଦେବ୍ ଙ୍କୁ ଡାକି କହିଲେ – "ଦେବ୍ କୁମାରୀ
ଦେହ ଅନ୍ତଦିନ ହେଲା ଭଲ ରହୁନାହିଁ ।"

"ହଁ, ମୁଁ ତାହା ବହୁତ ପରେ ଜାଣିଲି ।"

"ମୁଁ ଭାବୁଛି ତାକୁ କୌଣସି ଗ୍ରୀଷ୍ମ ନିବାସକୁ ଅନ୍ତଦିନ ପାଇଁ ନେଇଯିବାକୁ ।"

"ତାହା ହିଁ କରନ୍ତୁ ।"

"କିନ୍ତୁ ଦେବ୍ ! ତୁମେ ମୋ ବିଷୟରେ ଭଲ କରି ଜାଣ... । ଆମ ଘରେ ତୁମର
ଉପସ୍ଥିତି ନିହାତି ଆବଶ୍ୟକ । କେବେହେଲେ ତୁମ ବିନା ମୋର ମତ ଦେଇ ପାରିବି ନାହିଁ ।"

ଦେବ୍ ଖୁବ୍ ଧୀର ସ୍ଥିର ଭାବରେ ଉତ୍ତର ଦେଇଥିଲେ–"ହଁ, ତା' ପାଇଁ ବହୁତ
କିଛି କରିବାର ଅଛି ।" ଡକ୍ତର ଶଙ୍କର ଦୃଢ ସ୍ୱରରେ କହିଲେ- "ଠିକ୍ ଅଛି, କୁମାରୀର
ଚିକିତ୍ସା ଅନ୍ୟ ଯେ କୌଣସି କାର୍ଯ୍ୟ ଠାରୁ ଅଧିକ ଗୁରୁତ୍ଵପୂର୍ଣ୍ଣ ।"

ଛୁଟି ପାଇଁ ପ୍ରସ୍ତୁତ ହୋଇ ସାରିଥିଲା ଦେବ୍ । କୁମାରୀ ସହ ଏକାଠି ଗୋଟିଏ ଘରେ ରହିବେ ତାଙ୍କ ନିଜର ଡାକ୍ତର ବୃତ୍ତି ଛାଡ଼ି । ସେ ଭାବିଲା ତା'ର ଦେହ ଖରାପ, ଏକ ପ୍ରକାର ପରୋକ୍ଷ ଭାବରେ ଆଶୀର୍ବାଦ । ତେଣୁ ସେ ଆନନ୍ଦରେ ଉତ୍?ଫୁଲ୍ଲିତ ହୋଇପଡ଼ିଥିଲା ।

। ପାଞ୍ଚ ।

ମଶୋରୀ ବଙ୍ଗଲା ଖୁବ୍ ବଡ଼ ଥିଲା । ଡକ୍ତର ଶଙ୍କର, କୁମାରୀ ଏବଂ ଦେବ୍ ପ୍ରତ୍ୟେକଙ୍କର ରୁମ୍‌ଗୁଡ଼ିକ ଖୁବ୍ ପ୍ରଶସ୍ତ ଥିଲା । ଡକ୍ତର ଶଙ୍କରଙ୍କ ସମୟଗୁଡ଼ିକ ବାରଣ୍ଡାରେ ବସି ବସି କଟୁଥିଲା । ଅନ୍ୟ ପକ୍ଷରେ କୁମାରୀ ଓ ଦେବ୍ ପିକ୍‌ନିକ୍ ତଥା ବିଭିନ୍ନ ସ୍ଥାନ ବୁଲାବୁଲିରେ ସମୟ ଅତିବାହିତ କରୁଥିଲେ । ଯେତେବେଳେ ସେମାନେ ଘରକୁ ଫେରୁଥିଲେ ଡକ୍ତର ଶଙ୍କରଙ୍କ ସହିତ ଗପସପ କରି ସମୟ ଅତିବାହିତ କରୁଥିଲେ ।

ଦିନେ କେତେଜଣ ବନ୍ଧୁ ତାଙ୍କ ପାଖକୁ ଆସି ବାହାରକୁ ବୁଲିଯିବା ପାଇଁ ନିମନ୍ତ୍ରଣ କଲେ । ଝିପି ଝିପି ବର୍ଷା ଯୋଗୁଁ କୁମାରୀ ଟିକିଏ କୁଣ୍ଠାବୋଧ କରୁଥିଲା । କିନ୍ତୁ ଦେବ୍‌ଙ୍କ ଅନୁରୋଧରେ ଖଣ୍ଡିଏ ଛତାଧରି ସେମାନେ ଅତି ଆନନ୍ଦ ଉଲ୍ଲାସରେ ବୁଲିବାକୁ ବାହାରିପଡ଼ିଲେ । ବର୍ଷା ବନ୍ଦ ହୋଇଯାଇଥିଲା । କୁମାରୀ ଦେବ୍ କୁ ଅଳ୍ପ ହସି କହିଲେ— "ଛତାଟା ଗୋଟିଏ ବୋଝ ଭଳି ଲାଗୁଛି ।" ଛତାଟିକୁ ଜୋର୍‌ରେ ଭିଡ଼ି ନେଇ ଦେବ୍ କହିଲେ—"ଆମେ ସମସ୍ତେ ସେ ବୋଝର ଭାଗନେବା । ବର୍ଷାବେଳେ ଛତାଟି ତୁମର ଦରକାର କିନ୍ତୁ ବର୍ଷା ଛାଡ଼ିଗଲେ ମୋର ଦରକାର ।" ଏହା ଶୁଣି ସମସ୍ତେ ହସିଲେ । ବର୍ଷା ପୁଣି ଆରମ୍ଭ ହୋଇଗଲା । ଛତାଟିକୁ ଖୋଲି ଦେବ୍ କୁମାରୀକୁ ଦେଲେ । କିନ୍ତୁ ଏଥର କୁମାରୀ ପ୍ରତିବାଦ କରିଥିଲା । ସେ କହିଲା–"ମୁଁ ଏ ବୋଝ ବୋହିବାକୁ ଚାହେଁନା । ଏଇଟାକୁ ତୁମେ ଧର । କିଛି ଯଦି ନଭାବୁଛ, ତେବେ ତୁମେ ହିଁ ଧର । ତୁମ ଛତା ତଳେ ମୁଁ ଚାଲିବି ।" ଦେବ୍ ଠାରୁ କୌଣସି ଉତ୍ତର ଆଶା ନରଖି ସେ ଅବିଚଳିତ ଭାବରେ ଦେବଙ୍କ ପାଖକୁ ଲାଗି ଚାଲିବାକୁ ଲାଗିଲା । ବର୍ଷା ପୁଣି ବନ୍ଦ ହୋଇଗଲା । କିନ୍ତୁ ଦେବ୍ ଏଥର ଛତାଟି ନିଜେ ଧରି ରଖିଲେ । କୁମାରୀ ଏହା ଦେଖି ଖୁବ୍ ଧୀର ଗଳାରେ ଦେବଙ୍କର କାନପାଖକୁ ଆସି କହିଲା—"ଦେବ୍ ମୁଁ ଆଶଙ୍କା କରୁଛି ତୁମେ ବୋଧେ ଏମିତି ବୋଝଟାକୁ ଜୀବନଯାକ ବୋହି ଚାଲିଥିବ ।" କଥାଟାର ଗୁରୁତ୍ୱ ବୁଝିପାରି ଦେବ୍ ଚେଷ୍ଟାକଲେ ତା'ପ୍ରତି ମନ୍ତବ୍ୟ ପ୍ରକାଶ କରିବାକୁ । କୁମାରୀ ଅତି ଆଗ୍ରହର ସହିତ ଦେବଙ୍କର ମୁହଁକୁ ଲକ୍ଷ୍ୟ ରଖିଥିଲା । ହୁଏତ କିଛି ଗୋଟେ ସୌହାର୍ଦ୍ଧ୍ୟପୂର୍ଣ୍ଣ ଉତ୍ତରପାଇବ । କିନ୍ତୁ ଏଥର କିଛି ମନ୍ତବ୍ୟ ଦେଲେ ନାହିଁ । ତାଙ୍କ ମୁଖମଣ୍ଡଳରେ ମଧ୍ୟ କୌଣସି ବିଶେଷ ପରିବର୍ତ୍ତନର ସୂଚନା ନଥିଲା ।

କିଛିବାଟ ଗଲାପରେ ଗୋଟିଏ ମୋଡ ପଡ଼ିଲା ଏବଂ ସେ ମୋଡରୁ ନିକଟବର୍ତ୍ତୀ ଘରଗୁଡ଼ିକୁ ଗୋଟିଏ ଚଲାରାସ୍ତା ଲମ୍ବି ଯାଇଥିଲା । ସମ୍ଭବତଃ ସେହି ବସ୍ତି ଆଗରେ କୌଣସି ଏକ ବିବାହ ଉସ୍ତବ ଅନୁଷ୍ଠିତ ହେଉଥିଲା । ଅନେକଗୁଡ଼ିଏ ଗାଉଁଲି ଝିଅ ବିଭିନ୍ନ ରଙ୍ଗ ବେରଙ୍ଗରେ ପୋଷାକ ପିନ୍ଧି ସଜ୍ଜିତହୋଇ ହୋଲି ଉସ୍ତବ ଉପଲକ୍ଷେ ରଙ୍ଗ ଖେଲରେ ମାତିଥିଲେ । ନିକଟସ୍ଥ ଉପତ୍ୟକାଟି ସେମାନଙ୍କର ଅଲଙ୍କାରର ଝଣଝଣ ଶବ୍ଦରେ ଝଙ୍କୃତ ହୋଇ ଉଠୁଥିଲା । କୁମାରୀ ଏବଂ ଅନ୍ୟ କେତେକ ଝିଅ ଠିକ୍ କଲେ ସେ ଉସ୍ତବର ଉଦ୍ଦେଶ୍ୟ ବୁଝିବାକୁ । ସେଠାକୁ ଯାଇ ଦେଖ୍ଲେ ଯେ, ସୁନ୍ଦର ସୁଠାମ ଗାଉଁଲୀ ଝିଅଗୁଡ଼ିକ ଆନନ୍ଦରେ ବିଭୋର ହୋଇ ନାଚୁଥାନ୍ତି ଏବଂ ଗାଉଥାନ୍ତି । ସେଠାରୁ ସମସ୍ତେ ଫେରି ଆସିଲା ବେଲକୁ କୁମାରୀ ମନରେ ଏକ ପ୍ରକାର ବିଷାଦର କାଲିମା ଛାଇହୋଇ ଯାଇଥିଲା । ଦେବ୍ ଟିକିଏ ଚିଗୁଲେଇ କହିଲେ—"କୁମାରୀ, ବିବାହ ଉସ୍ତବ ଦେଖ୍ଲା ପରେ ମଣିଷ କ'ଣ ଏଇ ମନୋଭାବରେ ଫେରେ କି ?"

"କ'ଣ ବିବାହ, କାହିଁ କେଉଁଠି ?" କୁମାରୀ ଆଘାତ ପ୍ରାପ୍ତା କଣ୍ଠରେ ଜାଣିବାକୁ ଚାହିଁଲା ।

"ତୁମେ ଯେଉଁଆଡେ ଯାଇଥିଲ । ମୁଁ ଭାବୁଛି ବିବାହ ଉସ୍ତବ ରହିଛି ।" ଦେବ୍ ଉତ୍ତର ଦେଲେ ପ୍ରତିକ୍ରିୟା ଶୂନ୍ୟଭାବରେ ।

"ଓ.. ସେଇଠି, ସେଇଟା ବିବାହ ଉସ୍ତବ ନୁହେଁ । ସେଇଟା ଗୋଟେ ପ୍ରକୃତରେ ତ୍ୟାଗର ପ୍ରତୀକ । ଲୋକମାନେ ଏକାଠି ହୋଇଛନ୍ତି, ସେଠାରେ କିଛି ତ୍ୟାଗ କରିବା ପାଇଁ ।"

"ଏଇ ଗାଉଁଲୀ ବଣୁଆ ଜଙ୍ଗଲି ଲୋକଗୁଡାକ ସାମାନ୍ୟ କଥାରେ ସେମାନେ କିଛି ନା କିଛି ତ୍ୟାଗ କରିବାକୁ ସର୍ବଦା ପ୍ରସ୍ତୁତ । କେତେବେଲେ ବର୍ଷା ପାଇଁ, ପୁଣି କେତେବେଲେ ବର୍ଷା ନ ହେବା ପାଇଁ ।" ସେମାନଙ୍କ ଭିତରୁ ଜଣେ (ଦଲରୁ) ସହରିଆ ଢଙ୍ଗରେ ଏଇ ମନ୍ତବ୍ୟଟି ଦେଲେ । ସେମାନଙ୍କ ଭିତରୁ କୁମାରୀ ବ୍ୟତୀତ ସମସ୍ତେ ହୋ ହୋ ହୋଇ ହସିବାକୁ ଲାଗିଲେ । ଏଇଟା ଥିଲା ଗାଉଁଲୀ ଲୋକମାନଙ୍କର ସରଲ,ନିରାଡ଼ମ୍ବର ଜୀବନଧାରା ପ୍ରତି ଏକପ୍ରକାର କଟୁ ତଥା ତିକ୍ତ ସମାଲୋଚନା ।

"ନାଁ- ଆଜିର ଏଇ ଉସ୍ତବର ମହତ୍ତ୍ୱ ଅନ୍ୟ ପ୍ରକାର । ଏ ଯେଉଁ ତ୍ୟାଗ ଏଇଟା ସାଧାରଣତଃ ଈଶ୍ୱରଙ୍କ ପାଖରେ ମଣିଷର ଫୁଲ ଫଲର ଭୋଗ ନୁହେଁ; କିନ୍ତୁ ଏଇଟା ଏକ ପ୍ରକାର ନରମେଧ ଯଜ୍ଞ । କାରଣ, ଗୋଟେ ଅସହାୟ ହତଭାଗିନୀ ବାଲିକାକୁ ଏଇ ଯଜ୍ଞରେ ଆହୁତି ଦିଆଯାଉଛି । ଜଣେ ବୃଦ୍ଧ ଗଦାଗଦା ସୁନା ରୁପାର ଅଲଙ୍କାର ଧରି ସେ ଦାନଗ୍ରହଣ କରିବାକୁ ଉପସ୍ଥିତ । ପୁଣି ସେ ବିବାହିତ ଏବଂ ତା'ର ସନ୍ତାନ ସନ୍ତତି

ନାହାଁନ୍ତି । ସେ ଗାଁର ଦାହାଣୀ ଡାକ୍ତର, ତାକୁ ଉପଦେଶ ଦେଇଛି ଯେ ଯଦି ଗୋଟିଏ ବାଲିକାକୁ ଦାନଗ୍ରହଣ କର, ତେବେ ତା'ର ପୁଅଟିଏ ହେବ ।" ଆହତ ହରିଣୀଟିଏ ପରି ରୁଦ୍ଧଗଳାରେ କୁମାରୀ ଏଇ କଥା କହିଲା ଏବଂ ଅତି ଦୁଃଖର ସହିତ କେଇଟୋପା ଅଶ୍ରୁ ବିସର୍ଜନ କଲା ।

କୁମାରୀର ସାଙ୍ଗମାନେ ମନକଥା ବୁଝିପାରିଲେ । ଜଣେ ବୃଦ୍ଧର ଗୋଟିଏ ଯୁବତୀ ଝିଅ ସହିତ ବିବାହ, କୁମାରୀର କଥାନୁସାରେ ଥିଲା ଏକ ବିରାଟ ଅବିଚାର ଓ ଅନ୍ୟାୟ । ଏହା ଥିଲା ତା' ପାଇଁ ସମ୍ପୂର୍ଣ୍ଣ ଅସହ୍ୟ ।

କୁମାରୀର ସାଙ୍ଗ ମଧ୍ୟ ସେ ବିବାହ କରିବାକୁ ଆସିଥିବା ଝିଅଟିକୁ ଦେଖିଛି ବୋଲି ମଧ୍ୟ କହିଲା । କଥାରେ ସମସ୍ତେ ଖେଦ ପ୍ରକାଶ କଲେ । କୁମାରୀ ମଧ୍ୟ ଆହୁରି ପ୍ରକାଶ କଲା ଯେ, ସେ ବୃଦ୍ଧଟିର ତିନୋଟି ସ୍ତ୍ରୀ ଅଛନ୍ତି । ତା' ସାଙ୍ଗ ଜଣକ ସମର୍ଥନ କରି କହିଲା–"ବୋଧେ ସେଇ ଝିଅ ଏକଥା ଜାଣିନି । ନ ହେଲେ ତା'ର ହୃଦୟନ୍ତ କ୍ରିୟା ବନ୍ଦ ହୋଇ ସେଇଠି ସେ ମୃତ୍ୟୁବରଣ କରିଥାନ୍ତ ।"

ଦେବ୍ ପଚାରିଲେ– "ଆଛା ସେ ଯଦି ଜାଣିପାରିଥାନ୍ତା, ତେବେ ସେ ଝିଅଟି କ'ଣ କରିଥାନ୍ତା ।" କୁମାରୀ ଦୃଢକଣ୍ଠରେ ଜବାବ୍ ଦେଇଥିଲେ– "ମୁଁ ଆଶ୍ଚର୍ଯ୍ୟ ହେଉଛି ଯମ ଦରବାରକୁ ଟିକେଟ୍ କାଟୁଥିବା ଗୋଟିଏ ବୃଦ୍ଧ ସହିତ କିପରି ସେଇ ଝିଅଟି ତା'ର ଖାଇବା, ପିଇବା, ହସ ଖୁସି, ଦୁଃଖ ଦୁର୍ଦ୍ଦଶାର ସାଥୀ ହୋଇ ପାରିବ ।"

ଏଥରେ ଦେବ୍ ଆଉ ଟିକିଏ କୁମାରୀକୁ ଚିଡେଇବା କଣ୍ଠରେ କହିଉଠିଲେ– "ଏଭଳି ବିବାହ ଆମ ସମାଜରେ ଅସ୍ଵାଭାବିକ୍ ନୁହେଁ; କାରଣ ସବୁବେଳେ ଖାପ୍ ଖାଉ ନଥିବା ସ୍ଵାମୀ ସ୍ତ୍ରୀ ସଂଯୋଗଗୁଡ଼ିକ ପ୍ରାୟ ଲାଗିରହିଛି ।" ରୁଦ୍ଧଗଳାରେ କୁମାରୀ ଯୁକ୍ତି ବାଢିଲା– "ମୁଁ ବୁଝିପାରୁନି କିପରି ସେ ଝିଅଟି ସେଇ ବୁଢାଟି ସାଙ୍ଗରେ ଚଲିବ ଯାହାକୁ ସେ ଭଲ ପାଏନା ।"

ଦେବ୍ ପଚାରିଲେ, "ବୁଝିଲ କୁମାରୀ, ବହୁତ ଲୋକ ଏଭଳି ବାହାହେବାଟା ପ୍ରତିଦିନ ଚାଲିଛି । ତୁମେ କ'ଣ ଭାବୁଛ ସେମାନଙ୍କ ଭିତରେ ସେଇ ସ୍ନେହ, ପ୍ରେମର ନିଗୂଢ ସମ୍ପର୍କ ଅଛି ବୋଲି ?" କୁମାରୀ କିଞ୍ଚିତା ଏଥରେ ବିଚଳିତ ହୋଇ ବାଷ୍ପରୁଦ୍ଧ ସ୍ଵରରେ ଓଠ କାମୁଡି ଯୁକ୍ତି ବାଢିଲା– "ସେମାନେ ଯଦି ପରସ୍ପରକୁ ଭଲ ପାଆନ୍ତି ନାହିଁ ତେବେ ଏଭଳି ବିବାହ କରି ଲାଭ କଣ ? ସେମାନେ କିପରି ଏଭଳି ଏକ ଅସାମଞ୍ଜସ୍ୟ ଜୀବନ କଟାଇବେ ?"

ସେଇ ସାଙ୍ଗ ସାଥୀକ ମଧ୍ୟରୁ ଜଣେ ମନ୍ତବ୍ୟ ଦେଲେ ଯେ, ଦମ୍ପତିଙ୍କ ଭିତରେ ମେଳହେଉ ବା ନହେଉ ସେମାନେ ପ୍ରତିବାଦ ନକରି ଜୀବନଟାକୁ ଚଳେଇ ନିଅନ୍ତି ।

ସେମାନେ ବାଧ୍ୟ ଶିଶୁଟି ପରି ବାହାର ଦୁନିଆଁକୁ ଆତ୍ମସନ୍ତୋଷ ଲଭିଛନ୍ତି ବୋଲି ପ୍ରକାଶ କରିଥାନ୍ତି ।

"ହଁ ଠିକ୍ କଥା, ଆମକୁ ଏଇସବୁ ଘଟଣାଗୁଡ଼ିକ ଅନିୟମିତ ବା ଅବିଚାରମୂଳକ ମନେହେଉଛି କିନ୍ତୁ ଯେଉଁମାନେ ବିବାହ କରୁଛନ୍ତି ସେମାନେ ଭାଗ୍ୟକୁ ଆଦରି କ୍ରମଶଃ ଏଇ ଅସାମଞ୍ଜସ୍ୟ ପୂର୍ଣ୍ଣ ଜୀବନଧାରାକୁ ଚଳେଇ ନିଅନ୍ତି । ସ୍ୱାମୀ, ସ୍ତ୍ରୀ ପରସ୍ପରକୁ ଅବିଶ୍ୱାସ ନକରି ବନ୍ଧନ ରୂପକ ଏକ ରଜ୍ଜୁରେ ବନ୍ଧାହୋଇ ପିଲାମାନଙ୍କର ଜନକ ଜନନୀ ହୋଇଥାଆନ୍ତି, ହୁଏତ ସେମାନେ ପରସ୍ପରକୁ ଭଲ ପାଇ ନପାରନ୍ତି । ଏଥିରୁ ଜଣାଯାଉଛି ଯେ, ଭଲପାଇବା ଗୋଟେ ଜିନିଷ ଏବଂ ସ୍ୱାମୀ ସ୍ତ୍ରୀର ସମାଜ ବନ୍ଧନରେ ଆବଦ୍ଧ ହେବା ଅନ୍ୟ ଏକ ଜିନିଷ ।"

ଦେବ୍ କିଞ୍ଚିତ୍ ଉଲ୍ଲ୍ୱସିତ ହୋଇ ଆହୁରି କହି ଚାଲିଲେ– "ଏହାକୁ ତୁମେ କ'ଣ କହିବ ? ସତୀତ୍ୱ ? ସ୍ୱାମୀ, ସ୍ତ୍ରୀର ସଂପର୍କ ? ଯାହା ହେଲେବି ଏହାକୁ ପ୍ରେମ କୁହାଯାଇ ପାରିବ ନାହିଁ । ଏଇଟା ହେଉଛି ହସ–କାନ୍ଦ ମିଶା ଜୀବନ ବା ବଞ୍ଚି ରହିବା ଭଳି ଏକ ଅଭ୍ୟାସ ମାତ୍ର ।" ଏହା କହିଲାବେଳେ ଦେବଙ୍କର ମୁହଁ ଲାଲ ହୋଇଯାଇଥିଲା ଓ ଚକ୍ଷୁ ଦୁଇଟି ଲୋତକାପ୍ଳୁତ ହୋଇଯାଇଥିଲା ।

କୁମାରୀ ବର୍ତ୍ତମାନ ଦେବ୍ କୁ ତଟସ୍ଥ ହୋଇ ଚାହିଁରହିଥାଏ । ଯେପରିକି ତା'ଆଗରେ ସେ ଏକ ସମ୍ମାନନୀୟ ବ୍ୟକ୍ତିର ଏକ ଜୀବନ୍ତ ପ୍ରତିଛବି । ସାଙ୍ଗସାଥୀମାନେ ଦେବ୍ ଙ୍କର ଏହି ମନ୍ତବ୍ୟ ଦ୍ୱାରା ପ୍ରଭାବିତ ହୋଇଥିଲେ । ଏଇଟା ସତକଥା ଯେ, ପ୍ରତ୍ୟେକ ସମାଜର ଏପ୍ରକାର ପ୍ରଚଳିତ କଦର୍ଯ୍ୟ ଜୀବନଧାରା ସହ ଜଡ଼ିତ, କିନ୍ତୁ ଦେବ୍ ଙ୍କର ଅକାଟ୍ୟ ଯୁକ୍ତିବଳରେ ଯେଉଁଭଳି ଭାବରେ ପ୍ରଥମ ଥର ପାଇଁ ସେମାନଙ୍କ ଆଗରେ ଏ ବିଷୟଟି ଉପସ୍ଥାପିତ ହେଲା ସେଇଟା ଥିଲା ସେମାନଙ୍କ ପ୍ରତି ଏକ ବିରାଟ ସତ୍ୟର ଅବତାରଣା ।

। ଛଅ ।

କୁମାରୀର ସ୍ୱାସ୍ଥ୍ୟ କ୍ରମଶଃ ଭଲ ଆଡ଼କୁ ଗତି କରୁଥିଲା । ଦିନେ ସକାଳେ ଗୋଟିଏ ନାଇଟ୍ ସୁଟ୍ ପିନ୍ଧି ତା'କଠରୁ ବାହାରିପଡ଼ିଲା । ଏଇ ସୁନ୍ଦର ପ୍ରଭାତରେ କୁମାରୀର ମୁହଁଟି କାକରଭିଜା ପ୍ରଭାତ ଅପେକ୍ଷା ଆହୁରି ଅଧିକ ଆକର୍ଷଣୀୟ ମନେହେଉଥିଲା । ଗୃହଟି ପାଇନ ବୃକ୍ଷ ଦ୍ୱାରା ଆଚ୍ଛାଦିତ ଥିଲା ଏବଂ କ୍ଷୁଦ୍ର କ୍ଷୁଦ୍ର ଷ୍ଟ୍ରବେରୀ ବୁଦାଗୁଡ଼ିକ ସ୍ଥାନଟିର ସୌନ୍ଦର୍ଯ୍ୟକୁ ଅଧିକ ବୃଦ୍ଧି କରୁଥିଲା । କୁମାରୀ ଗୋଟିଏ ଡାଲ ଭିଡ଼ି ଆଣି (ତଳକୁ ଓହ୍ଲିଥିବା) ଝୁଲିବାକୁ ଲାଗିଲା । ସେ ନିଜକୁ ଖୁବ୍ ଉତ୍‌ଫୁଲ୍ଲିତ ଓ ଉଦ୍‌ବେଳିତ ମନେକଲା । ଫଳରେ ଶାନ୍ତ, କୋମଳ ନୀରବ ପ୍ରଭାତର ପରିବେଶ ମଧ୍ୟରେ ତା' ମୁଖ

ନିଃସୃତ ସଙ୍ଗୀତର ଅପୂର୍ବ ମୂର୍ଚ୍ଛନା ସେଠାରେ ପ୍ରତିଧ୍ୱନିତ ହେଉଥିଲା । କୁମାରୀର ଏଇ ସଙ୍ଗୀତ ଝଙ୍କାରରେ ଦେବ୍ଙ୍କ ହୃଦୟରୁ ଏକ ଉଚ୍ଛାଳ ତରଙ୍ଗପୂର୍ଣ୍ଣ ଭାଷା ଭାସିଆସି କହୁଥିଲା— "ଏମିତି ଆଉ କେତେଦିନ ତାକୁ ଅନ୍ଧକାରରେ ତୁମେ ରଖିଥିବ । ତା'ର ସୁଖ, ସୌନ୍ଦର୍ଯ୍ୟର ସ୍ୱପ୍ନ ସବୁ ନିକଟ ଭବିଷ୍ୟତରେ ହୁଏତ ଚୂରମାର ହୋଇଯାଇପାରେ । ତା'ର ଜୀବନଟା ନିଃସ୍ୱ, ଅସହାୟ ହୋଇଯିବ । ପ୍ରକୃତ ବିଶ୍ୱର ପରଦା ଉନ୍ମୋଚନ କରି ତାକୁ ପ୍ରକୃତ ସତ୍ୟର ସନ୍ଧାନ ଦିଅ ।" ଦୃଢ଼ସଂକଳ୍ପ ହୋଇ ନିଜ କକ୍ଷରୁ ଦେବ୍ ଆଗେଇ ଗଲେ କୁମାରୀ ଆଡକୁ । କିନ୍ତୁ, ପାଦଗୁଡ଼ିକ ହଠାତ୍ ତାଙ୍କର ଅବଶ ହୋଇପଡ଼ିଲା ଏବଂ ସେ ନିଜକୁ ଦୁର୍ବଳ ମନେକଲେ । କୁମାରୀକୁ ଝୁଲୁଥିବାର ଓ ଗୀତଗାଉଥିବାର ଦେଖି ଏଭଳି ସୁଖ ସ୍ୱପ୍ନର ଅବସାନ ଘଟାଇବା ତାଙ୍କ ପକ୍ଷେ ଠିକ୍ ହେବକି ? ତା'ର ସ୍ୱାସ୍ଥ୍ୟର ପରିବର୍ତ୍ତନ ଘଟୁଥିଲା । ତା'ର ଆଶା, ଆକାଂକ୍ଷା କ୍ରମଶଃ ଦୃଢ଼ୀଭୂତ ହେବାକୁ ଲାଗିଥିଲା, କିପରି ବା ସେ ତା'ର ହୃଦୟକୁ ବିଦୀର୍ଣ୍ଣ କରିପକାଇବେ । ନିଃସଙ୍ଗ ଜୀବନଯାପନ କରୁଥିବା ଡକ୍ତର ଶଙ୍କରଙ୍କ ପକ୍ଷେ ସେ ଥିଲା ଏକମାତ୍ର ଆଶା ଓ ଭରସା । ସେଇ ନିଃସଙ୍ଗ ସୂର୍ଯ୍ୟକିରଣର ଅବସାନ କରିବାକୁ ସାହସ କରିବା ଉଚିତ ନୁହେଁ । ତଥାପି କୁମାରୀ ଖୁସିରେ ଝୁଲୁଥିଲା । ମୁହଁ ବୁଲାଇଲାବେଲକୁ ସାମନାରେ ଦେବ୍ ଠିଆ ହୋଇଥିବାର ଦେଖିଲା । ଆଉ ପଛକୁ ଫେରିଯିବା ଦେବ୍ଙ୍କ ପକ୍ଷରେ ସମ୍ଭବ ନଥିଲା । ଧୀର ମନ୍ଥର ଗତିରେ କୁମାରୀ ଆଡକୁ ଆଗେଇବାକୁ ଲାଗିଲେ । ଦୁହେଁ ପରସ୍ପରକୁ ଦେଖି ହାସ୍ୟରୋଳ ଆରମ୍ଭ କଲେ —

"ଦେବ୍ ?"

"ହଁ, କ'ଣ ?"

"ତୁମେ ମୋ ଭଳି ଖୁସି ନୁହେଁ କି ?"

"ମୁଁ ବା ତୁମ ପରି କିପରି ସୁଖୀ ହୋଇପାରିବି ? ତୁମେ ଯେ ଜଣେ ରାଜକୁମାରୀ ।"

"ସତେ ?"

"ହଁ, ପ୍ରକୃତରେ ତୁମେ ଗୋଟେ ରାଜକୁମାରୀ, ଆଉ ମୁଁ ଗୋଟିଏ ଭିକ୍ଷୁକ ମାତ୍ର ।"

"ଆଚ୍ଛା" ।

"ମୁଁ ତୁମ ସାଙ୍ଗରେ ଠଟ୍ଟା କରୁନି ।"

"ହଉ ଠିକ୍ କଥା, ବର୍ତ୍ତମାନ ତୁମେ ଭିକ୍ଷୁକ ଭାବରେ ରାଜକୁମାରୀଙ୍କ ପାଖକୁ ଆସିଛ, ସେ ବା ତୁମକୁ କ'ଣ ଦେଇ ପାରିବେ ?"

"କିଛି ପାଇବା ପାଇଁ ଆସିନାହିଁ ।"

"ତା'ହେଲେ କିଛି ଦେବା ପାଇଁ ରାଜକୁମାରୀ ପାଖକୁ ଆସିଛ ? ଯାହା ଦରକାର ଦେଇ ଦିଅ ।"

"ନାଁ କିଛି ଦେବା ପାଇଁ ମଧ ନୁହେଁ ।"

"ତା'ହେଲେ ଆସିବାର ଉଦ୍ଦେଶ୍ୟ ?"

"ମୁଁ ଏତିକି କହିବାକୁ ଆସିଛି ରାଜକୁମାରୀ ଓ ଭିକ୍ଷୁର ପଥ ସମ୍ପୂର୍ଣ୍ଣ ଭାବେ ଭିନ୍ନ ।"

"ଆଛା, ଯଦି ଭିକ୍ଷୁକ ତା' ପଥ ଗ୍ରହଣ କରିବାକୁ ମନେକରେ ତେବେ ସେ କ'ଣ ଭିକ୍ଷୁକର ପଥ ଗ୍ରହଣ କରିବାକୁ ତାକୁ ବାରଣ କରିପାରେକି ?"

"ବୁଝିଲ କୁମାରୀ, ଜଣେ ରାଜକୁମାରୀଙ୍କ ମୁଖରେ ଏଭଳି କଥାବାର୍ତ୍ତା ଶୋଭା ପାଏନା ।"

"ଦେବ୍ ମୋ ହାତ ଦେଖ୍ବ କି ? ମୋ ଭାଗ୍ୟରେ କ'ଣ ଅଛି ଟିକେ କହିପାରିବ କି ?"

"ମୁଁ ଭାବୁଛି, ତୁମର ଗୋଟେ ଉଜ୍ଜ୍ୱଲ ଭବିଷ୍ୟତ ଓ ସୁଖମୟ ଜୀବନଯାପନ ଅଛି ।"

"ନାଁ, ତୁମେ କେବେହେଲେ ତାହା ଚାହୁଁନାହ ।"

"ସେଇ କଥାକୁ କହି ମୋତେ ଲଜ୍ଜା ଦିଅନା ।"

"ଯଦି ଭିକ୍ଷୁକ ଅନ୍ୟ ଏକ ପଥର ପଥିକ ହୁଏ ତେବେ ରାଜକୁମାରୀ କେବେହେଲେ ତା' ବିନା ସୁଖୀ ହୋଇ ପାରିବ ନାହିଁ ।"

ଏଇ କଥା ଶୁଣି ଦେବ୍ ଅତ୍ୟନ୍ତ ପ୍ରିୟମାଣ, ବିଚଳିତ ଓ ନିଜକୁ ଦୋଷୀ ମନେକରି ପଥର ଭଳି ଛିଡା ହୋଇଥିଲେ । ସିଏ ନିଜେ ବି ଠିକ୍ କରିପାରିଲେନି କହିବାକୁ ଯେ ସେ କୁମାରୀକୁ ଭଲ ପାଆନ୍ତି ନାହିଁ, ଯିଏ କି ଅନ୍ୟଜଣକୁ ଭଲ ପାଆନ୍ତି ।

| ସାତ |

ସେଦିନ ସନ୍ଧ୍ୟାରେ କୁମାରୀ ତା' ସାଙ୍ଗମାନଙ୍କ ଗହଣରେ ଚା' ପିଉଥିଲାବେଲେ ଦେବ୍ ଡାକ୍ତର ଶଙ୍କରଙ୍କ ସହିତ ନିଜର କବିତା ବିଷୟରେ ଆଲୋଚନା କରୁଥିଲା । ଦେବ୍ ତୁମେ ସୁନ୍ଦର ସୁନ୍ଦର କବିତା ଲେଖିଛ ଏବଂ ମୁଁ ଆଶା କରୁଛି ମୋର ଅନ୍ୟ ସମୟଠାରୁ ତୁମ କବିତା ଶୁଣି କଟାଇଦେବି ।

"ତା' ଠିକ୍ କି ଡ୍ୟାଡି ?"

"ତୁମେ ମୋତେ ଡ୍ୟାଡି ଡାକିଲା ବେଲେ ମୁଁ କାହିଁକି ବହୁତ ଉସ୍ସାହିତ ମନେ କରୁଛି । କୁମାରୀ ଓ ତୁମମାନଙ୍କ ଭଳି ପିଲାଙ୍କୁ ପାଇ ନିଜକୁ ଭାଗ୍ୟବାନ ମନେକରୁଛି ।" କିଛି ସମୟ ନୀରବତା ଭଙ୍ଗାକରି କହିଲେ—"ଦେବ୍ ତୁମେ ଜାଣ ଯେ କୁମାରୀ ତୁମକୁ ଛାଡି ରହିପାରିବନି ।"

ଏକଥା ଶୁଣି ଦେବ୍ ଆଶ୍ଚର୍ଯ୍ୟ ହୋଇଯାଇଥିଲେ । ସେ କେବେହେଲେ ଆଶା କରିନଥିଲେ ଏଭଳି ପ୍ରଶ୍ନର ସେ ସମ୍ମୁଖୀନ ହେଉବୋଲି । ଏହା କହି ଡାକ୍ତର ଶଙ୍କର ହସୁଥିଲାବେଲେ ଦେବ୍ କିନ୍ତୁ ନିମ୍ନମୁଖୀ ହୋଇ ଭୂଇଁକୁ ଚାହିଁ ରହିଥିଲେ ।

"ଆଚ୍ଛା କହିଲ ଦେବ୍, ଏ ବିବାହ କେବେ ହୋଇପାରିବ ?"

"ଡ୍ୟାଡି କ'ଣ କହିଲେ ? ବିବାହ ? ଆଉ ମୁଁ....... ???"

"କୁମାରୀ ପ୍ରକୃତରେ ତୁମକୁ ପାଇ ଗର୍ବିତ ମନେକରେ । ନୁହେଁ କି ?" ଡାକ୍ତର ଶଙ୍କର ସଗର୍ବରେ ଏ ପ୍ରଶ୍ନ ପଚାରିଲେ ।

"ଯେ ମୁଁ ନିଜକୁ କୁମାରୀ ଆଗରେ ଉପଯୁକ୍ତ ମନେ କରିପାରୁନି ।"

"ସେ କଥା ମୋ ଉପରେ ଛାଡ଼ିଦିଅ ଦେବ୍ ।" ଡାକ୍ତର ଶଙ୍କର ହସିବାକୁ ଲାଗିଲେ । ପୁଣି କହିଲେ – "ତୁମେ କ'ଣ ଜାଣିନ, କୁମାରୀର ସୁଖ ସ୍ୱାଚ୍ଛନ୍ଦ୍ୟ ମାନେ ମୋର ବି ।"

"ସେ ତ ସମସ୍ତଙ୍କ ପାଇଁ, ସମସ୍ତଙ୍କ ପାଖରେ ସମାନ ।"

"ତା'ହେଲେ ମୁଁ ଅନୁରୋଧ କରିବି ମୋ ପ୍ରସ୍ତାବଟିକୁ ଗ୍ରହଣ କରିନିଅ, ତୁମେ ଏହାର ବିରୋଧ କରନାହିଁ । ନହେଲେ ମୋ ଛାତି ଫାଟିଯିବ ।"

ଦେବ୍ ଆଶ୍ଚର୍ଯ୍ୟ ହୋଇ ପଡ଼ିଲେ । ତାଙ୍କର ପୃଷ୍ଠପୋଷକ ତାଙ୍କ ଆଗରେ ଜଣେ ଭିକ୍ଷୁକ ଭାବରେ ଦଣ୍ଡାୟମାନ ।

"ଆପଣ ଯେମିତି ଇଚ୍ଛା କରିବେ ।" ଏହା କହି ଖୁବ ଧୀର ସ୍ଥିର ଭାବରେ ଚାଲିଗଲେ । ଡାକ୍ତର ଶଙ୍କର ଖୁବ୍ ଖୁସୀ ଓ ତୃପ୍ତି ଅନୁଭବ କଲେ । କୁମାରୀ ତାଙ୍କ ପାଖକୁ ପରେ ଆସିଲାରୁ ସେ କହିଲେ— ''କୁମାରୀ ତୋ ମା' ସିନା ମରିଯାଇଛି, ହେଲେ ମୁଁ ତୋର ସବୁ କିଛିର ଦାୟିତ୍ୱ ନେଇଛି । ଈଶ୍ୱର ଆମ ଉପରେ ସନ୍ତୁଷ୍ଟ ଅଛନ୍ତି । ମୁଁ ତୋ ପାଇଁ ଏକ ଉପଯୁକ୍ତ ପାତ୍ର ସ୍ଥିର କରିଛି । ମୋ ଭାଗ୍ୟ ଖୁବ୍ ଟାଣ ।"

"ଏଁ, ଡ୍ୟାଡି କ'ଣ କହିଲ ?"

"ହଁ, କୁମାରୀ, ମୁଁ ବର୍ତ୍ତମାନ ଚାହେଁ ବିବାହ ଦିନ ସ୍ଥିର କରିଦେବାକୁ । ଦେବ୍ ତାଙ୍କର ମତାମତ ଦେଇସାରିଛନ୍ତି ।" ଏଇ କଥାରେ ଡାକ୍ତର ଶଙ୍କର କୁମାରୀଠାରୁ ଏକ ଆନନ୍ଦ, ଉଲ୍ଲସିତ, ହସହସ ମୁହଁ ଦେଖିବାକୁ ଆଶା କରୁଥିଲେ ।

କିନ୍ତୁ କୁମାରୀଠାରୁ କୌଣସି ପ୍ରତିକ୍ରିୟା ସେ ଦେଖି ପାରିଲେ ନାହିଁ । କୁମାରୀ ସେମିତି ନୀରବ ଓ ନିଷ୍କ୍ରିୟ ହୋଇ ନିଶ୍ଚଳ ଭାବରେ ରହିଥାଏ । ସାଧାରଣ ଭାବରେ ସେ ପଚାରିଲେ— ''ଦେବ୍ କ'ଣ କହିଲେ ?"

''ନାଁ, କିଛି ନୁହେଁ, ମୋ କଥାନୁସାରେ ସେ ଚାଲିବେ ।"

ଗାମ୍ଭୀର୍ଯ୍ୟ ପୂର୍ଣ୍ଣ ଗଳାରେ କୁମାରୀ କହିଲେ—"ଏହା ଦ୍ୱାରା ଡ୍ୟାଡି ଆପଣ ଉଚିତ କାମ କରିନାହାଁନ୍ତି ।"

ଏଥିରେ ଡାକ୍ତର ଶଙ୍କର ବିଚଳିତ ହୋଇ ପଡ଼ିଲେ ।

"ପ୍ରକୃତରେ ଡ୍ୟାଡି, ଆପଣ ଦେବ୍‌ଙ୍କୁ ବୁଝିପାରିନାହାଁନ୍ତି ।" କୌଣସି ଉତ୍ତରକୁ ଅପେକ୍ଷା ନକରି କୁମାରୀ ଏହା କହି ସେଠାରୁ ଚାଲି ଯାଇଥିଲା ।

। ଆଠ ।

ଡାକ୍ତର ଶଙ୍କରଙ୍କ ପାଖରୁ ଦେବ୍ ଧାଇଁଯାଇ ତାଙ୍କ କକ୍ଷର ବିଛଣାରେ ଶୋଇପଡ଼ିଲେ । ଦୀର୍ଘ ସମୟଧରି ଶୋଇରହି କ'ଣ ଗଢ଼ାଏ ଭାବିବା ପରେ ହଠାତ୍ ସେ ନିଜକୁ ନିଜେ କହିବାକୁ ଲାଗିଲେ–"ସମାଜ ମୋ ପାଖରୁ ତାକୁ ଛଡ଼େଇ ନେଇଛି– ମୁଁ ମାତ୍ର ତା' ସ୍ମୃତିରେ ଉତ୍ସାହିତ ହେଉଛି । ବର୍ତ୍ତମାନ ପୃଥିବୀ ସେଇ ସ୍ମୃତି ଟିକକ ମଧ ମୋ ପାଖରୁ ଛଡ଼େଇ ନେବାକୁ ପ୍ରସ୍ତୁତ ।"

ହଠାତ୍ କୁମାରୀ ସେଠାରେ ପ୍ରବେଶ କରି ଦୃଢ଼ଭାବରେ କହିବାକୁ ଲାଗିଲେ– "ନାଁ ଦେବ୍, କେହି କା' ପାଖରୁ କିଛି ଛଡ଼ାଇ ନେଉନାହିଁ ।"

ଦେବ୍ ଏଥିରେ ଆଶ୍ଚର୍ଯ୍ୟ ଓ ବିଚଳିତ ହୋଇପଡ଼ିଥିଲେ । କୁମାରୀକୁ ଦେଖି ସେ କହିଲେ – "ଓ.. କୁମାରୀ ତୁମେ ?" ତା'ପରେ ସେ ଅଶ୍ରୁ ଆପ୍ଲୁତ ଚକ୍ଷୁ ଦୁଇଟିକୁ ଅନ୍ୟଆଡ଼େ ବୁଲାଇ ଦେଲେ ।

"ଦେବ୍ ତୁମେ ମୋତେ କ୍ଷମା କରିବନି ?"

"ସେକଥା କୁହନା କୁମାରୀ । ମୁଁ ତୁମକୁ କୌଣସି ସୁଖ ସୁବିଧା ଦେଇପାରିନି ।"

"ବର୍ତ୍ତମାନ ମୁଁ ସେ ସବୁର ପରିବର୍ତ୍ତନ କରିବାକୁ ଚାହେଁ ।"

"ନାଁ ଦେବ୍, ମୁଁ କାହାର ସ୍ଥାନ ଗ୍ରହଣ କରିବାକୁ ଚାହେଁନା ।"

"ନାଁ, ସେକଥା ଠିକ୍ ନୁହେଁ କୁମାରୀ ।"

"ଦେବ୍ ! ତୁମେ ଆଉ କାହାକୁ ଭଲ ପାଉଛ କି ?"

"ହଁ, କୁମାରୀ ।"

"ମୁଁ ମଧ ସେଇ କଥା ଭାବୁଥିଲି ବହୁଦିନ ଧରି ।"

"କୁମାରୀ, ତୁମେ ସେଇ କଥା ଆଗରୁ ଜାଣିଥିଲ କି ?"

"ହଁ, ସେଥିପାଁ ତ ମୁଁ ତା'ର ସ୍ଥାନ ଅଧିକାର କରିବାକୁ ଚାହେଁନା ।"

"କିନ୍ତୁ... ।"

"ଡ୍ୟାଡିଙ୍କ କଥା ଠିକ୍ ନଥିଲା । ସେ ଯେତେବେଳେ ମୁଁ ତୁମକୁ ବିବାହ କରିବାକୁ ଚାହିଁଲେ, ମୁଁ ସେ ସମସ୍ତ କଥା ବିଷୟରେ ଚିନ୍ତା କରିନାହିଁ ।"

"କିନ୍ତୁ ଦିନେ ତୁମେ ମୋତେ କହୁଥିଲ ଯେ ଭିକ୍ଷୁକ ଓ ରାଜକୁମାରୀ ଦୁହେଁ ଯାକ ଗୋଟିଏ ପଥର ଯାତ୍ରୀ ।"

"ହଁ, କିନ୍ତୁ ମୁଁ ବିବାହ କଥା ଚିନ୍ତା କରୁନଥିଲି ।"

"ବିବାହକୁ ଛାଡ଼ି ଆମେ ଦୁହେଁ କିପରି ଗୋଟିଏ ପଥର ଯାତ୍ରୀ ହୋଇପାରିବା ।"

"ତେବେ ତୁମେ କ'ଣ ଭାବୁଛ ଯେ ବିବାହଟା ହିଁ ପ୍ରକୃତ ବନ୍ଧନର ଲକ୍ଷ୍ୟ ?"

"ତା'ହେଲେ ଅନ୍ୟଟା କଣ ? ପ୍ରଥମରୁ ତୁମକୁ ଦେବ୍ କୁହାଯାଉଥିଲା । କିନ୍ତୁ ବର୍ତ୍ତମାନ ଯେଉଁ ପରିବର୍ତ୍ତନ ଘଟିଛି ସେଥିପାଇଁ ତୁମକୁ ଗୁରୁଦେବ୍ କହିବା ଉଚିତ ।" ଏହା କହି କୁମାରୀ ହସି ଉଠିଥିଲା ଏବଂ ପୁଣି କହିଲା– "ପ୍ରକୃତ ପ୍ରେମ ଦମ୍ପତିଙ୍କର ମାନସିକ ସୁଖ ଉପରେ ପର୍ଯ୍ୟବସିତ । କାହାର ସ୍ୱାର୍ଥରେ ବାଧାସୃଷ୍ଟି କରି ତା'ର ସ୍ଥାନ ଦଖଲ କରିବା, ସେଇଟି ପ୍ରକୃତ ପ୍ରେମର ନିଦର୍ଶନ ନୁହେଁ । ତୁମେ କେବେ ହେଲେ ଗୋଟିଏ ପକ୍ଷୀଟିକୁ ଗୋଟିଏ ପିଞ୍ଜରା ଭିତରେ ରଖି ସୁଖୀ କରାଇ ପାରିବନି ।"

"କୁମାରୀ ।"

"ହଁ ଦେବ୍ ମୋର ସେଇଟା ଅନ୍ତରର ଭାବନା ।"

"ହଁ ବୁଝିଲ କୁମାରୀ, ତୁମେ ତ ସମ୍ପୂର୍ଣ୍ଣ ଆଜି ଅଲଗା ମଣିଷ ଭଲି ଜଣାପଡ଼ୁଛ ।"

"ହଁ, ଠିକକଥା । ଆଗରୁ କୁମାରୀ ଦେବ୍ ଙ୍କର ବନ୍ଧୁ,ସହଧର୍ମୀ ଥିଲା । କିନ୍ତୁ ବର୍ତ୍ତମାନ ଯେଉଁ କୁମାରୀକୁ ଦେଖୁଛ ସେ ସମ୍ପୂର୍ଣ୍ଣ ନୂଆ ଏବଂ ଦେବ୍ ଙ୍କର ଶିଷ୍ୟ ।" କିଛି ସମୟପରେ କୁମାରୀ ପୁଣି କହିଲା– "ତୁମେ ଯାହାକୁ ଭଲ ପାଉଛ ନିଶ୍ଚିତ ସେ ଭାରି ସୁନ୍ଦର ହୋଇଥିବେ ।"

"କୁମାରୀ, ତୁମେ କ'ଣ ତାକୁ ବି ଭଲ ପାଉଛ ?"

"ମୋ ପ୍ରେମିକକୁ ଯେଉଁଟା ସୁନ୍ଦର ସେଇଟା ମୋତେ ବି ସୁନ୍ଦର । ଏଇ କଥାଟା ହିଁ ଦେବ୍ ତୁମ ପାଖରୁ ମୁଁ ଶିଖିଛି ।"

"ଆଛା ଆଉ କ'ଣ ମୋ ପାଖରୁ ଶିଖିଛ ?"

"ପ୍ରକୃତ ପ୍ରେମର ପଥ କେବେହେଲେ କଣ୍ଟକିତ ନୁହେଁ । ପ୍ରକୃତ ପ୍ରେମରେ ଈର୍ଷା, ଭୟ ଏବଂ ଅନୁଶୋଚନାର ସ୍ଥାନ ଆଦୌ ନାହିଁ । ସେଗୁଡ଼ିକ ନଷ୍ଟ ଓ ନୈରାଶ୍ୟର ପରିପ୍ରକାଶ ମାତ୍ର ।"

ମନେ ହେଉଥିଲା କୁମାରୀର ଦେହ ସମ୍ପୂର୍ଣ୍ଣ ରୂପେ ଭଲ ହୋଇଯାଇଥିଲା ଏବଂ ସେ ତା'ର ସମସ୍ତ ଶକ୍ତି ଫେରିପାଇଛି । ତା' ମୁଖମଣ୍ଡଲରେ ଏକ ପ୍ରକାର ନୂତନ ଆଭା ପ୍ରସ୍ଫୁଟିତ ହୋଇଉଠିଥିଲା ।

"ବୁଝିଲ କୁମାରୀ, ତୁମେ ଅନ୍ୟଦିନ ଅପେକ୍ଷା ଆଜି ଭାରି ସୁନ୍ଦର ଦିଶୁଛ" – ଦେବ୍ କହିଲେ ।

"ତୁମର ଅନ୍ୟଦିନଗୁଡ଼ିକରେ କୁମାରୀ ଗୋଟିଏ ବୋକୀ ଏବଂ ଭୀରୁ ଥିଲା, ଯିଏ କିଛି ହରେଇଦେବ ବୋଲି ଭୟ କରୁଥିଲା ।" ଏଇକଥା ଶୁଣି ଦେବ୍ ଙ୍କ ମନରେ

କେମିତି ଗୋଟେ ପରିବର୍ତ୍ତନ ଆସିଥିଲା । ସେ କୁମାରୀକୁ ଏକ ନୂତନ ଦୃଷ୍ଟିଭଙ୍ଗୀରେ ସ୍ନେହ, ଶ୍ରଦ୍ଧାର ସହ ଲକ୍ଷ୍ୟ କରୁଥିଲେ ।

"ହଁ କଣ କହିଲ ? ମୁଁ କିପରି ଦେଖାଯାଉଛି ?" କୁମାରୀ ଦେବ୍‌ ‌କୁ ପଚାରିଲା ।

"ଖୁବ୍ ସୁନ୍ଦର । ଖୁବ୍ ଶାନ୍ତ ।"

"ମୁଁ ଭାରି ଖୁସି ଯେ, ତୁମେ ମୋତେ ଭଲପାଉଛ । ମୁଁ ମୋ ଜୀବନରେ ଆଉ କିଛି ଆଶା କରେନା ।"

"କୁମାରୀ ତୁମେ ଜାଣ ଯେ, ମୁଁ ସବୁବେଳେ ତୁମକୁ ଭଲ ପାଇଆସିଛି । କିନ୍ତୁ, ମୁଁ ଆଉ ଜଣକର ।"

"ତୁମେ ଡ୍ୟାଡିଙ୍କୁ ବିବାହ ପ୍ରତିଶ୍ରୁତିଦେବା ମୋ ପାଇଁ ଥିଲା ଆଶ୍ଚର୍ଯ୍ୟର ବିଷୟ । ତୁମେ ତାହା କହିବା ଅନୁଚିତ ଥିଲା ।"

"କୁମାରୀ, ଯାହା ହେଲେବି ମୁଁ ତାଙ୍କୁ ଆଘାତ ଦେବାକୁ ଚାହୁନଥିଲି ।"

"ତା'ହେଲେ ତୁମର ସେ ପ୍ରତିଶ୍ରୁତି ତମ ପକ୍ଷରେ ଏକ ବିରାଟ ତ୍ୟାଗ ବୋଲି ଧରିନିଆଯିବ ।"

"ନାଁ, ସେଇଟା ଠିକ୍ ନୁହେଁ । ସେଇଟା କୌଣସି ତ୍ୟାଗ ନଥିଲା ।"

"ଆଚ୍ଛା କହିଲ, ତୁମ ପ୍ରେମ ସଂପର୍କରେ ।"

"ଅନ୍ଧାର-ଆଲୋକ, ସବୁବେଳେ ସବୁ ଜାଗାରେ । ମୋର ଏଇ ଦୁଇଟି ଚକ୍ଷୁ ମୋ ଉପରେ ସର୍ବଦା ଦୃଷ୍ଟି ରଖିଛନ୍ତି । ମୁଁ ଯେତେବେଳେ ଯାହାକରେ, ଯୁଆଡେ ଯାଏ ସଦାସର୍ବଦା ସେ ଦୁଇଟି ଚକ୍ଷୁ ମୋ ଉପରେ ତୀକ୍ଷଣ ଦୃଷ୍ଟି ରଖିଛନ୍ତି ।"

"କି ସୁନ୍ଦର ଚିନ୍ତାଧାରା ।" ଏହା କହିଲା ବେଳକୁ ଚକ୍ଷୁ ଦୁଇଟି ତାଙ୍କର ଲୋତକାପ୍ଳୁତ ହୋଇଯାଇଥିଲା । ଦୀର୍ଘ ସମୟର ନୀରବତା ଭଙ୍ଗ କରି କୁମାରୀ ପୁଣି କହିଲା- "ମୁଁ ମଧ୍ୟ ସେ ଆଖ୍ ଦୁଇଟିକୁ ତୁମର ଆଖ୍ ମାଧ୍ୟମରେ ଦେଖ୍ ପାରୁଛି ଦେବ୍ ।"

"କୁମାରୀ, ତୁମେ ମୋତେ ଠିକ୍ ଭାବରେ ବୁଝି ପାରିଥିବାରୁ ମୁଁ ବହୁତ ଖୁସି ।"

"ତୁମେ ଯଦି ଚାହ ତୁମ ବାପାଙ୍କ ପାଇଁ ମୁଁ ହୁଏତ ତୁମକୁ ବିବାହ କରିବାକୁ ପ୍ରସ୍ତୁତ; କିନ୍ତୁ ଗୋଟିଏ କଥା ଉପରେ ମୁଁ ଜୋର ଦେବି ଯେ ପୂର୍ବରୁ ମୁଁ ଯେଉଁ ଆଖ୍ ଦୁଇଟି ଦେଖିଥିଲି ସେହି ଆଖ୍ ଦୁଇଟିର ମାଧ୍ୟମ ତୁମେ ହିଁ ହେବ । ଆଉ ତୁମେ କେବେହେଲେ ସେଭଳି ସୁନ୍ଦର ଚକ୍ଷୁ ଦୁଇଟିକୁ ମୋ ଆଖ୍ ଆଗରୁ ନେବ ନାହିଁ ।"

'ନା ଦେବ, ତୁମେ ଯେଉଁ ପଦାର୍ଥଟିକୁ ଅନ୍ୟକୁ ଥରେ ଦେଇସାରିଛ, ତାହା ପୁଣି ମୁଁ ବି ତୁମଠାରୁ କିପରି ଆଶା କରିବି ।'

"ଯାହା ବି ମୋ ପାଖରେ ଅଛି ସେଇଟାକୁ ତୁମେ ଅନ୍ତତଃ ଗ୍ରହଣ କରିପାର ।"

"ମୁଁ ଯାହା ଚାହିଁଥିଲି ତାହା ପାଇଯାଇଛି । ମୋ ପାଖରୁ ଅନ୍ୟକେହି ଛଡାଇ ନେଇ ପାରିବ ନାହିଁ । ତୁମେ ବି ନୁହେଁ । ସେଥିପାଇଁ ବିବାହ ବନ୍ଧନର ଆବଶ୍ୟକତା ନାହିଁ କହିଲେ ଚଳେ ।"

"କିନ୍ତୁ କୁମାରୀ, ମୁଁ ଯେ ତୁମ ବାପାଙ୍କୁ କଥା ଦେଇଛି ।"

"ନା ଦେବ୍, ମୁଁ ସେଇ ବିବାହ ଅପେକ୍ଷା ଅନେକ କିଛି ମହତ୍ତ୍ୱପୂର୍ଣ୍ଣ ଏବଂ ଚିରସ୍ଥାୟୀ ସତ୍ୟର ଉପଲବ୍ଧି କରିଛି । ତେଣୁ ମୁଁ ଆଜି ସମ୍ପୂର୍ଣ୍ଣ ତୃପ୍ତ ଏବଂ ଖୁସି ।"

"ତୁମେ ପ୍ରତିଜ୍ଞାକର ଯେ ତୁମେ କେବେହେଲେ ରୋଗଗ୍ରସ୍ତ ହେବନି । ମୋ ଆଡକୁ ଦେଖ, ମୁଁ ହସୁଛି, ଖେଳୁଛି, ଖାଉଛି ଏବଂ ଏକ ସାଧାରଣ ଜୀବନଯାପନ କରୁଛି । ହୁଏତ ମୁଁ ତୁମକୁ ଭଲ ପାଇପାରେ, କିନ୍ତୁ କଚିତ ତା'ର ବିରହ ବେଦନାରେ ମୁଁ ଦଂଶିଭୂତ ହୋଇଥାଏ । ଯାହାହେଲେବି ମୁଁ ସେହି ଦୁଃଖ ଯନ୍ତ୍ରଣାକୁ ଖୁବ୍ ଧୀରସ୍ଥିର ଚିତ୍ତରେ ଏବଂ ଆତ୍ମବିଶ୍ୱାସର ସହ ସହିଯାଉଛି ।" ଦେବଙ୍କର କଣ୍ଠରୁଦ୍ଧ ହୋଇ ଆସୁଥିଲା । ହଠାତ୍ ତାଙ୍କ ବକ୍ତବ୍ୟ ଶେଷ କରିଦେଲେ ।

"କହି ଦିଅ ଦେବ୍, ଯାହା ଅଛି ସବୁ କହିଦିଅ ଦେବ୍ । ତୁମ ଜୀବନ ସଂଗ୍ରାମର ସକଳ ଅଭୁଲା ଇତିହାସ । ତୁମେ ମୋର ଆଦର୍ଶ, ମୁଁ ଶତ ଚେଷ୍ଟା କରିବି ତୁମ ଭଳି ଜୀବନଯାପନ କରିବାକୁ ।"

"ବୁଝିଲ କୁମାରୀ, ଗତ ରାତ୍ରିରେ କାଲି ମୁଁ ଲେଖୁଥିଲି ହେ ପ୍ରଭୁ ! ମୋ ଆଶା, ଆକାଙ୍କ୍ଷା ଅପୂର୍ଣ୍ଣ ରହୁ । ନୈରାଶ୍ୟ ମଧ୍ୟରେ ହିଁ ଆନନ୍ଦ ଉଦ୍ଜୀବିତ ହୋଇ ରହିଛି । ମୁଁ ଚାହେ ପବନ ଭଳି ସଦାସର୍ବଦା ବହିଚାଲୁଥିବି ଏବଂ କିଛି ନା କିଛି ସତ୍ୟର ଅନୁସନ୍ଧାନ କରି ଚାଲୁଥିବି ।"

"ଆଛା ଦେବ୍, ତାଙ୍କ ନାଁ କ'ଣ ?"

"ମମତା"

"ଭଗବାନ୍ ତମ ପାଖରୁ କାହିଁକି ତାଙ୍କୁ ଛଡାଇ ନେଲେ ?"

"ଭଗବାନଙ୍କୁ ଦୋଷ ଦେଇ ଲାଭନାହିଁ । ଏଥିପାଇଁ ସମାଜ ଭଲ ଭାବରେ ଦାୟୀ ।"

"ସେ କେଉଠି ଅଛନ୍ତି ?"

"ମୁଁ ଜାଣେନି, କି ମୁଁ ଜାଣିବାକୁ ଚେଷ୍ଟା କରିନି ବା ଆଉଥରେ ତାଙ୍କୁ ଦେଖିବାକୁ ।"

ଏହାପରେ କୁମାରୀ ଆଉ ଅଧିକ କିଛି ପଚାରିନଥିଲା । ସେ କିଞ୍ଚିତ ଦେବ୍ ଙ୍କର ଗାମ୍ଭୀର୍ଯ୍ୟ ଚାହାଣିରେ ଏବଂ ଗମ୍ଭୀର ଅନୁଶୋଚନାରେ ଭୟଭୀତ ହୋଇପଡ଼ିଥିଲା ।

"କୁମାରୀ ବହୁଦିନ ତଳେ ତୁମର ଜଣଙ୍କ ସାଙ୍ଗରେ ସଂପର୍କ ଥିବା ବିଷୟରେ ମୁଁ ଶୁଣୁଥିଲି ।"

“ହଁ ପ୍ରଥମେ ତୁମକୁ ମୁଁ ଯେତେବେଳେ ଭେଟିଲି ।”

“ବେଶ୍ ତେବେ ତାଙ୍କୁ ତୁମେ ବିବାହ କଲନି କାହିଁକି ?”

“ମୁଁ ଭାବିଥିଲି ମୋର ସଂପର୍କ ତୁମଠାରେ ନିବିଡ । ଏଇଟା ଭାଗ୍ୟ ବିଧାନ ବୋଲି ଧରିନେଇଥିଲି ।” କୁମାରୀ ନିଃସଂକୋଚରେ ଏହା ପ୍ରକାଶ କରିଥିଲା । ଆଜି କୁମାରୀ ଏବଂ ଦେବ୍ ଦୁହେଁ ଏକ ଉଚ୍ଚତର ସ୍ୱର୍ଗୀୟ ବୁଝାମଣାରେ ଉପନୀତ । ଯେଉଁଠାରେ କି କ୍ଷୁଦ୍ର ଓ ତୁଚ୍ଛ ମାନବିକ ଆଶା ଆକାଙ୍କ୍ଷା ଭୁଲୁଣ୍ଠିତ ହୋଇଥାନ୍ତି ।

“କିନ୍ତୁ ସେ ସ୍ୱପ୍ନ ବାସ୍ତବ ରୂପ ନେଇନି ।”

“ମୁଁ ତା’ ଭାବୁନି, ମୁଁ ଅନୁଭବ କରୁଛି ସମ୍ପୂର୍ଣ୍ଣ ଆନନ୍ଦ ଓ ଉକ୍ରଣ୍ଠା ।”

“ହଁ ତାହା ଠିକ୍, ତେବେ ଡ୍ୟାଡିଙ୍କର ଆନନ୍ଦ, ଉକ୍ରଣ୍ଠା ସହ ତୁମେ କାହିଁକି ରାଜି ହୁଅ ।”

“କିପରି ?”

“ଏତିକି କହିଦିଅ ଯେ ତୁମେ ସେ ଲୋକଟାକୁ ବିବାହ କରିବାକୁ ପ୍ରସ୍ତୁତ ।”

“କିନ୍ତୁ ମୁଁ ଯେ ବିବାହର ଆବଶ୍ୟକତା ଅନୁଭବ କରିନାହିଁ ।”

“ନାଁ, କୁମାରୀ, ତୁମର ବ୍ୟକ୍ତିଗତ ଆନନ୍ଦ ଓ ଉସାହ ସହିତ ବିବାହ ଆବଶ୍ୟକତାର କୌଣସି ସମ୍ପର୍କ ନାହିଁ । ବିବାହଟା ମଣିଷ ଜୀବନରେ ଏକ ବିଶିଷ୍ଟ ସ୍ଥାନ ଗ୍ରହଣ କରିଛି ଏବଂ ମୁଁ ନିଶ୍ଚିତ ଯେ ତୁମେ ତୁମର ସ୍ୱାମୀଙ୍କୁ ପ୍ରେମ ଓ ପତିବ୍ରତା–ଏଇ ଦୁଇଟିକୁ ଦାନକରି ସନ୍ତୁଷ୍ଟ କରିପାରିବ, କାରଣ ଆମ ସମ୍ପର୍କରେ ସେଗୁଡ଼ିକର ସ୍ଥାନ ଆଦୌ ନାହିଁ ।”

“ଆଚ୍ଛା ଦେବ୍, ଆମ ସମ୍ପର୍କ ସହିତ କ’ଣ ପ୍ରେମର କୌଣସି ଚିହ୍ନ ନାହିଁ ।”

“ନାଁ, ସେଇଟା ଦାମ୍ପତ୍ୟ ପ୍ରେମ ନୁହେଁ । କୁମାରୀ ତୁମେ କ’ଣ କେବେହେଲେ ମୋତେ ତୁମର ପତି ରୂପେ ଭାବିଛ କି ?”

“ନାଁ”

“ତା’ହେଲେ କାହିଁକି ତୁମ ମନରେ ଏଭଳି ଅନ୍ୟ କାହାକୁ ବିବାହ କରିବାକୁ ଦ୍ୱନ୍ଦ୍ୱ ସୃଷ୍ଟି ହେଉଛି ।

“କାରଣ, ତୁମେ ମଧ୍ୟ ତୁମର ସମ୍ପୂର୍ଣ୍ଣ ପ୍ରେମ ପରେ ବିବାହ କରିନଥିଲ ।”

“ବୁଝିଲ କୁମାରୀ, ମୋ କଥା ଅଲଗା ।”

“ଅଲଗା କେମିତି ?” ଅତି ସରଳ ଭାବରେ କୁମାରୀ ପଚାରିଲେ । କିଛି ସମୟ ଧରି ଦେବ୍ ବାକ୍‌ରୁଦ୍ଧ ଥିଲେ ଏବଂ ଅନେକ କିଛି ଭାବୁଥିଲେ । ତା’ପରେ ନିଜେ ସ୍ଥିରକଲେ ଯେ, କଥାଟାକୁ ଲୁଚେଇ ରଖିବା ଅପେକ୍ଷା କୁମାରୀକୁ ପ୍ରକୃତ ଘଟଣା କହି ବୁଝେଇ ଦେବା ଉଚିତ । ସେ କହିଲେ– “ବୁଝିଲ କୁମାରୀ, ଆମର ମିଳନଟା ଦୁଇଟି ଆମ୍ବର ମିଳନ । ଏଇଟା ଦୈହିକ ମିଳନ ନୁହେଁ । ଆମେ (ମମତା ଓ ଦେବ୍)

ଦି'ଜଣଯାକ ପ୍ରତିଜ୍ଞା ବଦ୍ଧ ଯେ, ଜୀବନର ଅନ୍ୟ ସମୟତକ ଏକାଠି ବାସ କରିବାକୁ । ହୁଏତ ସମାଜ ଯୋଗୁଁ ଆମ ସମ୍ପର୍କଟା ବିଚ୍ଛିନ୍ନ ହୋଇ ଯାଇଛି ଯାହା ଫଳରେ ଆମେ ଅଲଗା ରହିବାକୁ ବାଧ୍ୟ । ତଥାପି ମୁଁ ତାଙ୍କର ଜୀବନ୍ତ ପ୍ରତିଛବିଟିକୁ ଏଯାବତ ମୋ ମାନସ ପଟରେ ଜୀବନ୍ତ କରି ରଖିଛି ।"

"କ'ଣ କହିଲ ଜୀବନ୍ତ ପ୍ରତିମା ?"

"ହଁ, ତା'ର ସ୍ମୃତି ।"

ଏହା କହି ଦେବ୍ ମୁଣ୍ଡ ତଳକୁ କଲେ ଏବଂ କୁମାରୀ ନିକଟରେ ନିଜକୁ ଲୁଚେଇ ଦେବାକୁ ଚେଷ୍ଟାକଲେ । କୁମାରୀ ତାଙ୍କ ନିକଟକୁ ଯାଇକହିଲା– "ତୁମକୁ ସୁଖୀ କରିବା ପାଇଁ ଏପରିକି ମୋ ଜୀବନ ଦେଇପାରେ ।"

କଥାଟାର ବିଷୟବସ୍ତୁ ବଦଳାଇବା ପାଇଁ ଚେଷ୍ଟାକରି ଦେବ୍ ପଚାରିଲେ– "ଆଚ୍ଛା, ତୁମ ପାଇଁ ଡ୍ୟାଡି ଯେଉଁ ଲୋକଟାକୁ ଠିକ୍ କରିଛନ୍ତି ତା' ବିଷୟରେ କ'ଣ ଜାଣ ?"

"ଖୁବ୍ ସୁନ୍ଦର ପିଲା । ମୁଁ ତାକୁ ବହୁତ ଦିନରୁ ଜାଣିଛି । ସେ ଆମର ଦୂର ସମ୍ପର୍କୀୟ । ସେ ଭଲ ହୋଇପାରେ କିନ୍ତୁ ତୁମ ବ୍ୟକ୍ତିତ୍ୱର ଅଧା ବି ସେ ନୁହେଁ ।'

"ଯାହା ହେଲେବି କୁମାରୀ ତୁମେ ବିବାହ କରିବା ଉଚିତ ।"

"ତୁମର ଯଦି ପସନ୍ଦ ହୋଇଛି ମୋର ସେଥିରେ କୌଣସି ପ୍ରତିବାଦ ନାହିଁ ।"

"ହଁ ସେଇଟା ଠିକ୍ କଥା କୁମାରୀ ।"

"ମନେକର ତୁମ ବିବାହ ପରେ ସେ ମୋତେ ତୁମକୁ ଦେଖା କରିବାକୁ ବାରଣ କଲା ।"

"କୁମାରୀ, ତୁମେ ତୁମର ଆତ୍ମବିଶ୍ୱାସ ରଖିବା ଉଚିତ । ତୁମର ଉଦ୍ଦେଶ୍ୟ ଯଦି ମହତ, ଅନାବିଳ ତେବେ ସେ ପଥରେ କୌଣସି ଅସୁବିଧା ରହିବ ନାହିଁ ।"

"କିନ୍ତୁ ବହୁ ସମୟରେ ଅବିଶ୍ୱାସ, ସନ୍ଦେହ, ଭୁଲ ବୁଝାମଣା ସମଗ୍ର ପରିବେଶଟାକୁ କଲୁଷିତ କରି ପକାଏ ।"

"ଏଭଳି ଛୋଟ ଛୋଟ କଥାଗୁଡାକ କେବଳ ମନକୁ ଆନ୍ଦୋଳିତ କରିଥାଏ । କିନ୍ତୁ ତୁମଭଳି ଦୃଢ଼ ଚରିତ୍ରବାନ ଲୋକ ଖୁବ୍ ସାହସର ସହିତ ଏଗୁଡ଼ିକର ସମ୍ମୁଖୀନ ହୋଇଥାନ୍ତି ।" ତା'ପରେ କୁମାରୀ ମଥା ଅବନତ କରି ଅତି ଉତ୍ଫୁଲିତ ମନରେ ସେଠାରେ ବସିରହିଲା । ଏଥିଲା ଏକ ବିରାଟ ଓ ଅଭିନବ ଅଭିଜ୍ଞତା ଯାହା ଫଳରେ କି ସେ ଏକ ସ୍ୱର୍ଗୀୟ ଆନନ୍ଦର ଅଧିକାରିଣୀ ହୋଇପାରିଛି । ଦେବ୍ ତା'ର ହାତ ଦୁଇଟାକୁ ଉଠାଇ ନେଇ ତା'ର ଅଧରକୁ କାନ ପାଖରେ ରଖି ମର୍ମସ୍ପର୍ଶୀ ଆହ୍ୱାନ ଦେଇଥିଲା ।

"କୁମାରୀ ନିଜ ବ୍ୟକ୍ତିତ୍ୱ ଉପରେ ଗଭୀର ବିଶ୍ୱାସ ପ୍ରତିଷ୍ଠା କର ।"

| ନଅ |

ଖୁବ୍ ଅଳ୍ପଦିନ ପରେ ଡାକ୍ତର ଶଙ୍କର, କୁମାରୀ ଏବଂ ଦେବ୍ ଦିଲ୍ଲୀ ପ୍ରତ୍ୟାବର୍ତ୍ତନ କଲେ । କୁମାରୀର ବିବାହ ସୋମନାଥ ସାଙ୍ଗରେ ସ୍ଥିର ହୋଇଥିଲା ଯାହାକୁ କି ସେ ପୂର୍ବରୁ ପ୍ରତ୍ୟାଖ୍ୟାନ କରିଥିଲା । ବିବାହ ଦିନ ଉପସ୍ଥିତ ହେଲା । କୁମାରୀ ଗୋଟେ କମଲା ରଙ୍ଗର ଏବଂ ହଳଦିଆ ଜରିପକା ହୋଇଥିବା ସିଲ୍କି ଶାଢ଼ି ପିନ୍ଧି ଅପୂର୍ବ ସୁନ୍ଦର ଦିଶୁଥିଲା । ବାହାରୁ କବାଟ କିଳିଦେଇ ଏକ ବିରାଟ ଦର୍ପଣ ଆଗରେ ଠିଆହେଲା ଆଉ ନିକଟରେ ଥିବା ଟେବୁଲ୍ ଉପରେ ସୋମନାଥର ଏକ ଫଟୋ ଥୁଆ ହୋଇଥିଲା । ମନ୍ଦିରରେ ଦେବଦାସୀ ତା'ର ଆରାଧ୍ୟ ଦେବତାଙ୍କୁ ଚାହିଁ ରହିଲା ପରି ଅବିକଳ ସେ ଚାହୁଁଥିଲା ଫଟୋଟିକୁ ଥରକୁ ଥର ।

ବିବାହ ଉତ୍ସବ ସମାପ୍ତି ପରେ ବରକନ୍ୟା ବିଦାୟ ନେବା ପାଇଁ ପ୍ରସ୍ତୁତି ଆରମ୍ଭ ହୋଇଗଲା । ଲୋତକାପ୍ଳୁତ ଚକ୍ଷୁରେ ଡାକ୍ତର ଶଙ୍କର କୁମାରୀକୁ ଆଲିଙ୍ଗନ କଲେ । କିନ୍ତୁ ଆଶ୍ଚର୍ଯ୍ୟ କଥା ଯେ, କୁମାରୀ ଏଥରେ କୌଣସି ପ୍ରତିକ୍ରିୟା ପ୍ରକାଶ କରିନଥିଲା । ହର୍ଷ– କାତର କୌଣସି ଆବେଗ ତା' ମୁଖମଣ୍ଡଳରେ ପ୍ରକାଶ ପାଇନଥିଲା କେବଳ ମଥା ଅବନତକରି ସେ କେମିତି ଏକ ଦୁଃଖ ଓ ଚିନ୍ତିତ ମନରେ ବସିରହିଥିଲା । ତା'ପରେ ହଠାତ୍ ସେ ସ୍ଥାନରୁ ଉଠିପଡ଼ି ଦେବ୍ଙ୍କ ପାଖରେ ଅର୍ଦ୍ଧ ମୁଦ୍ରିତ ନୟନରେ ହାତଯୋଡ଼ି ତାଙ୍କ ଆଗରେ ମୌନ ହେଲା । ଦେବ୍ ଶୁଣିପାରିଲେ ତା'ର ଅନ୍ତରର ଅଭ୍ୟନ୍ତର ପ୍ରଦେଶରୁ ଏକ ବିରହ ବେଦନା ଜର୍ଜରିତ ବାର୍ତ୍ତା – "ବିଦାୟ ଦେବ୍ ! ତୁମ ଇଚ୍ଛାନୁସାରେ ମୁଁ ଆଜି ଦୂରକୁ ଚାଲିଯାଉଛି ।"

| ଦଶ |

ସମୟ ଅତିକ୍ରମ କରିଗଲା । କୁମାରୀ ଓ ଦେବ୍ ମଧରେ ଉତ୍କଣ୍ଠା ଓ ବିଚ୍ଛିନ୍ନତାର ଏକ ବିରାଟ ପ୍ରାଚୀର ଦଣ୍ଡାୟମାନ ହେଲା, କିଛିମାସ ପାଇଁ ସେମାନେ ପରସ୍ପର ଦେଖା ସାକ୍ଷାତ ହୋଇନଥିଲେ ।

କୁମାରୀ ଓ ସୋମନାଥ ଆନନ୍ଦରେ କାଳାତିପାତ କଲେ । ସେମାନେ ଯାହା ଚାହିଁଲେ ତାହା ପାଇ ପାରିଲେ । କୁମାରୀ ଭାରି ଶାନ୍ତ ଓ ତୃପ୍ତ ଅନୁଭବ କରୁଥିଲା । ସୋମନାଥ ଭାରି ଖୁସି ଓ ଗର୍ବ ଅନୁଭବ ମନେ କରୁଥିଲା ।

ସୋମନାଥର ଜନ୍ମଦିନ ପାଳିତ ହେଉଥାଏ । କୁମାରୀ ତା'ର ଅନେକ ବନ୍ଧୁଙ୍କୁ ନିମନ୍ତ୍ରଣ କରିଥିଲା । ସେମାନଙ୍କ ମଧରେ ଦେବ୍ ମଧ ଥିଲେ । ବହୁଦିନପରେ କୁମାରୀକୁ ସେ ଦେଖିବାର ସୁଯୋଗ ପାଇଥିଲା । ସେତେବେଲେ କୁମାରୀ ଖୁବ୍ ଉତ୍ସାହିତ ଓ ଭଦ୍ର ଜଣାଯାଉଥିଲା । ଦେବ୍ ମଧ ଆନନ୍ଦରେ ବିଭୋର ହୋଇପଡ଼ୁଥିଲେ କୁମାରୀର ବ୍ୟବହାର

ଓ ଆନନ୍ଦପୂର୍ଣ୍ଣ ଜୀବନଯାପନରେ । ସୋମନାଥ ଯଦିଓ ଦେବଙ୍କୁ ବିବାହ ଉସ୍ତବରେ ଦେଖିଥିଲେ କିନ୍ତୁ ତାଙ୍କ ବିଷୟରେ ବେଶୀ କିଛି ଜାଣିନଥିଲେ । ଆଜିଦିନ ଥିଲା ଏକ ସୁଯୋଗ ତାଙ୍କ ପାଇଁ ଦେବ୍ ଙ୍କର ଖୁବ୍ ନିକଟତର ହୋଇ ତାଙ୍କ ବିଷୟରେ କିଛି ଜାଣିବା ପାଇଁ । ସେ ଦେବ୍ଙ୍କ ପାଖରେ ବସି ମଜାଗପ କରୁଥାନ୍ତି ଏବଂ ମଝିରେ ମଝିରେ ଦେବ୍ ଙ୍କର ବ୍ୟବହାର ଲକ୍ଷ୍ୟ କରୁଥାନ୍ତି । ସେ ଭାରି ଖୁସି ହୋଇଯାଇଥିଲେ ଏବଂ ଅତିଥିମାନଙ୍କ ବିଦାୟ ପରେ ଦେବ୍ଙ୍କୁ ରହିବାକୁ ଅନୁରୋଧ କରିଥିଲେ । ଦେବ୍ ସୋମନାଥ ବହୁସମୟଧରି କଥାବାର୍ତ୍ତାରେ ସେଦିନ ସନ୍ଧ୍ୟାଟିକୁ କଟାଇଲେ । ମଝିରେ ମଝିରେ କୁମାରୀ ଆସି ଭାଗ ନେଉଥିଲେ । ରାତି ହୋଇ ଯାଇଥିଲା, ଦେବ୍ ଯିବାକୁ ଚାହିଁଲେ । କୁମାରୀ ହସହସ ମୁହଁରେ ସେଦିନ ରାତିଟି ରହିବାକୁ ଅନୁରୋଧ କଲେ । ଦେବ୍ ଆଶ୍ଚର୍ଯ୍ୟ ହୋଇଯାଇଥିଲେ ସୋମନାଥର ବ୍ୟବହାରରେ, ବନ୍ଧୁତ୍ୱ ପ୍ରଦର୍ଶନରେ ଏପରିକି କୁମାରୀଠାରୁ ଭଦ୍ର ଓ ବନ୍ଧୁତ୍ୱପୂର୍ଣ୍ଣ ସେ ଥିଲେ । ସେଠାରେ ସେ ବାଧ୍ୟହୋଇ ରାଜି ହେଲେ ସେମାନଙ୍କ ସହ ରାତିଟି କଟାଇବାକୁ । ସେଦିନ ରାତିରେ କେହି ଶୋଇ ନଥିଲେ ।

ତା'ପରଦିନ ସକାଳେ କୁମାରୀ ନିଜେ ଜଳଖିଆ ପ୍ରସ୍ତୁତ କଲା । ଜଳଖିଆ ଭିତରେ ଥିଲା ଚଣାରେ ତିଆରି ସିଙ୍ଗଡା । ଦେବ୍ ଯେତେବେଳେ ତା' ସହିତ ମାଶୋରୀରେ ଥିଲେ ତା' ହସ୍ତ ନିର୍ମିତ ସିଙ୍ଗଡାଗୁଡ଼ିକୁ ଖାଇଥିଲେ । ଆଜି ଯେତେବେଳେ ସେଇ ଚଣାରେ ନିର୍ମିତ ତିଆରି ସିଙ୍ଗଡାଗୁଡ଼ିକୁ ଦେଖିଲେ ଦେବ୍ ହଠାତ୍ ଗମ୍ଭୀର ଓ ଚିନ୍ତାଶୀଳ ହୋଇପଡ଼ିଲେ । ଏଗୁଡ଼ିକ ଆଜି ସିଏ କାହିଁକି ତିଆରି କଲା ? ସେ ଆହୁରି କ'ଣ ମୋ ସହିତ ସମ୍ପର୍କ ରଖିଛି କି ? କିମ୍ବା ଦେବ୍ଙ୍କୁ ଏହା ଦ୍ୱାରା ଅପମାନିତ କରୁନାହିଁ ତ ? ସେ ଭାବ ଗମ୍ଭୀର ହୋଇଯାଇଥିଲେ ଏ ପ୍ରକାର ଦୃଶ୍ୟଯୋଗୁଁ । ସିଙ୍ଗଡା ପ୍ଲେଟ୍ ପାଖକୁ ଯାଇ କହିଲେ– "କୁମାରୀ ତୁମେ ଏଗୁଡ଼ିକ କ'ଣ ନିଜେ ତିଆରି କରିଛ ?" ଖୁବ୍ ଉକ୍ଣ୍ଠାର ସହ ଏ କଥା କହିପକାଇଲେ ।

କିନ୍ତୁ ତା' ମୁଖମଣ୍ଡଳରେ ଏକପ୍ରକାର ଭୟ ଓ ଆଶଙ୍କାର ଚିହ୍ନ ଜଣାପଡୁଥିଲା । କୁମାରୀ ଅଜ୍ଞ ଅସୁବିଧାର ସମ୍ମୁଖୀନ ହୋଇଥିଲା ଯେ, ପ୍ରକୃତରେ ଦେବ୍ ପାଇଁ ସିଙ୍ଗଡା ତିଆରି କରିବା ତା'ର ଅଧିକାର ଅଛି କି ନାହିଁ । ଜଳଖିଆ ଖାଇସାରିଲା ପରେ ଦେବ୍ ଓ ସୋମନାଥ ଦୁଇଜଣୟାକ ନିଜ ନିଜ କର୍ମ କ୍ଷେତ୍ରକୁ ବାହାରିଲେ । କୁମାରୀ ଦେବ୍ଙ୍କୁ କହିଲା ଯେ, ସେମାନେ ସନ୍ଧ୍ୟାରେ ସିନେମା ଯିବେ, ତେଣୁ ସେ ମଧ୍ୟ(ଦେବ୍) ତାଙ୍କ ସାଥୀରେ ଯିବେ । ପ୍ରଥମରୁ ଦେବ୍ ଯଦିବା ଚାହୁ ନଥିଲେ ଯିବାକୁ ଏବଂ କୁଣ୍ଠାବୋଧ କରୁଥିଲେ ତଥାପି କୁମାରୀ ଓ ସୋମନାଥଙ୍କର ହସହସ କଥାବାର୍ତ୍ତା ଏବଂ ବ୍ୟବହାର ତାଙ୍କୁ ବାଧ୍ୟ କରିଥିଲା ପ୍ରସ୍ତାବଟିକୁ ଗ୍ରହଣ କରିନେବା ପାଇଁ । ସେଦିନ ସିନେମା ଦେଖିସାରି

ଦେବ୍ ପୁଣି କୁମାରୀ ଓ ସୋମନାଥଙ୍କ ସାଥୀରେ ଘରକୁ ଆସିଲେ ଏବଂ ସେଦିନ ରାତିଟା କଟେଇଲେ । ତା'ପରଦିନ ରବିବାର ଥିବାରୁ ତାଙ୍କର ଘରକୁ ଯିବାର ପ୍ରଶ୍ନ ହିଁ ଉଠିନଥିଲା । ସୋମବାର ଦିନ ସକାଳେ ଦେବ୍ ଓ ସୋମନାଥ ଯେତେବେଳେ ବାହାରିଲେ କୁମାରୀ ଟିକିଏ ମୁରୁକି ହସି ପିଲାଳିଆ ଢଙ୍ଗରେ କହିଲା— "କ'ଣ ଆଜି ସଂଧ୍ୟାରେ ତୁମେ ଘରକୁ ଫେରିଯିବ ନା ଆସିବ?" ଏଥିରେ ସମସ୍ତେ ଠୋ ଠୋ ହସିପକାଇଲେ । ଦେବ୍ ପ୍ରତି ସପ୍ତାହରେ ସେମାନଙ୍କ ପାଖକୁ ଆସିବେ ବୋଲି ପ୍ରତିଜ୍ଞା କଲେ ।

। ଏଗାର ।

କୁମାରୀର ଏକ ଝିଅ ହେଲା । ଦେବ୍ ପହଞ୍ଚିଲା ବେଳକୁ ସେ ବିଛଣାରେ ଶୋଇଥିଲା । ସୋମନାଥ ନିକଟରେ ଥିବା ଏକ ଚେୟାରରେ ବସିଥିଲା । ଦେବ୍ ସେ ପିଲାଟିକୁ ନେଇ କହିଲେ— "କି ସୁନ୍ଦର ହୋଇଛି ଏ ପିଲାଟି ।" କୁମାରୀର ଦୁର୍ବଲ ଓ କ୍ଲାନ୍ତ ମୁଖମଣ୍ଡଲ ହଠାତ ଟେଢ଼ଁ ଉଠିଲା ଏବଂ ଦେବ୍ କୁ ଅନୁରୋଧ କରିଥିଲା ପିଲାଟିର ନାଆଁ ବାଛିବାକୁ । ଅଯାଚିତ ଭାବରେ ସେ କହିଉଠିଲେ— "ମଧୁ" । ସତେ ଅବା ସେ ପ୍ରଶ୍ନର ଉତ୍ତର ପାଇଁ ପ୍ରସ୍ତୁତ ହୋଇରହିଥିଲା । ସେଇଦିନଠାରୁ ସେ ଝିଅଟି ସମସ୍ତଙ୍କ ଦ୍ୱାରା ମଧୁ ନାମରେ ଆଦୃତ ହେଲା । ବର୍ତ୍ତମାନ ଦେବ୍ କୁମାରୀକୁ ଦେଖା କରିବାକୁ ବହୁଥର ଆସୁଥିଲେ । ପ୍ରଥମେ ସେ ଏକା ଆସୁଥିଲେ । ତା'ପରେ କୃଷ୍ଣଲାଲଙ୍କର ପୁଅ ମନୁକୁ ସାଙ୍ଗରେ ଧରି ଆସିବାକୁ ଲାଗିଲେ । ଯଦିଓ ମନୁ, ମଧୁ ଅପେକ୍ଷା ବୟସରେ ଅନେକ ବଡ ଥିଲା ତଥାପି ସେ ତାହା ସହିତ ଖେଳିବାକୁ ଖୁବ୍ ଭଲ ପାଉଥିଲା । ତାହାର ଭାଇ ଭଉଣୀ କେହି ନଥିବାରୁ ଘରେ ଏକୁଟିଆ ଅନୁଭବ କରୁଥିଲା । ତେଣୁ ସେ ଯେତେବେଳେ ଜାଣୁଥିଲା ଯେ ଦେବ୍ କୁମାରୀ ଘରକୁ ଯାଉଛନ୍ତି, ସେତେବେଳେ ତାଙ୍କର ସାଥୀରେ ଯିବାକୁ ଇଚ୍ଛା କରୁଥିଲା । ମନୁର କ୍ରମଶଃ ବୟସ ବୃଦ୍ଧି ହେଲା ଓ ସେ ସ୍କୁଲ ଯିବାକୁ ଆରମ୍ଭ କରିଦେଲା । ତା' ଘର କାମରେ ଦେବ୍ ତାକୁ ସାହାଯ୍ୟ କରୁଥିଲେ । ମନୁ ପାଇଁ ସେ ଥିଲେ ଏକାଧାରରେ ଦାଦା, ସାଙ୍ଗ ଓ ଅଭିଭାବକ । ପିଲାଟି ଦେବ୍ କୁ ପାଇ ଖୁବ୍ ଖୁସୀ ହୋଇଯାଇଥିଲା । ମନୁ ଯେତେବେଳେ କୁମାରୀ ଘରକୁ ଆସୁଥିଲା କୁମାରୀ ମଧ ତାକୁ ଖୁବ୍? ଆଦରର ସହ ଗ୍ରହଣ କରୁଥିଲା । ସେ ଯେ ଦେବ୍ ଙ୍କ ପାଇଁ ଅତି ଆଦରର ଥିଲା ତା' ନୁହେଁ କୁମାରୀ ପାଇଁ ମଧ ।

ତୃତୀୟ ଭାଗ

୲ ଏକ ୲

ଛଅ ବର୍ଷ ତଳେ ଜଗଦୀଶ ଆଉଥରେ ବିବାହ କରିଥିଲେ । ମମତା ତାଙ୍କୁ ଛାଡିଗଲାପରେ ସେ କିଛିଦିନ ପାଇଁ ନିଃସ୍ୱ, ଅଧୈର୍ଯ୍ୟ ଓ ନିରାଶ ହୋଇପଡ଼ିଥିଲେ । ତାଙ୍କ ମାଆ ଖୁବ୍ ଚିନ୍ତିତ ହୋଇପଡ଼ିଲେ । ସେ ନିଜେ ଗୋଟେ ଝିଅକୁ ଠିକ୍ କରି ତାଙ୍କୁ ବିବାହ କରିବାକୁ ପ୍ରବର୍ତ୍ତାଇଲେ । ଜଗଦୀଶଙ୍କର କୌଣସି ପିଲାପିଲି ନଥିଲା । ତାଙ୍କ ସ୍ତ୍ରୀ ପରାମର୍ଶ ଦେଲେ ଯେ, ତାଙ୍କ ଭାଇଙ୍କ ପୁଅକୁ ପୁଅ କରିବାକୁ । କିନ୍ତୁ ଏଥିରେ ସେ ରାଜି ହେଲେ ନାହିଁ । ଏଥିରେ ତାଙ୍କ ସ୍ତ୍ରୀ ଅଭିମାନ କରି ବାପା ଘରକୁ କିଛିଦିନ ପାଇଁ ଚାଲିଗଲା । ଏବେ ରଞ୍ଜୁ କଲେଜରେ ପଢ଼ିଲାଣି । ଖରା ଛୁଟି କଟାଇବା ପାଇଁ ତା' ବାପା ଏବଂ ସାବତ ମା' ସାଙ୍ଗରେ ସିମଲା ଯାଇଥିଲେ । ଜଗଦୀଶ ଘୋଡ଼ା ଚଢ଼ିବାକୁ ଭଲ ପାଉଥିଲେ । ଏଇ ଖେଳଟିକୁ ସେ ତାଙ୍କ ବାପାଙ୍କ ଠାରୁ ଅତି ଆଗ୍ରହର ସହ ଦଖଲ କରିଥିଲେ ।

ଦିନେ ଜଗଦୀଶଙ୍କ ସ୍ତ୍ରୀ ଥଣ୍ଡାରୋଗରେ ଆକ୍ରାନ୍ତ ହେଲେ । ସେଦିନ ସେ ବାହାରକୁ ଯିବାକୁ ରାଜି ନହେବାରୁ ରଞ୍ଜୁ ମଧ ତାଙ୍କ ସହିତ ରହିଲା । ତାଙ୍କର ଘୋଡ଼ା ଚଢ଼ିବାକୁ ଯେଉଁ ସଉକ ଥିଲା ସେଇଟା ପ୍ରତି ମୁହୂର୍ତ୍ତରେ ଜଗଦୀଶଙ୍କୁ ଉସ୍ ? କାଉଥିଲା । ଯାହା ଫଳରେ ସେ ଗୋଟେ ଘୋଡ଼ା ଭଡ଼ାରେ ଆଣି ଚଢ଼ିବାକୁ ଗଲେ । 'ମାସୋବ୍ରା ରୋଡ'ରେ ଘୋଡ଼ାଟି ସୁନ୍ଦର ଭାବେ ଦୌଡ଼ୁଥିଲା । ଏଇ ସମୟରେ ଟାଉନ୍ ବସ୍ ଦୂରରୁ ହର୍ଷ ଦେଇ ଆସୁଥାଏ । ଏଇ ଶବ୍ଦରେ ଘୋଡ଼ାଟି ଭୟରେ ଶଙ୍କାଛନ୍ନ ହୋଇ ଜୋରରେ ଦୌଡ଼ିଥିଲା ଏବଂ କିଛି ବାଟ ଗଲାପରେ ହଠାତ୍ ରାସ୍ତାରୁ ଗଡ଼ିପଡ଼ିଲା । ଘୋଡ଼ା ସହିତ ଚଢ଼ାଳି ମଧ ପାଖରେ ଥିବା ଏକ ଗର୍ତ୍ତରେ ପଡ଼ିଯାଇଥିଲେ । ବସ୍‌ରେ ଥିବା ଯାତ୍ରୀମାନେ କେତେକ

ସ୍ଥାନୀୟ ଲୋକଙ୍କୁ ନେଇ ସାଙ୍ଗରେ ସେଇ ଗର୍ଡ ପାଖକୁ ଯାଇ ଦେଖିଲେ ଯେ, ଘୋଡାଟି ମରିଯାଇଛି ଏବଂ ଜଗଦୀଶ ରକ୍ତାକ୍ତ ଅବସ୍ଥାରେ ଅଚେତ ହୋଇ ପଡ଼ିଛନ୍ତି । ଏଇ ଦୁଃଖଦ ଘଟଣାଟି ସ୍ଥାନୀୟ ଲୋକଙ୍କ ମନରେ ଗଭୀର ରେଖାପାତ କରିଥିଲା । ତା'ପରେ ତାଙ୍କୁ ହସ୍ପିଟାଲକୁ ନିଆଗଲା ଏବଂ ତାଙ୍କ ପକେଟରେ ଥିବା ଚିତ୍ରପଟରୁ ତାଙ୍କ ପରିଚୟ ଜାଣି ତାଙ୍କ ଘରଲୋକଙ୍କୁ ଦୁର୍ଘଟଣା ବିଷୟରେ ଖବର ଦିଆଯାଇଥିଲା । ଡାକ୍ତରମାନେ ଅକ୍ଳାନ୍ତ ପରିଶ୍ରମ କରି ଜଗଦୀଶଙ୍କ ଜୀବନ ରକ୍ଷା କରିଥିଲେ, ହେଲେ ଦୁଇଟିଯାକ ଗୋଡ ତାଙ୍କର ସମ୍ପୂର୍ଣ୍ଣ ଅକାମି ହୋଇପଡ଼ିଥିଲା । ଗୋଟେ ଚକ ଲଗା ଗାଡ଼ି ତାଙ୍କର ବୁଲାବୁଲି ପାଇଁ ଦିଆଗଲା । ବୁଝିବାକୁ ଗଲେ ତାଙ୍କ ଜୀବନଟା ପ୍ରକୃତରେ ନଷ୍ଟ ଭ୍ରଷ୍ଟ ହୋଇଯାଇଥିଲା । ତାଙ୍କ ଅଫିସ୍ କାମଗୁଡ଼ିକ ନିଜ ସହକର୍ମୀମାନଙ୍କ ସାହାଯ୍ୟରେ ସେଇ ବିଛଣାରେ ରହି ତୁଲାଇବାକୁ ଲାଗିଲେ । ବିପଦ ଯେତେବେଲେ ଆସେ ତାହାର ପିଲା କୁଟୁମ୍ବ ଧରି ଆସିଥାଏ । ସେପରି ତାଙ୍କର ଦୁଃଖ, ଦୁର୍ଦଶା ଅଧିକରୁ ଅଧିକ ହେବାକୁ ଲାଗିଲା । ତାଙ୍କ ସ୍ତ୍ରୀ ତାଙ୍କୁ ଥରକୁଥର ଧମକ ଦେବାକୁ ଲାଗିଲେ । ତାଙ୍କ ଭବିଷ୍ୟତ ଅନିଶ୍ଚିତ । ରଣ୍ତୁର ବିବାହ ବୟସ ହୋଇଯାଇଥିଲା । ସେ ବିବାହହୋଇ ଚାଲିଯିବା ପରେ ତାଙ୍କର ବନ୍ଧୁବାନ୍ଧବ, ସମ୍ପର୍କୀୟମାନେ ତାଙ୍କର ସମସ୍ତ ସଂପତ୍ତିକୁ ନେଇ ନାନା ଚକ୍ରାନ୍ତ କରିବେ । ତେଣୁ ସେ ଯୁକ୍ତି କରିବାକୁ ଲାଗିଲେ ଯେ, ତା'ଭାଇର ପୁଅକୁ ପୁଅ କରାଯାଉ । ସେ ଭାବୁଥିଲେ ଜଗଦୀଶର ଏହି ଦୁର୍ଯୋଗପୂର୍ଣ୍ଣ ଅକ୍ଷମତା ହିଁ ତାହା ପାଇଁ ଏକ ସୁବର୍ଣ୍ଣ ସୁଯୋଗ । ହୁଏତ ଯାହା ସେ ଦାବୀ କରିବେ ତାହା ଜଗଦୀଶ ଦ୍ୱାରା ଗୃହୀତ ହୋଇଯାଇପାରେ ।

କିନ୍ତୁ ଜଗଦୀଶ ଯେମିତି ଦୃଢ ସଂକଳ୍ପ ଥିଲେ ଏବେ ମଧ୍ୟ ସେମିତି । ଏହା ଦ୍ୱାରା ତାଙ୍କ ସ୍ତ୍ରୀ ନିଜକୁ ଅପମାନିତ ଓ ଅସହ୍ୟ ମନେକଲେ । ସେ କ୍ରମଶଃ ଅତ୍ୟନ୍ତ ଅଧୈର୍ଯ୍ୟ ହୋଇ ବିଭିନ୍ନ ସମୟରେ କଟୁ ମନ୍ତବ୍ୟ ପ୍ରଦାନ ଏବଂ ଶଟ୍ତତା ଆଚରଣ କରିଥିଲେ । ପୁଣି କିଛିଦିନ ପରେ ସେ ତାଙ୍କ ବାପା ଘରକୁ ପଳେଇଗଲେ । ରଣ୍ତୁ ବହୁ ସମୟ ଜଗଦୀଶଙ୍କ ପାଖରେ ରହୁଥିଲା । ସେ ଚାହୁଁଥିଲା ପାଠପଢା ବନ୍ଦ କରିଦେବାକୁ; କାରଣ ଜଗଦୀଶଙ୍କୁ ଏକୁଟିଆ ଛାଡ଼ି ରହିବାକୁ ସେ ଭଲ ପାଉନଥିଲା । କିନ୍ତୁ ଜଗଦୀଶ ସେଥରେ ରାଜି ହୋଇନଥିଲେ । ତେଣୁ ସେ ଯେତେବେଲେ ଘରେ ରହୁଥିଲା ତା' ପାରୁପର୍ଯ୍ୟନ୍ତ ଜଗଦୀଶଙ୍କୁ ଖୁସି କରିବାକୁ ଲାଗୁଥିଲା । ସେ ତାଙ୍କୁ ଖବରକାଗଜ ପଢେଇ ଶୁଣାଉଥିଲା । ତାଙ୍କ ପାଖରେ ଗୀତଗାଇ ତାଙ୍କ ମନକୁ ଆନନ୍ଦ କରାଉଥିଲା ଏବଂ ବାଧ୍ୟକରି ଟାଣିଟାଣି ବଗିଚାକୁ ନେଇ ବିଭିନ୍ନ ପ୍ରକାର କଥାକହି ଜଗଦୀଶଙ୍କ ମନକୁ ଦୁର୍ଘଟଣାର ଦୁଃଖ ଦୁର୍ଦଶାକୁ ଭୁଲାଇବା ପାଇଁ ଚେଷ୍ଟା କରୁଥିଲା । ସେ ମଧ୍ୟ ବଗିଚାରୁ ଫୁଲ ତାଙ୍କପାଇଁ

ତୋଳିଦେଉଥିଲା । ଫୁଲର ଗାଲିଚା ତିଆରି କରି ତାଙ୍କ ମନକୁ ଆକର୍ଷଣ କରୁଥିଲା । ଯାହାଫଳରେ କି ଦୁଇଜଣଯାକ ଘଣ୍ଟା ଘଣ୍ଟା ଧରି ସମୟ ଅତିବାହିତ କରୁଥିଲେ ।

ରଞ୍ଜୁ ପ୍ରତିଜ୍ଞାବଦ୍ଧ ହୋଇଥିଲା ଯେ, ଜଗଦୀଶଙ୍କୁ ସୁଖୀ କରାଇବା ପାଇଁ । ତା'ର ଉଦ୍ଦେଶ୍ୟ ଥିଲା ଜଗଦୀଶ ମନରେ ଯେମିତି କେତେବେଳେ ହେଲେ ଦୁଃଖ ଅନୁଶୋଚନାର ଦାଗ ନରହେ । ସେ ଠିକ୍ କଲା ଯିଏ ତାଙ୍କ ସହତି ଏଭଳି ସ୍ଥିତିରେ ରହିବାକୁ ରାଜିହେବ ତାକୁ ହିଁ ସେ ବିବାହ କରିବ ।

ଦିନେ ରଞ୍ଜୁ ଓ ଜଗଦୀଶ ବଗିଚାରେ ବସିଥାନ୍ତି । 'ବଗିଚା-ବିଜ୍ଞାନ' ଉପରେ ନୂଆକରି କିଣିଥିବା ଏକ ବହିଟିକୁ ଖୋଲି ସେ କିଛି ଅଂଶ ପଢାଇ ଶୁଣାଉଥିଲା । ଆଶ୍ଚର୍ଯ୍ୟର କଥା, ଜଗଦୀଶ କିନ୍ତୁ କୌଣସି ପ୍ରତିକ୍ରିୟା ପ୍ରକାଶ କରିନଥିଲେ । ସେ ଅସମ୍ଭବ ଭାବରେ ମୌନ ଓ ଚିନ୍ତାଗ୍ରସ୍ତ ଥିଲେ । ଶେଷରେ ଜଗଦୀଶ ନିଜର ମୌନତା ଭାଙ୍ଗିକରି ଆରମ୍ଭ କଲେ—"ରଞ୍ଜୁ ତୁ କେବେହେଲେ ତୋ ପ୍ରକୃତ ମା'ର ଅନୁପସ୍ଥିତି ଅନୁଭବ କରୁନାହୁଁ କି ସେ ବିଷୟରେ ଜାଣିବା ପାଇଁ ଆଗ୍ରହ ପ୍ରକାଶ କରୁନାହୁଁ ?"

ରଞ୍ଜୁ ଏ ପ୍ରଶ୍ନରେ ବିବ୍ରତ ହୋଇପଡ଼ିଥିଲା । ସେ କେବେହେଲେ ତା' ବାପାଙ୍କ ଠାରୁ ଏଭଳି ସିଧାସଳଖ ପ୍ରଶ୍ନ ଆଶା କରିନଥିଲା ଯଦିବା ସେ ବହୁଥର ଭାବିଛି ତା'ବାପାଙ୍କୁ ଏ ବିଷୟରେ ପଚାରିବ ବୋଲି । ସେ ଯେମିତି ହେଉ ଜାଣିଥିଲା ଯେ, ତା'ର ପ୍ରକୃତ ମା' ଏବେ ମଧ୍ୟ ବଞ୍ଚିଛି ଏବଂ ତା' ଉପସ୍ଥିତିରେ ତା' ବାପାମାଆଙ୍କ ଏକ ଦାନ୍ତପୂର୍ଣ୍ଣ ବିଷୟକୁ ଉତ୍ଥାପନ କରିବା ସେ ଆବଶ୍ୟକ ମନେ କରୁଥିଲା । ସେ ତା' ବାପାଙ୍କୁ ଭାରି ଭଲପାଉଥିଲା । ସେ କେବେହେଲେ ଭାବି ନଥିଲା ଯେ, ଏଭଳି ଜଣେ ଜ୍ଞାନୀ, ଦୟାବନ୍ତ ଏବଂ ଈଶ୍ୱରବିଶ୍ୱାସୀ ବ୍ୟକ୍ତି କାହାର ଅନିଷ୍ଟ କରିବେ ବୋଲି । ତାଙ୍କ ସ୍ତ୍ରୀ ଯଦି ଅଲଗା ହୋଇଯାଏ ତେବେ ସେଇଟା ତାଙ୍କର ଭୁଲ ନୁହେଁ ।

"ରଞ୍ଜୁ ତୁ କ'ଣ ଭାବୁଛୁ ?" ଜଗଦୀଶ ପୁଣିଥରେ ପଚାରିଲେ ।

"ଆଜି କାହିଁକି ସେ କଥା ପଚାରୁଛ ?"

"ତୁ ଟିକେ ସ୍ପଷ୍ଟ କରି କୁହ ?"

"ମୁଁ କେବଳ ତୁମକୁ ଜାଣେ । ତୁମେ ଜଣେ ଠିକ୍ ଲୋକ ଏବଂ ମୁଁ ଆଉ କିଛି ଜାଣିବାକୁ ଚାହେଁନା ।" ଅତି ଆନନ୍ଦରେ ସେ ପଚାରିଥିଲା ଜଗଦୀଶ କାନ୍ଧରେ ହାତରଖି ।

"ମୁଁ ଭଲ ଭାବିଥିଲି, ତେଣୁ ଯିଏ ତୋତେ ଜନ୍ମ ଦେଇଛି ସେ ମଧ ତୋ ପରି ଭଲ ଲୋକ ହୋଇଥିବ"– ରଞ୍ଜୁ ସେ କଥା ଚିନ୍ତା କରୁଛି କି ?

ରଞ୍ଜୁ କିପରି ବା ମନେକରିଥାନ୍ତା, ସେ ତା'ମୁହଁ ଖୋଲିନଥିଲା । କାରଣ ସେ ବାପାଙ୍କ ମନରେ ଆଘାତ ଦେବାପାଇଁ କେବେହେଲେ ଭାବିନଥିଲା ।

"ମୁଁ ଯେଉଁ ନୂଆ ବହିଟା ଆଣିଛି, ତୁମେ ଦେଖିବ କି ? ଆମେ କେଉଁ ଦିନ କଥାହେବା"– କହି ସେ ଗୋଟିଏ ଗୋଲାପ ଫୁଲ ତୋଲି ତା' ବାପାଙ୍କୁ ଦେଲା । ଜଗଦୀଶ ଫୁଲଟିକୁ ନେଇ ଅତି ଆଦରରେ ରଖିଲେ ଏବଂ ରଞ୍ଜୁ ସବୁକଥା ଜାଣିବାକୁ ଆଗ୍ରହ ହେଉଛି ବୋଲି ଭାବି କହିଲେ– "ବୁଝିଲୁ ରଞ୍ଜୁ, ତୋ ମାଆ ଜଣେ ମହିୟସୀ ମହିଳା । ମୁଁ ଦୁଃଖିତ ଯେ, ତୁ ତାଙ୍କର ସ୍ନେହ, ପ୍ରେମରୁ ବଞ୍ଚିତା ।'

"ତା'ହେଲେ ଏ ସବୁ ଘଟଣା ଘଟିଲା କାହିଁକି ?" ରଞ୍ଜୁ ଦୃଢ଼ ଚିତ୍ତରେ ପଚାରିଲା । ଏଥିରେ ଜଗଦୀଶ କିଞ୍ଚିତା ବିଚଳିତ ହୋଇ ଯାଇ ନିରୁତ୍ତର ଥିଲେ । କିଛି ନ କହି ଗୋଟିଏ ଦୀର୍ଘଶ୍ୱାସ ପକାଇଥିଲେ ମାତ୍ର । ରଞ୍ଜୁ ବିବ୍ରତ ହୋଇପଡ଼ିଥିଲା ଯଦି ବାପା ମା' ଦୁଇଜଣ ଯାକ ଠିକ୍ ତେବେ କିଏ ପ୍ରକୃତରେ ଦୋଷୀ ? ତେବେ ସେମାନଙ୍କ ବିରୁଦ୍ଧରେ ଭାଗ୍ୟର ଏକ ଷଡ଼ଯନ୍ତ । ସେମାନେ କାହିଁକି ବା ଅଲଗା ରହିଥିଲେ ? ରଞ୍ଜୁ ସେଇଠି ବସି ରିହିଥିଲା ଏକ ଉତ୍ତର ଅପେକ୍ଷାରେ ।

"ରଞ୍ଜୁ ! ମୁଁ କହିବାକୁ ଚାହେଁ ଯେଉଁଟାକି ଆଗରୁ ସମ୍ଭବ ହୋଇ ପାରି ନାହିଁ ।"
ରଞ୍ଜୁ ଅଧାଶୁଣା କଣ୍ଠରେ ପଚାରିଲେ "କ'ଣ ?"

ଜଗଦୀଶ ପୁଣି ନୀରବ ରହିଥିଲେ । ହଠାତ୍ ସେ ମନେ ପକାଇଥିଲେ ମମତାର ବିଦାୟକାଳୀନ କଥା – "ଆମ ଉଦ୍ଦେଶ୍ୟ ଅଲଗା ହୋଇପାରେ । ମୁଁ ତୁମ ପଥର ପଥିକ କେବେ ହୋଇପାରିବି ନାହିଁ । ମୋ ମନରେ କେବେ ପରିବର୍ତ୍ତନ ହୋଇପାରିବନି ।"

ଜଗଦୀଶ ସେଇଠି ଭାବିଭାବି ବସି ରହିଥିଲେ– "ମୋର କ'ଣ ବା ଅଧିକାର ଅଛି ତାଙ୍କୁ ଫେରିଆସିବାକୁ କହିବାକୁ । ଦୀର୍ଘ ଅଠରବର୍ଷ ଅତିକ୍ରମ କରିଗଲାଣି । ମୋର ଯୁବକତ୍ୱ ଅତିକ୍ରାନ୍ତ ହୋଇ ମୁଁ କ୍ରମଶଃ ଶକ୍ତିଶୂନ୍ୟ ହୋଇପଡ଼ିଛି ।" ରଞ୍ଜୁର ଅନୁଭୂତି ପ୍ରତି ଦୃଷ୍ଟି ନ ଦେଇ ଜଗଦୀଶ ଚିନ୍ତାକରି ପଚାରିଲେ–"ଏଇ କେତେଗୁଡ଼ିଏ ବର୍ଷ ଭିତରେ ମୁଁ ଜାଣିଛି ଯେ, ମମତା ଗୋଟେ ସ୍କୁଲରେ କାମ କରୁଛି । ସେ କେବେହେଲେ ମୋଠାରୁ କି ତା' ପିତାମାତାଙ୍କଠାରୁ କୌଣସି ପ୍ରକାର ସାହାଯ୍ୟ ସହାନୁଭୂତି ପାଇନାହିଁ । ସେ କେବେହେଲେ ତା' ପ୍ରେମିକ ସାଙ୍ଗରେ ମିଶିପାରିନାହିଁ । ଏମିତି ସ୍ତ୍ରୀ ଲୋକ ବିରଳ କହିଲେ ଚଳେ ।"

ସେ ନିଜକୁ ଦୋଷୀ ମନେକଲା; କାରଣ ଯେତେବେଲେ (ମମତା) ତା'ର ଦିନଗୁଡ଼ିକ ଦୁଃଖ ଯନ୍ତ୍ରଣାରେ ଅତିବାହିତ କରୁଥିଲା । ସେ ଅନ୍ୟ ଜଣେ ମହିଲାକୁ ବିବାହ

କରିଥିଲେ । କିନ୍ତୁ ଏଭଳି ଅଲଗା ରହିବା ଓ ତା' ପ୍ରତି ଅବିଚାର କରିବାଟାକୁ ପ୍ରକୃତି(ପୃଥିବୀ) ଅସହ୍ୟ ମନେକରି ତାକୁ(ଜଗଦୀଶ)ଉପଯୁକ୍ତ ଶାସ୍ତି ଦେଇଛି । ଫଳତଃ ଦ୍ୱିତୀୟ ସ୍ତ୍ରୀର କୌଣସି ସନ୍ତାନ ନଥିଲା ।

ହଠାତ୍ ରଞ୍ଜୁ ଆଡକୁ ସେ ମୁହଁ ଫେରାଇ କହିଲା—"ହଁ, ମୁଁ ଯେମିତି କିଛି ଗୋଟିଏ ଅସମ୍ଭବ କାମ କରିବାକୁ ଅନୁଭବ କରୁଛି ଆଜି ।"

"ସେଇଟା କି କାମ ?"

"ରଞ୍ଜୁ, ତୋ ମାଆ ଯଦି ଫେରିଆସେ ତେବେ ତୋର ମନ କ'ଣ ହେବ ?"

"କିନ୍ତୁ, ମୁଁ ତୁମକୁ ଛାଡି ଯିବାକୁ ଚାହେଁନା ।"

"ଆରେ ବୋକୀ କିଏ ସେ କଥା କହୁଛି ।"

"କିନ୍ତୁ..... ।"

"ତେବେ କ'ଣ ଭାବୁଛୁ ? ଏଇଟା ସମ୍ଭବ କି ?"

"ମୁଁ କେମିତି କହିବି ?"

"ମୁଁ ଭାବୁଛି, ତା' ଛଡା ମୁଁ ଏକୁଟିଆ ରହିପାରେ । କିନ୍ତୁ ତାକୁ ନଦେଖି ମରିବାକୁ ଚାହେଁନା । ରୁଦ୍ଧଗଳାରେ ସେ କହିଲେ ।

ରଞ୍ଜୁ ନୀରବଥିଲା ।

ଜଗଦୀଶ ପୁଣି କହିଚାଲିଲେ— "ତୋ ସାବତ ମା' ମୋ ମନ କଥା ଆଦୌ ବୁଝିବାକୁ ନାରାଜ । ତେଣୁ ମୁଁ ତାକୁ ଅନ୍ତରର ସହ ଗ୍ରହଣ କରିପାରୁନି । ତା' ଛଡା ମମତା ଭଳି ସ୍ତ୍ରୀକୁ ଯିଏ ଥରେ ଭଲପାଇଛି ସିଏ ଅନ୍ୟ କୌଣସି ସ୍ତ୍ରୀ ଲୋକକୁ ପାଇ ଖୁସି ହୋଇପାରେନା ।"

ରଞ୍ଜୁ ତା' ବାପାଙ୍କ ମୁଣ୍ଡବାଳକୁ ସାଉଁଲୁଥିଲା । ସେ ଭଲ କରି ଜାଣିଥିଲା ଯେ, ବାପା କିପରି ପ୍ରେମ ପାଗଳ ଆଉ ଝିଅ ହିସାବରେ ତାକୁ ଭଲ ପାଉଥିଲେ । କିନ୍ତୁ ତା'ଦ୍ୱାରା ଜଗଦୀଶ ସନ୍ତୁଷ୍ଟ ନଥିଲେ । ମମତାର ପ୍ରତ୍ୟାବର୍ତ୍ତନକୁ ସିଏ ଅପେକ୍ଷା କରିଥିଲେ । ଶେଷ ଜୀବନରେ ସେ ଚାହୁଁଥିଲେ ସାହାଯ୍ୟ, ସହାନୁଭୂତି ଓ ସେବା ।

ପୁଣି ଜଗଦୀଶ୍ ଚିନ୍ତାମଗ୍ନ ହେବାରୁ ରଞ୍ଜୁ ତାଙ୍କୁ ଟିକିଏ ହଲେଇଦେଇ ପଚାରିଲା— "ମା' ଏବେ କେଉଁଠ ?"

"ସେ ଗୋଟେ ସ୍କୁଲରେ ପଢାଉଛି । ସେ ସ୍କୁଲରେ ଚାକିରୀ କରିବା କଥା ମୁଁ ଜାଣେ । କିନ୍ତୁ କେବେହେଲେ ତା' ପାଖକୁ ଯିବାକୁ ଚେଷ୍ଟା କରିନି ।"

"ତୁମେ ଯାହା ଚାହିବ ମୁଁ ତାହା କରିବି ।

‘‘ହଁ ଚିଠି ଲେଖି ପାରିବା ।’’

‘‘ତୁମେ ଯଦି ଚାହ ତାଙ୍କୁ ଆଣିବା ପାଇଁ, କାହାକୁ ପଠାଇବି ?’’

‘‘ନାଁ ରଞ୍ଜୁ, ଏହା ଦ୍ୱାରା ସେ ହୁଏତ ଅପମାନିତ ଅନୁଭବ କରିବ ।’’

‘‘ତୁମେ ନଯାଇ ପାର, ହେଲେ ମୁଁ ଯିବି ।’’

‘‘ନା ମୁଁ ଚାହେନା, କେବଳ ତୋ ପାଇଁ ସେ ଏଠାକୁ ଆସୁବୋଲି । ମୁଁ ଏତିକି ଇଚ୍ଛାକରେ ଯେ ସେ ମୋ ଅସୁବିଧା ବୁଝୁ ।’’

ରଞ୍ଜୁ କଲମ ଓ ରାଇଟିଙ୍ଗ ପ୍ୟାଡ ଧରି ଆସିଲା । ଜଗଦୀଶ ଖଣ୍ଡେ ଚିଠି ଲେଖିଲା ଓ ବିଷୟବସ୍ତୁ କିଛି ଜାଣିବାକୁ ଚେଷ୍ଟା ନକରି ଚିଠିଟିକୁ ରଞ୍ଜୁ ଚିଠି ବାକ୍ସରେ ପକାଇ ଦେଲା ।

ତୃତୀୟ ଦିନ ଜଗଦୀଶ ତାଙ୍କ ବଗିଚାରେ ବସିଥାନ୍ତି । ରଞ୍ଜୁ ଘର ଭିତରକୁ ଗଲା ତାଙ୍କ ପାଇଁ ଚା’ ଆଣିବାକୁ । ହଠାତ୍ ମୁଖ୍ୟ ଫାଟକ ଦେଇ କିଏ ଜଣେ ସ୍ତ୍ରୀ ଲୋକ ଆସୁଥିବାର ସେ ଦେଖିଲେ । କିଏ ସେ ? ନିଃଶ୍ୱାସ ପ୍ରଶ୍ୱାସ ତାଙ୍କର ବଢ଼ିଯାଇଥିଲା ।

ତା’ପରେ ସେ ଦେଖିଲେ ଆଉ କେହି ନୁହେଁ ମମତା । ସେଇ ପୁରୁଣା ପରିଚିତ ମମତା ଖୁବ୍ ଧୀରେ ଧୀରେ ପାଦ ପକାଇ ଆସୁଥିଲା ତାଙ୍କରି ଆଡକୁ । ଆଶ୍ଚର୍ଯ୍ୟ ହୋଇ ଜଗଦୀଶ ଚାହିଁ ରହିଥିଲେ । ନିଜକୁ ବିଶ୍ୱାସ ବି କରିପାରିଲେନି । ଠିକ୍ ସେଇ ମମତା, ସୁନ୍ଦର ପତଳା ଚେହେରା, ସରଳ ତଥା ସେହିଦିନପରି ପବିତ୍ର । ଉଠିପଡ଼ି ତାଙ୍କୁ ସମ୍ବର୍ଦ୍ଧନା ଜଣାଇକୁ ଭାବୁଥିଲେ, କିନ୍ତୁ ପାରିଲେନି ।

ଖୁବ୍ ଧୀର ସ୍ଥିର ହୋଇ ଜଗଦୀଶ ପଛଆଡେ ମମତା ଠିଆହେଲା କିଛି ନ କହି, ସେ ଜଗଦୀଶର ଗଳାରେ ତା’ ଦି’ବାହୁ ଛନ୍ଦି ଦେଲା । ଜଗଦୀଶର ଚକ୍ଷୁଯୁଗଳରୁ ଆନନ୍ଦାଶ୍ରୁ ଝରିପଡ଼ୁଥାଏ । ମମତା ଦେଖି ପାରୁନଥିଲା । ଜଗଦୀଶ ସଂଯତ ହୋଇ କହିଲା–‘‘ମୁଁ ମୋର ଆଖିକୁ ବିଶ୍ୱାସ କରିପାରୁନି ।’’

‘‘ତୁମେ ମୋର ଆବଶ୍ୟକତା ଅନୁଭବ କଲେ ମୁଁ କିପରି ଅଲଗା ରହିପାରିବି ?’’

‘‘ଯୁଗ ବିତିଯାଇଛି.....

‘‘ କିନ୍ତୁ ମୋତେ ଆଗରୁ ତୁମେ ଚାହ ବୋଲି କହିନ ତ ?’’

‘‘ମମତା, ତୁମେ ଭାବୁଥିବ ମୁଁ ସେମିତି ଯୁବକ, ଶକ୍ତିଶାଳୀ ଅଛି ବୋଲି । ମୁଁ ତୁମକୁ ଛାଡ଼ି ଆଉ ଜଣକୁ ବିବାହ କଲି । ମୁଁ ଯେତେବେଳେ ଆଜି ମୋ ଯୁବକତ୍ୱ, ମୋ ଗୋଡ ଦି’ଟା ହରାଇ ବସିଛି ଆଉ ସେ ସମୟରେ ତୁମର ସାହାଯ୍ୟ ପ୍ରାର୍ଥୀ ହୋଇଛି ।’’

‘‘ମୋର ଏଥିରେ କିଛି ପ୍ରତିକାର କରିବାର ନାହିଁ ।’’

‘‘ମମତା, ତୁମେ ଗଲାପରେ ମୁଁ ସୁଖୀ ନଥିଲି ।’’

‘‘ତା’ ମୁଁ ଜାଣେ ।’’

କିଛି ସମୟ ଜଗଦୀଶ ନୀରବ ରହି ପୁଣି କହିଲେ–‘‘ତୁମର ମର୍ଯ୍ୟାଦା ଓ ଆମ୍ ସମ୍ମାନରେ ଆଞ୍ଚ ଆସିବ ବୋଲି ମୁଁ ଆଶଙ୍କା କରୁଥିଲି ।’’

‘‘ମୋ ସମ୍ମାନଟା ସେମିତି ମଧ ଯନ୍ତ୍ରଣାପୂର୍ଣ୍ଣ ପ୍ଲାଷ୍ଟିକ କଣ୍ଢେଇ ପରି ନୁହେଁ ।’’

‘‘ମୋ ଜୀବନଟା ମଧ ଯନ୍ତ୍ରଣାପୂର୍ଣ୍ଣ । ମୋ ଅପେକ୍ଷା ରଞ୍ଜୁ ତୁମକୁ ଅଧିକ ଚାହିଁ ରହିଛି । ଏ ପର୍ଯ୍ୟନ୍ତ ତୁମ ଦୁହିଁଙ୍କ ମଧରେ ମୁଁ ଏକ ବିରାଟ ପ୍ରାଚୀର ଗଢି ଦେଇଥିଲି ।’’

ମମତାର ଅନୁସନ୍ଧିସ୍ଵା ଚକ୍ଷୁ ଦୁଇଟି ରଞ୍ଜୁକୁ ଅନ୍ଵେଷଣ କରୁଥିଲା । ସେ ତାଙ୍କ ଝିଅର ଚିତ୍ରଟିକୁ ଭାବିବାକୁ ଲାଗିଲେ ।

ଜଗଦୀଶ କହିଲେ–‘‘ମୋ ପରେ ରଞ୍ଜୁର ଯତ୍ନ ନେବାକୁ କେହି ନାହାଁନ୍ତି, ଯଦିବା ମୋ ପାଇଁ ନୁହଁ ତଥାପି ତୁମ ଝିଅ ପାଇଁ ଫେରି ଆସିବା ଉଚିତ ।’’

ଦୁଇଦିନ ପୂର୍ବରୁ ସେଇ ଜଗଦୀଶ କହିଥିଲେ ଯେ, ମମତାକୁ କେବେ ଅନୁରୋଧ କରିବେନି । ଆଜି ସେକଥା ବଦଲି ଯାଇଛି ରଞ୍ଜୁକୁ ମାଧମ କରି । ଯେତେ ଯାହା ହେଲେ ବି କଷ୍ଟ ସ୍ଵୀକାର କରି ମମତାକୁ ରଖିବ ।

‘‘ମୋ ପାଖରେ ଯାହା ଅଛି ସବୁ କିଛି ରଞ୍ଜୁକୁ ଦେଇପାରେ, ତୁମପାଇଁ ଯଦି କିଛି କରିପାରିବି ତେବେ ମୁଁ ଭାରି ଖୁସି ହେବି ।’’ ମମତା କହିଲା ।

ହଠାତ୍ ଜଗଦୀଶ ଭାବବିହ୍ଵଳିତ ହୋଇ ମମତାର ହାତ ଦୁଇଟି ଧରିପକାଇ ଚୁମା ଦେଲେ । ମନେହେଲା ମମତାକୁ ତାଙ୍କ କୋଳକୁ ନେଇଯାଇଛନ୍ତି ।

ରଞ୍ଜୁ ଚା’ ନେଇ ଫେରିଲା ବେଳକୁ ମମତାକୁ ତା’ପକ୍ଷରୁ ଦେଖି ପାରିଲା । ତା’ମନରେ ଏକ ଅକୁହା ଚିନ୍ତାଧାରା ଖେଳିଗଲା । ତା’ ହାତଗୁଡିକ ଥରିବାକୁ ଲାଗିଲା ଓ ଚକ୍ଷୁ ଦୁଇଟି ଲୋତକ ଛଳଛଳ ହୋଇ ପଡିଲା । ଟ୍ରେଟିକୁ ଟେବୁଲ ଉପରେ ରଖିଦେଇ ହଠାତ ତା’ ମା’ଙ୍କ ଆଡକୁ ଧାଇଁଯାଇ ହଜିଥିବା ପିଲାଟି ପରି ଅଜଣା ଆବେଗରେ ମମତାକୁ କୁଣ୍ଢାଇ ଧରିଲା ।

ରଞ୍ଜୁ ମମତାର ଉଷ୍ମ ଓ କୋମଳ ଦେହରେ ମୁଣ୍ଡଟିକୁ ଚାପିଧରି କହିଲା– ‘ମା’ । ମମତା ଛଳଛଳ ଚକ୍ଷୁରେ ରଞ୍ଜୁକୁ ଜାବୁଡିଧରି ନିଜ ଶକ୍ତି ମୁତାବକ ଆଉଜାଇ ନେଲା ।

ମମତାକୁ ପାଇ ଜଗଦୀଶ ଖୁବ୍ ଖୁସିଥିଲା । ସେ ଗୋଡ ହରାଇ ଥିବା କଥା ପୁରାପୁରି ଭୁଲିଗଲା । ଇତିମଧରେ ଜଗଦୀଶର ଦ୍ଵିତୀୟ ସ୍ତ୍ରୀ ସମ୍ପତ୍ତି ବଣ୍ଟନ ପାଇଁ ଧମକ

ଦେଲା ଏବଂ ତା'ଭାଗ ମଧ୍ୟ ଦାବୀ କରିବସିଲା । ଏପରିକି ଦାବୀଠାରୁ ଅଧିକ ସମ୍ପତ୍ତି ଜଗଦୀଶ ତାକୁ ଦେଇଦେଲେ । ଜଗଦୀଶର ଭବିଷ୍ୟତ ସୁଖମୟ କରିବା ପାଇଁ ମମତା ତା'ର ସମସ୍ତ ସମୟ ତାଙ୍କ ପାଖରେ ଅତିବାହିତ କଲେ ଏବଂ କ୍ରମଶଃ ଜଗଦୀଶ ନିଜର ଅକ୍ଷମତାକୁ ଏକ ଆଶୀର୍ବାଦ ବୋଲି ଭାବି ଗ୍ରହଣ କରିନେଲେ । ଏହାପରେ ସେ ପୂର୍ଣ୍ଣମାତ୍ରାରେ ମମତା ଉପରେ ନିର୍ଭର କରିବାକୁ ଲାଗିଲେ ।

ରଞ୍ଜୁ ବି ଭାରି ଖୁସିଥିଲା । ପ୍ରତ୍ୟେହ କଲେଜରୁ ଫେରିଲା ପରେ ଜଗଦୀଶ ଓ ମମତାକୁ ବଗିଚାରେ ବସି ଗପସପ କରୁଥିବାର, ବହି ପଢୁଥିବାର ଏବଂ ତାସ୍ ଖେଳୁଥିବାର ସେ ଦେଖୁଥିଲା । ଅତି ଆଗ୍ରହର ସହ ସେ ମଧ୍ୟ ଆତ୍ମୀୟତାରେ ତାଙ୍କ ପାଖକୁ ଧାଇଁଯାଇ ନିଜକୁ ଲୁଚାଇ ଦେବାକୁ ଚେଷ୍ଟା କରୁଥିଲା ।

ଏବେ ଜଗଦୀଶ ଅନୁଭବ କଲେ ଯେ, ପିତାମାତାଙ୍କ ସ୍ନେହ, ଶ୍ରଦ୍ଧାରୁ ବଞ୍ଚିତ ଏକ ପିଲାର ଜୀବନ କିପରି ଅସହାୟ ଓ ଅସମ୍ପୂର୍ଣ୍ଣ ହୋଇପଡେ ।

| ଦୁଇ |

ମଧୁ କଲେଜରେ ପଢୁଥିଲା । ଦିନେ ଦ୍ୱିପ୍ରହରରେ ସେ ସାଙ୍ଗ ଘରକୁ ଚା'ପାନ ପାଇଁ ଯିବାକୁ ପ୍ରସ୍ତୁତ ହୋଇସାରିଥିଲା । ଗୋଟିଏ ଦର୍ପଣ ଆଗରେ ଠିଆ ହୋଇ ମୁହଁ ଧୁଆଧୋଇ କଲା ଏବଂ ସଫା ସୁତୁରା ହୋଇ ମୁଣ୍ଡ କୁଣ୍ଠାଇଲା । ତା'ର କୁଞ୍ଚକୁଞ୍ଚିକା ଲମ୍ବା କେଶ ଓ କୋମଳ ମୁଖଟି ବେଶ୍ ଆକର୍ଷଣୀୟ ଥିଲା । ଗୋଲାପୀ ଦେହ ଏବଂ ସୁକୋମଳ ଚର୍ମ ତା' ଦେହକୁ ବେଶ୍ ମାନୁଥିଲା ।

ଟିକିଏ ଦୂରରୁ କୁମାରୀ ମଧୁକୁ ଦେଖ୍ ଅଭ୍ର ହସି ପକାଇଲା । ମଧୁ ତା' ମା'ଠାରୁ ମଧ୍ୟ ଖୁବ୍ ସୁନ୍ଦର ଦେଖାଯାଉଥିଲା । ନିକଟରେ ଥିବା ଟେବୁଲ ଉପରେ ଗୁଡାଏ ଫଟୋଥିଲା । ସୌନ୍ଦର୍ଯ୍ୟ ଓ ଯୁବକତ୍ୱର ଏହା ଥିଲା ଏକ ଜ୍ୱଳନ୍ତ ପ୍ରତିମା । ସେ ସେହି ଛବିଟି ଏବଂ ଦର୍ପଣଟିକୁ ଥରକୁ ଥର ଚାହୁଁଥିଲା । ମନେହେଉଥିଲା ସତେ ଅବା ତା'ମନରେ ପ୍ରଶ୍ନ ଉଠୁଥିଲା ଯେ, ସେ ଦୁଇଟି ମଧ୍ୟରୁ କେଉଁଟା ଅଧିକ ସୁନ୍ଦର ।

କୁମାରୀ ଖୁବ୍ ଆଗ୍ରହର ସହ ମଧୁର ହାବଭାବ ପରୀକ୍ଷା କରୁଥିଲା । ସେ ମନକୁ ତା' ଦାଦାଙ୍କର (ଦେବ୍ ଙ୍କର) ଏକ ଜ୍ୱଳନ୍ତ ପ୍ରତିଛବି ରୂପେ ଗ୍ରହଣ କରିଥିଲା । ମଧୁ କେଉଁ ଶାଢ଼ୀଟି ପରିଧାନ କରିବ ଠିକ୍ କରିନପାରି ମା'କୁ ଖୁବ୍ ଜୋରରେ ଡାକିଥିଲା । କୁମାରୀ ତା' ପାଖକୁ ଆସି ସରୁ ଜରିପକା ଶାଢ଼ୀଟି ପିନ୍ଧିବାକୁ କହିଲା । ତା' ଶାଢ଼ୀ ସହ ମିଶିଲା ଭଳି ହେଲେ ଚପଲ ସେ ପିନ୍ଧିଥିଲା । ତା'ର ଯୁବାସୁଲଭ ଆଖି ଦୁଇଟି ଯଦିଓ

ଏଣେତେଣେ ଘୁରିବୁଲୁଥିଲା କାହାର ଅନ୍ବେଷଣରେ ତଥାପି ଥରକୁ ଥର ମନୁର ଫଟୋ ଉପରେ ଲାଖ୍ ହୋଇଯାଉଥିଲା ।

ହଠାତ୍ ସେ କୁମାରୀ ବେକରେ ଝୁଲିହୋଇ ପଡ଼ିଥିଲା । ପ୍ରତିଦାନ ସ୍ବରୂପ କୁମାରୀ ତାକୁ ମାତୃସୁଲଭ ଚୁମାଟିଏ ଦେଇଥିଲା ଏବଂ ମଧୁ ଖୁବ୍ ଉନ୍ମାଦିତ ହୋଇ ପଡ଼ିଥିଲା ।

''ମଧୁ ତୋ ପାଇଁ ଏକ ଚୋର ଠିକ୍ କରିବାକୁ ପଡ଼ିବ ।''

''କ'ଣ ଚୋର ? ମୋ ପାଇଁ ?

''ହଁ ଗୋଟେ ଚୋର, ଯିଏକି ମୋର ଅତି ଆଦରର ମୂଲ୍ୟବାନ ମଧୁକୁ ବହୁଦୂରକୁ ହରଣ କରିନେବ ।''

ଏଥରେ ମଧୁ କିପରି ଟିକେ ଉତ୍ଫୁଲିତ ହୋଇପଡ଼ିଥିଲା ଏବଂ ଉକ୍ଣ୍ଠାର ସହ ତା' ମା'କୁ ପଚାରିଥିଲା ତା' ଅତୀତ ଏବଂ ନିଜ ଭବିଷ୍ୟତ ସମ୍ବନ୍ଧରେ ।

''ଆଚ୍ଛା ମା' କହିଲ ତୁମକୁ କିପରି ଡ୍ୟାଡି ଭଲ ଲାଗନ୍ତି ?''

କୁମାରୀ ଏଥରେ ଆଶ୍ଚର୍ଯ୍ୟ ହୋଇପଡ଼ିଥିଲା । ସେ କେବେହେଲେ ଆଶା କରିନଥିଲା ଯେ ଏପରି ଏକ ବ୍ୟକ୍ତିଗତ ପ୍ରଶ୍ନ ସେ ଶୁଣିବ ବୋଲି । କିଛି ସମୟ ପାଇଁ ସେ ମୂକ ପାଲଟି ଯାଇଥିଲା । କିନ୍ତୁ ସେ ତା' ଝିଅ ତରଫରୁ ପ୍ରଶ୍ନର ଉତ୍ତରଟିକୁ ଏଡେଇଦେଇ ପାରିନଥିଲା ।

''ମୋ କଥା ଅଲଗା ମଧୁ । ଗୋଟିଏ ପୁରୁଷର ମନୋଭାବ, ଚିନ୍ତାଧାରା ଏବଂ ଦୃଷ୍ଟିଭଙ୍ଗୀ ଅନ୍ୟ ଏକ ପୁରୁଷ ଠାରୁ ସମ୍ପୂର୍ଣ୍ଣ ଭିନ୍ନ କହିଲେ ଚଳେ । ସମୟଥିଲା ଯେତେବେଳେ ଝିଅମାନେ ସ୍ବୟମ୍ବର ମାଧମରେ ସେମାନଙ୍କର ପତି ସ୍ଥିର କରୁଥିଲେ । ତା'ପରେ ସମୟ ବଦଳିଗଲା । ସାମାଜିକ ପ୍ରଥା, କାର୍ଯ୍ୟକଳାପ ଓ ଚିନ୍ତାଧାରାର ପରିବର୍ତ୍ତନ ଆସିଲା; ଯା'ଫଳରେ କି ଝିଅଗୁଡ଼ିକ ଘରର ଆସବାବପତ୍ର ଭଳି ଗଣ୍ୟହେବାକୁ ଲାଗିଲେ । ପୁଣି ବର୍ତ୍ତମାନ ଯୁଗଟ ଆହୁରି ବଦଳି ଯାଇଛି । ଯେଉଁ ଅଧିକାରରୁ ତୋର ବିବାହିତ ଭଉଣୀ ବଞ୍ଚିତ ହୋଇଥିଲେ (କିଛିବର୍ଷ ତଳେ) ବର୍ତ୍ତମାନ ତୁ ସେଇ ଅଧିକାର ପାଇପାରୁ ।''

ଏହା ଶୁଣିଲା ବେଳେ କୁମାରୀ କିଞ୍ଚିତ ଉନ୍ମାଦିତ ହୋଇଉଠିଥିଲା ଏବଂ ତା'ର କଣ୍ଠରୁଦ୍ଧ ହୋଇଗଲା ପରି ଜଣାପଡ଼ୁଥିଲା । ଏହି ସମୟରେ ଅତୀତର ଏକ ସମ୍ପୂର୍ଣ୍ଣ ଚିତ୍ର ତା'ଆଖି ଆଗରେ ନାଚି ଉଠିଥିଲା । ସୋମନାଥ ତା'ର ପ୍ରକୃତ ସ୍ବାମୀ ଏବଂ ସେ ଗୋଟେ ଭଲ ଲୋକ । କୁମାରୀ ଏବଂ ତାଙ୍କ ମଧରେ ଏକ ସୌହାର୍ଦ୍ଦ୍ୟପୂର୍ଣ୍ଣ ଦାମ୍ପତ୍ୟ ସଂପର୍କ ପ୍ରତିଷ୍ଟିତ ହୋଇପାରିଥିଲା । ସେ ମଧ ଦିନେ ଏକ ପ୍ରକୃତ ରାଜବର୍ତ୍ତୀ ହିସାବରେ ନିଜକୁ ପ୍ରମାଣ କରିପାରିଥିଲା ।

ତା' ଆଗରେ ହଠାତ୍ ଅନ୍ୟ ଏକ ଚିତ୍ର ପ୍ରତିବିମ୍ବିତ ହୋଇଥିଲା । ବିସ୍ତୀର୍ଣ୍ଣ ସମୁଦ୍ରବେଳାର ବିସ୍ତାରିତ ହୋଇଥିବା ପାଂଶୁଳ ପରିବେଶ ମଧ୍ୟରୁ ଉଙ୍କି ମାରୁଥିଲା ଦେବଙ୍କ ପ୍ରତିଛବି । ଏଥିରେ ସେ କିଞ୍ଚିତ ବିଚଳିତ ହୋଇ ପଡ଼ିଥିଲା । ସେ କେବେହେଲେ ତାକୁ ପତି ରୂପେ ଦେଖ୍ ନଥିଲା । ଦୀର୍ଘଶ୍ୱାସ ପକାଇ ସେ ଥରିବାକୁ ଲାଗିଲା । କିନ୍ତୁ ଶକ୍ତି ସଂଗ୍ରହ କରି କୁମାରୀ ଦେଖିଲା ମଧୁ କେବଳ ମନ୍ତୁର ଫଟୋଆଡେ ଚାହିଁରହିଛି । ସେ ଜାଣିପାରିଲା ମନ୍ତୁ ପ୍ରତି ମଧୁର ଦୁର୍ବଳତା । ହସିହସି କହିପକାଇଲା–"ମଧୁ ଗୋଟେ ଭଲ ପିଲା ନୁହେଁ କି ?"

"ମୁଁ କେମିତି ଜାଣିବି ।" ମଧୁ ପ୍ରତିବାଦ କରିଥିଲା ଟିକେ ଲାଜକୁଳା କଣ୍ଠରେ ନିଜର ଦୁର୍ବଳତାକୁ ଚାପିରଖ୍ । ଏହା କହି କୁମାରୀଙ୍କ ବକ୍ଷରେ ସେ ନିଜକୁ ହଜାଇ ଦେଲା ।

| ତିନି |

୧୯୪୭ ମସିହା । ଭାରତ ଇତିହାସରେ ଏକ ଅବିସ୍ମରଣୀୟ ବର୍ଷ । ଭାରତ ସ୍ୱାଧୀନତା ଲାଭ କଲା ସତ ଅଥଚ ସ୍ୱାଧୀନତାର ଅବ୍ୟବହିତ ପୂର୍ବରୁ ଦେଶର ବିଭାଜନ ସୃଷ୍ଟି ହେଲା ଏବଂ ସମଗ୍ର ଉପମହାଦେଶରେ ହିନ୍ଦୁ ମୁସଲମାନ ସାମ୍ପ୍ରଦାୟିକ ଦଙ୍ଗା ଆରମ୍ଭ ହୋଇଗଲା । ସହର ସହର ମଧ୍ୟରେ ଗଣ୍ଡଗୋଲ ବ୍ୟାପୀ ଯାଇଥିଲା । ବିଭିନ୍ନ ସମ୍ପ୍ରଦାୟର ଲୋକମାନେ ଆତଙ୍କିତ ମନେକରୁଥିଲେ । ବସ୍ତିଗୁଡ଼ିକ ଜଳିପୋଡ଼ି ଛାରଖାର ହୋଇଯାଇଥିଲା ଏବଂ ନିରୀହ ଜନସାଧାରଣଙ୍କୁ ପଶୁପରି ହତ୍ୟା କରାଯାଇଥିଲା ।

ସରଳା ଝରକା ପାଖରେ ଠିଆ ହୋଇଥାଏ । ତା'ମୁଖ ମଣ୍ଡଳଟି ଏକ ନୈରାଶ୍ୟ ଓ ଚିନ୍ତାରେ ଶ୍ୱେତା ପଡ଼ିଯାଇଥାଏ । ବେଳେବେଳେ ସେ ଝରକା ବାହାର ଦେଇ ବହୁ ଦୂରକୁ ଚାହୁଁଥିଲା । ଦେବ୍ ଙ୍କ ଆସିବା ଦେଖ୍ ନିଜକୁ ସେ ଆଶ୍ୱସ୍ତି ମନେକଲା ଏବଂ ଚିନ୍ତାଶୂନ୍ୟ ହୋଇ ପଡ଼ିଲା ।

"ଭାଉଜ, ଏ ଅସମୟରେ ମୋତେ ଡାକିଲ କାହିଁକି ? କ'ଣ କିଛି ଅସୁବିଧା ହେଲାକି ?"

"ମୁଁ ତ ବହୁତ ଦିନରୁ ତୁମକୁ ଖବର ଦେଇଥିଲି । ତୁମେ ଏତେ ଡେରିରେ କାହିଁକି ଆସିଲ ?"

"ବୁଝିଲ ଭାଉଜ, ମୁଁ ଗୋଟେ ରୋଗୀର ଦାୟିତ୍ୱ ନେଇଥିଲି । ଆଉ ତାକୁ ଛାଡ଼ି ଆସି ପାରିଲିନି । ବହୁତ ଗୁରୁତର ଥିଲା ସେ ରୋଗୀଟି ।"

"ହଁ ଠିକ୍ କଥା, ଏବେ ତୁମ ଗୁରୁତର କଥା ଛାଡ଼ି ମୋ କଥା ଶୁଣ ।"

"ଭାଉଜ, ତୁମେ କାହିଁକି ଶୁଖିଲା ଦେଖାଯାଉଛ ? କୃଷ୍ଣ କାହାନ୍ତି ?"

"ସେ ଜଣକ ଘରକୁ ଯାଇଛନ୍ତି । ଆଚ୍ଛା କହିଲ ମନୁ କ'ଣ ହସ୍ପିଟାଲରୁ ଆଜିକାଲି ଡେରିରେ ଆସୁଛି କି ?"

"ମନୁ ! କାହିଁକି କ'ଣ ହେଲା ? ସେ ତା' କ୍ଲିନିକ୍କୁ ଯାଉଛି । କିନ୍ତୁ, ମୁଁ ତ ତାକୁ ଡେରିରେ ଆସିବାକୁ କହିନାହିଁ । ସେ ତା' ପ୍ରାକ୍ଟିକାଲ ପରୀକ୍ଷା ପାଇଁ ପ୍ରସ୍ତୁତ ହେଉଛି ।"

"ହସ୍ପିଟାଲରେ ତା' ଗବେଷଣା କାମ ଦରକାର ହୋଇପାରେ । କିନ୍ତୁ .... ।"

"ସେ ସବୁଦିନ ସନ୍ଧ୍ୟାରେ ଠିକ୍ କର୍ଫ୍ୟୁ ପୂର୍ବରୁ ଫେରୁଛି ।"

"କିନ୍ତୁ ସେତ ହସ୍ପିଟାଲରୁ ବହୁତ ଆଗରୁ ଆସିଛି ? ଏ ସବୁ ମୋତେ କାହିଁକି ଆଗରୁ କହିନଥିଲ ? ମୁଁ ଭାବୁଥିଲି ସେ କେଉଁଠି ପଢ଼ାପଢ଼ି କରୁଥିବ ବା ହସ୍ପିଟାଲରେ କାମ କରୁଥିବ । କିନ୍ତୁ ଆଜି ... ... ।"

"କେଉଁଠି ସେ ଅଛି ?"

"ସେ ଘରେ ନାହିଁ । ସେ କହିଛି ଆଜି ରାତିରେ ତା' ସାଙ୍ଗ ଘରେ ଶୋଇବ । ଆଜି ସେ ଗଲା ପରେ ମୁଁ ତା' ରୁମ୍ ଓଲାଇଲାବେଳେ ତା'ବହିରୁ ମୁଁ ଗୋଟେ କାଗଜ ପାଇଲି । ସେ କାଗଜରେ ଏକ ସମ୍ବାଦ ଲେଖାଯାଇଛି । ଏଇଟା ଦେଖିଲ, ତା' ମାନେ କ'ଣ ବୁଝିଲ ।"

ଦେବ୍ ସେ କାଗଜଟିକୁ ନେଇ ପଢ଼ିବାକୁ ଲାଗିଲେ —ଲାଲକୁଟା— ଆଜି— ସବୁଠିକ୍ ।

ସରଳା ଭୟଭୀତ ହୋଇ କହିପକାଇଲା — "ଲାଲକୁଟା କ'ଣ ଜାଣିଛ ? ସେଇଟା ଗୋଟେ ମୁସଲମାନ ଅଧ୍ୟୁଷିତ ଅଞ୍ଚଳ । ମୁଁ ଖୁବ୍ ଚିନ୍ତିତ । ବର୍ତ୍ତମାନ ସମୟ ଭାରି ଖରାପ । ଲୋକମାନେ ପରସ୍ପରକୁ ମାଛି ମଶାଭଳି ମାରିଦେଉଛନ୍ତି । ସମ୍ଭବତଃ ସେହି ଅଞ୍ଚଳରେ ମନୁ ତା' ସାଙ୍ଗ ଘରକୁ ଯାଇଛି । ବୋଧେ ସେଇ ସାଙ୍ଗ ଜଣକ ମୁସଲମାନ । ଯାହାହେଲେ ବି ବର୍ତ୍ତମାନ ପରିସ୍ଥିତିରେ କାହାକୁ ବିଶ୍ୱାସ କରିବା ଉଚିତ ନୁହେଁ ।"

"ଅପେକ୍ଷାକର ଭାଉଜ, ମୋତେ ଟିକେ ଭାବିବାକୁ ଦିଅ ।" ଏଣେ ସରଳାର କଣ୍ଠ ବାଷ୍ପରୁଦ୍ଧ ହୋଇଗଲା । ତାଙ୍କ ଆଖି ଲୁହରେ ଛଳଛଳ ହୋଇଯାଇଥିଲା ।

"ଭାଉଜ, ମୁଁ ଯାଉଛି ସେ କୁଆଡ଼େ ଗଲା ଦେଖେ ।"

“କ’ଣ କହିଲ ? ତୁମେ କୁଆଡେ ଯିବ ? କର୍ଫ୍ୟୁ ସମୟରେ ତୁମେ ସେଠାରୁ କେମିତି ଆସିବ ?”

“ସେଥିପାଇଁ ଚିନ୍ତାକରନି । ମୁଁ ତା’ ବ୍ୟବସ୍ଥା କରିବି ।”

“ମୋ ରାଣ ତୁମକୁ ଦେବ୍ । ତୁମେ ସେ ଲାଲକୁଟା ଜାଗାକୁ ଯାଅ ନାହିଁ । ଏ ଅସମୟରେ ସେ ଅଞ୍ଚଳକୁ ଯିବାଟା ଠିକ୍ ହେବ ନାହିଁ ।” ସେ ଦେବ୍ଙ୍କ କୋଟ୍କୁ ନିଜର ଦୁଇହାତରେ ଧରି ଚେତେଇ ଦେଇଥିଲା । କିନ୍ତୁ, ତାହା ଥିଲା ତା’ର ବ୍ୟର୍ଥ ଉଦ୍ୟମ ।

“ମୁଁ ଯାଉଛି ଭାଉଜ ।” ଏହା କହି ଦେବ୍ ସରଳା ପାଖରୁ ବାହାରକୁ ଶୀଘ୍ର ଚାଲିଗଲେ ।

। ଚାରି ।

ଅନ୍ଧାର ହୋଇଆସୁଥିଲା । କର୍ଫ୍ୟୁଜାରୀର ସମୟ ଆସ୍ତେ ଆସ୍ତେ ପାଖେଇ ଆସୁଥାଏ । ଫଳରେ ଲୋକମାନେ ନିଜ ନିଜ ଘରକୁ ଯିବା ପାଇଁ ତତ୍ପର ହୋଇଉଠିଲେ । ଲାଲ୍ ସିଗ୍ନାଲ ନିକଟରେ ଦେବ୍ ତାଙ୍କ କାରଟିକୁ ଅଟକାଇଥିଲେ । ଅନ୍ୟ ଗୋଟେ କାରରୁ ଜଣେ କିଏ କହିଲା “କ’ଣ ଦେବ୍ ଭଲ ?” ଦେବ୍ ଆଖି ଫେରାଇ ଦେଖିଲା ତା’ର ଜଣେ ରୋଗୀ ହାତ ହଲେଇ ଏକଥା କହୁଛି । ସେ ଉତ୍ତର ଦେଲା–“ହଁ, ସବୁ ଭଲ ।”

“ଏ ଅସମୟରେ ତୁମେ କୁଆଡେ ଯାଉଛ ?”

ଲାଲକୁଟା ଅଞ୍ଚଳକୁ ଦେବ୍ ହାତ ଦେଖାଇ କହିଲା– “ଗୋଟେ ରୋଗୀ ଦେଖିବାକୁ ଯାଉଛି ।”

“କ’ଣ ଲାଲକୁଟାକୁ ? ଈଶ୍ୱରଙ୍କ ରାଣ, ଆଜିରାତିରେ ତୁମେ ସେ ଅଞ୍ଚଳକୁ ଯାଅନାହିଁ ।” ସେ ଲୋକଟି ବିଚଳିତ କଣ୍ଠରେ ଏହା କହିଚାଲିଥିଲା । ଦେବ୍ କୌଣସି ଉତ୍ତର ନଦେଇ ଅଳ୍ପ ହସି ପକାଇଥିଲେ ।

“ହଁ ଡାକ୍ତର ସାହେବ ! ମୁଁ ତୁମକୁ ସତକଥା କହୁଛି । ସେ ଅଞ୍ଚଳର ଗଲିକନ୍ଦିରେ ବିପଦ ଲାଗିରହିଛି ।” ଏ ସମୟରେ ଟ୍ରାଫିକ୍ ସିଗ୍ନାଲ କାରଗୁଡ଼ିକୁ ଅତିକ୍ରମ କରିବା ପାଇଁ ନିର୍ଦ୍ଦେଶ ଦେଇଥିଲା । ତା’ପରେ ସେମାନେ ପରସ୍ପରର ଗନ୍ତବ୍ୟସ୍ଥଳକୁ ଚାଲିଯାଇଥିଲେ । ଲାଲକୁଟାର ପ୍ରବେଶ ପଥରେ ସୈନ୍ୟ ମୁତୟନ କରାଯାଇଥିଲା । ସେମାନେ ହିନ୍ଦୁମାନଙ୍କୁ ପ୍ରବେଶ କରିବାକୁ ବାଧା ଦେଉଥିଲେ । ଦେବ୍ କର୍ଫ୍ୟୁ ପାସ

ଦେଖାଇବାରୁ ତାଙ୍କୁ ଛାଡ଼ି ଦିଆଯାଇଥିଲା କାରଣ ଗୋଟିଏ ଅତି ଗୁରୁତର ରୋଗୀର ଚିକିତ୍ସା ପାଇଁ ସେ ଯାଉଛି ବୋଲି କହିଥିଲା । ଗୋଟିଏ ବଡ଼କୋଠା ଆଗରେ ଗାଡ଼ିଟିକୁ ଅଟକାଇ ଦେବ୍ ଡାକିଥିଲେ "ବସିର୍ ଅହମ୍ମଦ" । ଏହାପରେ ଦର୍ଜା ଖୋଲି ବସିର ଅହମ୍ମଦ ବାହାରକୁ ଆସି ଦେବ୍‍ଙ୍କୁ ଦେଖି ଆଶ୍ଚର୍ଯ୍ୟ ହୋଇଯାଇଥିଲା । ସେ କହିପକାଇଲା— "ଡାକ୍ତର ଦେବ୍ ତୁମେ ?"

"ହଁ, ମୁଁ" ଏହା କହି ଦେବ୍ ତାଙ୍କ ଘର ଭିତରକୁ ଚଟକିନା ପଶିଯାଇଥିଲେ । ଡ୍ରଇଁ ରୁମ ପାଖକୁ ଯାଇ ପଚାରିଲା—"ରୋଗୀଟି କିପରି ଅଛି ?"

"ବ୍ୟସ୍ତ ହେବାର କାରଣ ନାହିଁ । ସେ ଆସ୍ତେ ଆସ୍ତେ ଭଲ ହୋଇ ଆସୁଛି, ଯଦିଓ ସେ ଦୁର୍ବଳ ହୋଇ ପଡ଼ିଛି ।"

"ତୁମେ ମୋତେ ଏ ଅସମୟରେ ଏଠାରେ ଦେଖି ବୋଧେ ବିଚଳିତ ଓ ଆଶ୍ଚର୍ଯ୍ୟ ହୋଇପଡ଼ୁଛ । ପ୍ରକୃତରେ ମୁଁ ତୁମର ପଡ଼ୋଶୀ ରୋଗୀଟିକୁ ଦେଖିବାକୁ ଆସିଛି । ସେ ଗୁରୁତର ଏବଂ ମୋତେ ଅପରେସନ କରିବାକୁ ପଡ଼ିବ । ଅପରେସନ ପାଇଁ ଯନ୍ତ୍ରପାତି ସବୁ ଠିକ୍ ହୋଇନଥିବାରୁ ଆଉ କିଛି ସମୟ ଲାଗିଯିବ । ମୁଁ ଭାବୁଛି ଆଉ ଫେରି ନଯାଇ ତୁମ ପୁଅଟିକୁ ଯୋଗାଡ କରିବାକୁ ପଠାଇବି ।"

"ସେଥିପାଇଁ ମୁଁ ତୁମଠାରେ ଖୁବ୍ ରଣୀ ।" ଏହା କହି ବସିର ଅହମ୍ମଦ ଜୋ ?ରେ ହସି ଉଠିଲା ଏବଂ ସେ ହସଥିଲା ସମ୍ପୂର୍ଣ୍ଣ କୃତ୍ରିମ ଓ ମୂଲ୍ୟହୀନ ।

ଦେବ୍ ଭଲଭାବେ କଥାଟି ବୁଝିପାରିଲେ । ସେ ସେଠାରେ ବସିରହି ତାକୁ ତା'ପୁଅ ବିଷୟରେ କେତେକଥା ପଚାରିଲେ । ଉଦ୍ଦେଶ୍ୟଥିଲା କିଛି ସମୟ କଟାଇବା ।

ହଠାତ୍ ଚାରିଜଣ ମୁସଲମାନ ହିଂସ୍ର ଭାବରେ କକ୍ଷ ମଧ୍ୟକୁ ପ୍ରବେଶ କଲେ ଏବଂ ସେମାନଙ୍କ ଭିତରୁ ଜଣେ ପଚାରିଲେ— "ଡାକ୍ତର ସାହେବ ଏ ଅସମୟରେ ଆପଣ କାହିଁକି ଏଠାକୁ ଆସିଛନ୍ତି ? ଆପଣଙ୍କ ଅନୁକମ୍ପାର ଉଦ୍ଦେଶ୍ୟ କଣ ?"

ଦେବ୍ ଖୁବ୍ ଧୀର ସ୍ଥିର ଭାବରେ ବିଚଳିତ ନ ହୋଇ କହିଲେ—"ଏଇଟା ଦୟା ନୁହେଁ, ବରଂ ଗୋଟେ ରୋଗୀ ଦେଖିବା ମୋର କର୍ତ୍ତବ୍ୟ ।"

"କ'ଣ ରୋଗୀ ନାଁ ଆଉ କିଛି ?" ଖୁବ୍ କ୍ରୋଧାନ୍ଵିତ ହୋଇ ଜଣେ ଖୁବ୍ ଜୋରରେ କହିଲା । ଦେବ୍ କିନ୍ତୁ ସେମିତି ଅବିଚଳିତ ଓ ଧୀର ସ୍ଥିର ଚିତ୍ତରେ କହିଲେ—"ଡାକ୍ତରମାନେ କେବେହେଲେ କାହାକୁ ମାରନ୍ତି ନାହିଁ । ବରଂ ସେମାନେ ଚିକିତ୍ସା ମାଧ୍ୟମରେ ରୋଗୀକୁ ଜୀବନ ଦାନ କରିଥାନ୍ତି ।"

"କିନ୍ତୁ ବର୍ତ୍ତମାନ ସମୟରେ ତୁମକୁ ଡାକ୍ତର ଏବଂ ତାକୁ ରୋଗୀ ଭାବେ ଗ୍ରହଣ କରାଯାଇ ନପାରେ । ତୁମେ ଜଣେ ହିନ୍ଦୁ ସେ ଜଣେ ମୁସଲମାନ ।"

"ଡାକ୍ତର ସବୁବେଳେ ହିଁ ଡାକ୍ତର । ରୋଗୀଟି ହିନ୍ଦୁ ହେଉ କି ମୁସଲମାନ ହେଉ ସେଥିରେ କିଛି ଯାଏ ଆସେ ନାହିଁ ।" ଦେବ୍ ଉତ୍ତର ଦେଲେ ।

"ସେଇଟା ତୁମର ପୁରୁଣା କଥା । ଏଇ ରାତିରେ ଆମେ ତୁମ ଉଦ୍ଦେଶ୍ୟକୁ ସନ୍ଦେହ କରୁଛୁ ।"

"କାହିଁକି ? କାରଣ କ'ଣ ?" ଦେବ୍ ଅଳ୍ପ ବିବ୍ରତ ହୋଇ ପଚାରିଲେ ।

"କାରଣ ଜଣେ ହିନ୍ଦୁ ସବୁବେଳେ ହିନ୍ଦୁ । ଜଣେ ମୁସଲମାନ ସର୍ବଦା ମୁସଲମାନ ।"

"କିନ୍ତୁ ହିନ୍ଦୁ ହେଉ ବା ମୁସଲମାନ ହେଉ ସେ ସର୍ବଦା ପ୍ରଥମେ ଜଣେ ମଣିଷ ।'

"ଆମେ ତୁମର ପୋଷାକ ପତ୍ର ତଦାରଖ କରିବାକୁ ଚାହୁଁ ।"

"ଏତାଦୃଶ କଥାବାର୍ତ୍ତାରେ ବସିର ଅହମ୍ମଦ ଅତ୍ୟନ୍ତ କିଂକର୍ତ୍ତବ୍ୟବିମୂଢ଼ ହୋଇ ଓ ବାଧ୍ୟହୋଇ କହିଲା—"ଡାକ୍ତର ସାହେବ, ଦୟାକରି ତା' ବ୍ୟବହାର ପାଇଁ ମୋତେ କ୍ଷମା ଦିଅନ୍ତୁ । ଆପଣ ମୋ ପୁଅର ଜୀବନ ବଞ୍ଚେଇ ଦେଇଛନ୍ତି । ସେ ଦାନର ରୁଣ ମୁଁ କେବେହେଲେ ଶୁଝିପାରିବିନି । କିନ୍ତୁ ଆଜି ରାତ୍ରିରେ ମୁଁ ଅସହାୟ ।"

"ହଁ ମୁଁ ପ୍ରସ୍ତୁତ ଅଛି । ମୋ ପୋଷାକପତ୍ର ତଦାରଖ କରିପାର । କିନ୍ତୁ ଯଦି ମୋ ପାଖରୁ କୌଣସି ପ୍ରକାର ବେଆଇନ ଅସ୍ତ୍ରଶସ୍ତ୍ର ନ ବାହାରେ ତେବେ ମୋତେ କିଛି ଉପହାର ମିଳିବ କି ?"

"ଆମେମାନେ ତୁମକୁ ଅକ୍ଷତ ଅବସ୍ଥାରେ ଛାଡ଼ିଦେବୁ । ଏଇଟା ଆମର ଆଲ୍ଲାଙ୍କ ନିକଟରେ ପ୍ରତିଜ୍ଞା ।" ଦେବ୍ ହସିହସି ତାଙ୍କ କୋଟ୍‌ଟିକୁ ବାହାର କରିଦେଲେ । ପୂର୍ବରୁ କୁଆଡେ ସେ ଅଞ୍ଚଳରେ ସମ୍ବାଦ ପ୍ରଚାରିତ ହୋଇ ସାରିଥିଲା ଯେ, ହିନ୍ଦୁମାନେ ଆଜି ରାତିରେ ସେ ଅଞ୍ଚଳକୁ ଆକ୍ରମଣ କରିବେ ।

"କିନ୍ତୁ ଆମେ ସେଥିପାଇଁ ଭୟଭୀତ ନୋହୁଁ ।" ଦେବ୍ ଙ୍କ କୋଟ୍ ପକେଟ ସବୁ ଖୋଜାଖୋଜି କରି ଏକଥା ଘୋଷଣା କଲେ ।

ତଦାରଖ କଲାପରେ ଜଣାଗଲା ଯେ, ପଇଁତିରିଶ ଟଙ୍କା, ଗୋଟିଏ ଚାବିକାଠି, ଗୋଟିଏ କର୍ଫ୍ୟୁ ପାସ୍ । ଆଉ ଗୋଟେ ଟେଷ୍ଟ ଟିଉବ୍ ଥିଲା । ଏହାପରେ ସେମାନେ ଔଷଧ ବାକ୍ସଟିକୁ ଖୋଲିଥିଲେ ଏବଂ ଭାବିଲେ ବୋଧହୁଏ ଏଥରେ କୌଣସି ମାରାମ୍ଭକ ଅସ୍ତ୍ରଶସ୍ତ୍ର ଓ କିଛି ବିଷାକ୍ତ ବାଷ୍ପୀୟ ଜିନିଷ ଅଛି ବୋଲି । କିନ୍ତୁ ସେଭଳି କୌଣସି ଭୟଙ୍କର ଜିନିଷପତ୍ର ନଥିଲା ।

"ବୁଝିଲ ଡାକ୍ତର, ବର୍ତ୍ତମାନ ତୁମେ ଆମ ଅଧୀନସ୍ଥ । ଆଉ ତୁମର ଜୀବନ ଆମ ଦୟା ଉପରେ ନିର୍ଭର କରେ ।" ଜଣେ ସେମାନଙ୍କ ମଧ୍ୟରୁ ଖୁବ୍ ଜୋର୍‌ରେ ଛଳନାମୟକ ହସ ହସି ଏକଥା କହିଥିଲା ।

"ତୁମେ ଜାଣିଛ ଆମର ପ୍ରତିଜ୍ଞା କ'ଣ" ? ଗୋଟିଏ ହେଲେ ହିନ୍ଦୁ ଜୀବନ୍ତ ଅବସ୍ଥାରେ ନ ଛାଡ଼ିବାକୁ ।"

ତୃତୀୟ ଜଣକ ଘୋଷଣା କଲା– "କିନ୍ତୁ ତୁମ କ୍ଷେତ୍ରରେ ଆମେ ଆମର ପ୍ରତିଜ୍ଞା ଭଙ୍ଗ କରିବୁ ।" ଯେହେତୁ ସେମାନେ ଦିନେନା ଦିନେ ଦେବ୍‌ଙ୍କର ରୋଗୀ ଥିଲେ ।

"ତୁମେ ଯଦି ଚାହଁ ଏବେ ଯାଇପାର ଏବଂ ବୁଲାଣି ରାସ୍ତା ପର୍ଯ୍ୟନ୍ତ ଯିବାରେ ସାହାଯ୍ୟ କରିପାରୁ ।"

"ବହୁତ ଧନ୍ୟବାଦ୍ ! କିନ୍ତୁ, ତୁମେ କହୁଛ ଯେହେତୁ ଆଜି ରାତିରେ ଆକ୍ରମଣର ସମ୍ଭାବନା ଅଛି, ତେଣୁ ମୁଁ ଆଜି ତୁମ ପାଖରେ ରହିବାକୁ ଚାହୁଁଛି ଏବଂ କିଛି ସାହାଯ୍ୟ ମଧ୍ୟ କରିପାରିବି ।'

"କ'ଣ ଆମକୁ ସାହାଯ୍ୟ କରିବ ? ଆମ ବିଷୟରେ ତୁମେ ବ୍ୟସ୍ତ ହେବା ଉଚିତ ନୁହେଁ ଡାକ୍ତର ସାହେବ । ଆମେ ସମ୍ପୂର୍ଣ୍ଣ ଅସ୍ତ୍ରଶସ୍ତ୍ରରେ ସଜ୍ଜିତ ଅଛୁ । ତୁମେ କ'ଣ ଦେଖିବାକୁ ଚାହୁଁଛି କି ? ଆମ ସାଙ୍ଗରେ ଆସ ।" ସେମାନଙ୍କ ଭିତରୁ ଦୁଇଜଣ ଆଖିଠାରି କହିଲେ ତାଙ୍କ ସହିତ ଅସ୍ତ୍ରଶସ୍ତ୍ର ଥିବା କକ୍ଷକୁ ଯିବାକୁ । କିନ୍ତୁ ସେ ତାଙ୍କ ସ୍ଥାନରେ ଅବିଚଳିତ ରହି ବସିବା ସ୍ଥାନରୁ ଉଠିଲେ ନାହିଁ । ତେଣୁ କି କି ପ୍ରକାର ଅସ୍ତ୍ରଶସ୍ତ୍ର ସେମାନଙ୍କ ପାଖରେ ଗଚ୍ଛିତଥିଲା ତା'ର ଏକ ତାଲିକା ସେମାନେ ପ୍ରସ୍ତୁତ କରି କହିଲେ– "ପିସ୍ତଲ, ଗନ୍‌, ଡ୍ୟାଗର ଓ ଖଣ୍ଡା ।"

"ଏ ସବୁ ଅସ୍ତ୍ରଶସ୍ତ୍ରରେ ଆମେ ସଜ୍ଜିତ ହୋଇଥିଲାବେଳେ ଜଣେ ବିନା ଅସ୍ତ୍ରଶସ୍ତ୍ରରେ କ'ଣ ବା ଆମକୁ ସାହାଯ୍ୟ କରିପାରେ ?" ସେମାନଙ୍କ ଭିତରୁ ଜଣେ ଦେବ୍‌ଙ୍କୁ ପଚାରିଲା ।

ଦେବ୍ ଦୃଢ଼କଣ୍ଠରେ ଉତ୍ତର ଦେଲେ, "ଏଇ ସବୁ ଅସ୍ତ୍ରଶସ୍ତ୍ର କେବଳ ଧ୍ୱଂସ ପାଇଁ ଉଦ୍ଦିଷ୍ଟ । ଏଗୁଡ଼ିକ ମଣିଷକୁ କ୍ଷତ ବିକ୍ଷତ କରିପାରେ କିନ୍ତୁ ଭଲ କରିବା ଏହା ପକ୍ଷେ ସମ୍ପୂର୍ଣ୍ଣ ଅସମ୍ଭବ ।"

"ବୁଝିଲେ ଡାକ୍ତର, ଆପଣ ଜଣେ ହିନ୍ଦୁ ହୋଇ ଆମ ମୁସଲମାନମାନଙ୍କୁ କ'ଣ ସାହାଯ୍ୟ କରିପାରିବେ ?"

"କାହିଁକି ନୁହେଁ ? ସେଇଟା ମୋ କର୍ତ୍ତବ୍ୟ ।"

"ଏଇଟା ଆପଣଙ୍କ କର୍ତ୍ତବ୍ୟ ନୁହେଁ ଯେ, ଆପଣଙ୍କ ହିନ୍ଦୁଭାଇମାନେ ଯେଉଁ ମୁସଲମାନଙ୍କ ଉପରେ ଆକ୍ରମଣ କରୁଛନ୍ତି ତାକୁ ବନ୍ଦ କରିବା ।"

"ସେ କ୍ଷମତା ମୋର ଥିଲେ ନିଶ୍ଚୟ ମୁଁ ତାହା କରନ୍ତି ।"

ଏ ସମୟରେ ବାହାର ରାସ୍ତାଆଡେ ଖୁବ୍ ଜୋରରେ ହଇଗୋଲ ଶୁଭିଲା । ସମସ୍ତେ ସ୍ତମ୍ଭୀଭୂତ ହୋଇପଡିଲେ । ତା'ପରେ ସେମାନଙ୍କ ମନରେ ନିରାଶା ଓ ଭୟ ବଦଲରେ ଏକ ପ୍ରକାର ହିଂସ୍ରତାର ଉତ୍ତେଜନା ଉଠିଥିଲା । ପ୍ରତ୍ୟେକେ ଯାହା ଅସ୍ତ୍ରଶସ୍ତ୍ର ପାଇଲେ ହାତରେ ଧରି ବାହାରକୁ ଧାଇଁଗଲେ ।

"ରହିଯାଅ" ଦେବ୍ ଚିତ୍କାର କରି ଉଠିଲେ । ଠିକ୍ ବିଭିନ୍ନ ଅସ୍ତ୍ରଶସ୍ତ୍ରରେ ସଜ୍ଜିତ ହୋଇଥିବା ହିନ୍ଦୁ ମୁସଲମାନଙ୍କ ଦୁଇଦଲ ମଝିରେ ଠିଆହୋଇପଡି ।

"ଦାଦା" ଗୋଟିଏ ଜଣାଶୁଣା ଶବ୍ଦ ଭାସି ଆସିଲା ଗହଲି ମଧ୍ୟରୁ । ଏହାଶୁଣି ସମସ୍ତେ ଧୀରସ୍ଥିର ହୋଇଯାଇଥିଲେ ଏବଂ ଉତ୍କଣ୍ଠାର ସହ ଅପେକ୍ଷା କରିଥିଲେ ପରବର୍ତ୍ତୀ କାର୍ଯ୍ୟାନୁଷ୍ଠାନକୁ ।

ତା'ପରେ ହଠାତ୍ ଆକ୍ରମଣକାରୀଙ୍କ ମଧ୍ୟରୁ ଜଣେ କିଏ ଗୋଟିଏ ଇଟା ଫୋପାଡି ଦେଲା ଯେଉଁଟାକି ଜଣେ ହିନ୍ଦୁର କାନ୍ଧକୁ ଖୁବ୍ ଜୋରରେ ଆଘାତ ଦେଇଥିଲା । ପୁଣି ସେମାନଙ୍କ ମଧ୍ୟରେ ଏକ ପ୍ରକାର ଆକ୍ରମଣର ଭାବଧାରା ଉଦ୍ଜୀବିତ ହୋଇଥିଲା । ଯାହାଫଳରେ କି ଦୁଇଦଲ ଯାକ ଗଣ୍ଡଗୋଲ ପାଇଁ ମୁହାଁମୁହିଁ ହୋଇଯାଇଥିଲେ ।

ହିନ୍ଦୁ ଆକ୍ରମଣକାରୀଙ୍କ ସମ୍ମୁଖସ୍ଥ ଭୂମିରେ ଲୋଟିପଡି ଦେବ୍ ଖୁବ୍ ଜୋରରେ ଚିତ୍କାର କରି ଉଠିଲେ—"ତୁମେ କେବେହେଲେ ମୋତେ ତୁମ ପାଦ ଦ୍ୱାରା ମାଡି ମକଟି ନଦେଲେ ଅନ୍ୟକାହାକୁ ଆକ୍ରମଣ କରିପାରିବ ନାହିଁ" । କେହି ଆଗକୁ ଆଉ ଯାଇ ପାରିନଥିଲେ ଏବଂ ଅସ୍ତ୍ରଶସ୍ତ୍ରଗୁଡିକ ସେମିତି ସ୍ଥିତାବସ୍ଥାରେ ରହିଥିଲା । ଦେବଙ୍କ କଥାପଦକ ମୁସଲମାନମାନଙ୍କ ମନରେ ଏକପ୍ରକାର ବିଜୁଲି ଝଲକ ଭଲି ଖେଳିଯାଇଥିଲା । ଯେଉଁଲୋକଟି ଇଟା ଫୋପାଡିଥିଲା ସେମାନେ ତାକୁ ଘୋଷାରୀ ଘୋଷାରୀ ଦେବଙ୍କ ନିକଟକୁ ଆଣି କହିଲେ—"ଡାକ୍ତର ସାହେବ, ତୁମେ ହେଉଛ ଶାନ୍ତିର ବାର୍ତ୍ତାବହ । ଦେଖ, ଏଇଟା ହେଉଛି ପ୍ରକୃତ ଦୋଷୀ ।"

ଅସ୍ତ୍ରଶସ୍ତ୍ର ସଜ୍ଜିତ ହୋଇଥିବା ଉଭୟ ଦଲ ଦେବଙ୍କୁ ଘେରି ରହିଥିଲେ । କିନ୍ତୁ କେହି ହେଲେ ଛୁଇଁବାକୁ ସାହସ କଲେ ନାହିଁ ।

"ତୁମେ ଦୋଷୀ", ଦେବ୍ ସେ ଲୋକଟିକୁ କହିବାରୁ ସେ ନୀରବରେ ମୁଣ୍ଡପାତି ଦଣ୍ଡ ଗ୍ରହଣ କଲାପରି ଠିଆହୋଇଥାଏ ।

ଦୃଢକଣ୍ଠରେ ପୁଣି କହିଲା । ତୁମେ ତୁମର ଦୋଷ ପାଇଁ ନିଶ୍ଚିତ ଦଣ୍ଡିତ ହେବ ଏବଂ ମୁସଲମାନମାନଙ୍କ ଆଡକୁ ମୁହଁ ବୁଲାଇ କହିଉଠିଲା—"ତୁମର ସବୁକିଛି ଅସ୍ତ୍ରଶସ୍ତ୍ର

ପୋଲିସ ନିକଟରେ ସମର୍ପଣ କରିବାକୁ ହେବ । ଯଦି ତା' ନକର ତେବେ ପୋଲିସ ଆଜି ସେଗୁଡ଼ିକୁ ବାଜ୍ୟାପ୍ତ କରିବ ଏବଂ ଯେଉଁମାନେ ଏହାକୁ ପାଖରେ ରଖିଥିବେ ସେମାନଙ୍କୁ ବାନ୍ଧିନେବ ।"

ଏଥିରେ ସମସ୍ତେ ଏକମତ ହୋଇଥିଲେ ।

ହିନ୍ଦୁମାନେ ଯିଏ ଯାହା ବାଟରେ ଚାଲିଯାଇଥିଲେ ଏବଂ ଦେବ୍ ସେମାନଙ୍କ ସାଥୀରେ ଥିଲେ ।

। ପାଞ୍ଚ ।

ତା'ପରଦିନ ସକାଳେ ମନୁ ଭଗ୍ନ ଚିତ୍ତରେ ଗୋଟିଏ ରୋଗୀପରି ଘରକୁ ଫେରିଆସିଥିଲା । ତା' ମୁଖମଣ୍ଡଳ ଦେଖି ସରଳା ଅତ୍ୟନ୍ତ ବିଚଳିତ ହୋଇପଡ଼ିଥିଲା । କିନ୍ତୁ ଘରକୁ ନିରାପଦରେ ଫେରି ଆସିଥିବାରୁ ସେ ଆଶ୍ୱସ୍ତି ମନେକରୁଥିଲା । କୃଷ୍ଣ ମଧ୍ୟ ଗଲା ରାତିସାରା ଉଜାଗର ଥିଲା । ଅଳ୍ପ ସମୟ ହେଲା ସେ ଶୋଇପଡ଼ିଥିଲା ।

ଗୋଟିଏ ଖଟ ଉପରେ ଗଡ଼ିଯାଇ ମନୁ ନିଜକୁ ଅତ୍ୟନ୍ତ ଦୋଷୀ ବୋଲି ମନେକରୁଥିଲା । ତା' ଆଗରେ ତା'ର ଆଦର୍ଶ, ତା'ର ଭବିଷ୍ୟତ, ଆତ୍ମବିଶ୍ୱାସ, ସାଙ୍ଗସାଥୀ, ବନ୍ଧୁବାନ୍ଧବ ସବୁକିଛି ମୂଲ୍ୟହୀନ ଏବଂ ମିଥ୍ୟା ମନେ ହେଉଥିଲା । ଦେବ୍ ସେଗୁଡ଼ିକୁ ନିର୍ଦ୍ଦୟ ଭାବରେ ପଦାରେ ପକାଇ ଦେଇଥିଲା ।

ମନୁ ଏହା ଭିତରେ 'ଧର୍ମ ସଂରକ୍ଷଣ ସଂଘ'ରେ ଯୋଗଦାନ ଦେଇଥାଏ ଏବଂ ତା' ଯୋଗଦାନକୁ ଗୁପ୍ତ ରଖିଥାଏ । ସଂଘରେ ଯୋଗଦାନ କି ତାହାର କାର୍ଯ୍ୟକଳାପ ସମ୍ପର୍କରେ କାହାକୁ ସେ କହିନଥିଲା । ଏପରିକି ତା'ର ଅତିପ୍ରିୟ ଦେବ୍ ଠାରୁ ଲୁଚାଇ ରଖିଥିଲା ।

ହଠାତ୍ ବିଛଣାରୁ ଡେଇଁପଡ଼ି ଗୋଟେ ଚେୟାର ଉପରେ ବସିପଡ଼ିଲା । ସେ ଅନ୍ଧକାର ମଧ୍ୟରେ ଖୁବ୍ ଚିନ୍ତାମଗ୍ନ ହୋଇପଡ଼ିଥିଲା । ସରଳା ମନୁ ପାଖରେ ଆଉଜି ପଡ଼ିଥାଏ । ସସ୍ନେହରେ ତା' ଦେହ ହାତ ଆଉଁସୁ ଥାଏ ଏବଂ ଏ ପରିପ୍ରେକ୍ଷୀରେ ସେ ତାକୁ ବିଭିନ୍ନ କଥା ପଚାରି ବିଚଳିତ କରିବାକୁ ଚାହୁନଥିଲେ ।

"ମନୁ"

"ହଁ ମାଆ"

"ଆଜି ତୁ କାହିଁକି ଏତେ ବିବ୍ରତ ଓ ବିଚଳିତ ଜଣାପଡୁଛୁ ?"

"ନାଁ, ମାଆ ସେପରି କିଛି ନୁହେଁ । ମାତ୍ର କିଛିଟା କ୍ଲାନ୍ତି ଅନୁଭବ କରୁଛି ।" ଚେୟାରରେ ସିଧା ବସିପଡ଼ି ହସିବାକୁ ଲାଗିଲା । କିନ୍ତୁ ସରଳା ଏ କୃତ୍ରିମ ହସର ମୂଲ୍ୟ କିଛି ବୁଝି ପାରିନଥିଲା ।

"ମାଆ, ମୁଁ ଦାଦାଙ୍କ ପାଖକୁ ଯାଉଛି, ଆସିଲେ ଚା' ପିଇବି ।"

"ଦେବ୍ ମଧ କେଉଁଠି ବୁଲୁଥିବେ । ଗତରାତିରୁ ସେ ତୋତେ ଖୋଜିବାକୁ କେଉଁଆଡେ ଚାଲିଯାଇଛନ୍ତି ।"

"କ'ଣ ମୋତେ ଖୋଜିବାକୁ ?"

"ହଁ, ମୁଁ ତାଙ୍କୁ ପଠେଇଥିଲି ।"

"କାହିଁକି ?"

"ମୁଁ ତୋ'ବହିରୁ ଖଣ୍ଡେ କାଗଜ ପାଇଥିଲି । ସେଥିରେ ଲାଲକୁଟା ବିଷୟ ଲେଖାଥିଲା । ମୁଁ ଏଥିରେ ବିଚଳିତ ହୋଇପଡ଼ିଥିଲି; କାରଣ ସେ ସ୍ଥାନ ହେଉଛି ଖାଣ୍ଟି ମୁସଲମାନ ଅଞ୍ଚଳ ।"

ଏହାଶୁଣି ମନୁ ତା' ମା'ର ମୁହଁକୁ ଚାହିଁବାକୁ ସତ୍ ସାହସ କରିନଥିଲା । ତାହାର କ୍ଲାନ୍ତ ଓ ଶାନ୍ତ ଚକ୍ଷୁ ଦୁଇଟି ଘରର ବହୁଆଡେ ଚାହିଁରହିଥିଲା । ଦେବ୍ଙ୍କର କଥାପଦକ "ମୋତେ ପାଦରେ ଦଳି ମକଚି ନଦେଲେ ତୁମେମାନେ ଅନ୍ୟ କାହାକୁ ଆକ୍ରମଣ କରିପାରିବ ନାହିଁ ।" ତା' କର୍ଣ୍ଣ ଗହ୍ୱରରେ ଏଇକଥା ବାରମ୍ବାର ପ୍ରତିଧ୍ୱନିତ ହେଉଥାଏ । ମନୁ ହୃଦୟର ଅନ୍ତରତମ ପ୍ରଦେଶରୁ ଭାସି ଉଠୁଥିଲା ତୁମକୁ ବଞ୍ଚେଇବା ପାଇଁ ନିଜ ଜୀବନକୁ ଜଳାଞ୍ଜଲି ଦେବା ପାଇଁ ଦେବ୍ ପ୍ରସ୍ତୁତ ହୋଇପଡ଼ିଥିଲା ।

"ବୁଝିଲ ମାଆ, ଦେବ୍ ଜଣେ ମଣିଷ ନୁହଁନ୍ତି । ସେ ସାକ୍ଷାତ୍ ? ଈଶ୍ୱର ।"

ଏଇକଥା କହି ମନୁ ନିଜ ମୁଣ୍ଡଟିକୁ ମା' କୋଳରେ ରଖି ଶୋଇବାକୁ ଇଚ୍ଛାକରି ଅନେକ ସାନ୍ତ୍ୱନା ଲାଭ କଲା ।

। ଛଅ ।

ମନୁ ଦେବ୍ଙ୍କ ଘରେ ପହଞ୍ଚିଲା ବେଳକୁ ଡାକ୍ତର ଆସି ପହଞ୍ଚିଯାଇଥିଲେ ଏବଂ ସେ କ୍ରଚିତ ଚିନ୍ତାମଗ୍ନ ହୋଇ ଉଠିଥିଲେ । ମନୁ ଆଶ୍ଚର୍ଯ୍ୟ ହୋଇ ଉଠିଥିଲା ସତରେ ଦେବ୍ କ'ଣ ରୋଗଗ୍ରସ୍ତ ଥିଲେ କି ?

"ଦାଦା"

"ଆରେ ମନୁ ଯେ"

"ଏପର୍ଯ୍ୟନ୍ତ ଶୋଇଛ କାହିଁକି ?"

"ଏଇ ଟିକେ ଦୁର୍ବଳ ଲାଗୁଛି ।"

"ଦାଦା"

"ବୁଝିଲୁ ମନୁ । ମୋ ବଂଶିବାର ଆଶାର ପ୍ରଦୀପ କ୍ରମଶଃ ନିର୍ବାପିତ ହୋଇ ଆସୁଛି ।" ଦେବ୍ ଙ୍କ ଆଖି ଛଳଛଳ ହୋଇ ଆସିଲା ।

"ଦାଦା କ'ଣ କହିଲ ?" ମନୁ ଆଉ କିଛି କହିପାରିନଥିଲା ।

"ମନୁ, ଆଜିର ଖବର କାଗଜ ପଢିଛୁ ?"

"ହଁ"

"ସେଇ ଟ୍ରେନ ବିଷୟରେ କ'ଣ ଜାଣିଛୁ ?"

"ହଁ, ସବୁ ଯାତ୍ରୀମାନଙ୍କୁ ପଶୁପରି ହତ୍ୟାକରାଯାଇଛି ।"

"ମଣିଷ ଏତେ ତଳକୁ ଯାଇପାରେ ? ମୁଁ ବିଶ୍ୱାସ କରିପାରୁନି । ଧର୍ମ ଆଜିର ଦୁନିଆଁରେ ଏକ ଖେଳନାର ବସ୍ତୁ ହୋଇପଡିଛି । ଫଳରେ ଲୋକମାନେ ଏହାକୁ ଅମୋଘ ଅସ୍ତ୍ର କରି ନାନାପ୍ରକାର ଦଙ୍ଗାରେ ଲିପ୍ତ ରହୁଛନ୍ତି । ଆଜିର ଧର୍ମ କିପରି ସାମ୍ପ୍ରଦାୟିକ ଦଙ୍ଗାର ରୂପ ନେଇଛି । ସେଇ କଥା ତାଙ୍କ ମନକୁ କେବଳ ଘାରୁଥିଲା । ଏଇ ଦଙ୍ଗାରେ ଲିପ୍ତ ରହୁଥିବା ନୃଶଂସ, ବର୍ବରମାନଙ୍କୁ ମଣିଷ ବୋଲି କହିବା ଉଚିତ ନୁହେଁ, ବରଂ ସେମାନେ ପଶୁଠାରୁ ଆହୁରି ହୀନ ।"

ଦେବ୍ ଓ ମନୁ ହସ୍ପିଟାଲରେ ପହଞ୍ଚି ଦେଖିଲେ ଯେ ଗତରାତିରେ ଯେଉଁ ସାମ୍ପ୍ରଦାୟିକ ହତ୍ୟାକାଣ୍ଡ ଘଟିଯାଇଥିଲା ସେଥିରେ କ୍ଷତ ବିକ୍ଷତ ହୋଇ ଲୋକଗୁଡ଼ିକ ଆର୍ତ୍ତ ଚିକ୍ରାର କରୁଥିଲେ ଏବଂ ସେମାନଙ୍କ କରୁଣ ସ୍ୱରରେ ସମଗ୍ର ଡାକ୍ତରଖାନାଟି କରୁଣାକ୍ତ ହୋଇଯାଇଥିଲା ।

| ସାତ |

ସରଳା ତା' ରୁମରେ ବସି ମନୁ ପାଇଁ ଗୋଟେ ସ୍ୱେଟର ବୁଣୁଥିଲା । ବେଳେବେଳେ ସେ ସିଲେଇ ବନ୍ଦ କରିଦେଇ ଛୁଞ୍ଚିଟିକୁ ପାଟିରେ ରଖିଦେଇ ଗଭୀର ଚିନ୍ତିତ ହୋଇପଡୁଥିଲା । କୃଷ୍ଣ ଆଉ ଦେବ୍ ଘରକୁ ପ୍ରବେଶ କଲାବେଲକୁ ସେମାନେ ଦେଖିଲେ ସରଳା ଛୁଞ୍ଚିଟିକୁ ଚୋବାଉଛି । ଦେବ୍ ତାଙ୍କ ହସ ବନ୍ଦ କରି ନପାରି ପଚାରିଲେ—"ଭାଉଜ ତୁମେ କ'ଣ ଚିନ୍ତା କରୁଛ ମୁଁ କହିପାରିବି ?"

"ହଁ"

"ତୁମେ କିପରି ମୋର ସକ୍ର କରିବ ସେ କଥା ଭାବୁଥିଲ କାରଣ ଆଜି ଘରେ ମିଠା କି କୌଣସି ଫଳ ନାହିଁ ।"

"ବୁଝିଲ ଦେବ୍, ତୁମ କଥାଟା ସମ୍ପୂର୍ଣ୍ଣ ଭୁଲ । ଘରେ ମିଠା ଓ ଫଳ ଭର୍ତ୍ତି ହୋଇଛି, ଦେଖ୍ବ କି ?"

"ହଁ, ମୁଁ ଜାଣେ ତୁମେ କାହିଁକି ବ୍ୟସ୍ତ ହୋଇପଡୁଛ । ତୁମେ ଭାବୁଛ ଏଇ ଆସନ୍ତା ଶୀତଦିନ ପାଇଁ ଏକ ସୁନ୍ଦର ସୁଇଟର ମୋ ପାଇଁ ବୁଣିବ କି ନାହିଁ ।"

"ସେଇଟା ଠିକ କଥା ନୁହେଁ । ଅଧ ପାଉଣ୍ଡ ଉଲ ଆଉ କିଛି ପରିଶ୍ରମ । ସେଥିରେ କ'ଣ ଅଛି ?"

ଦେବ୍ ହସିହସି ପୁଣି କହିଲେ—"ଏଇଟା ନିଶ୍ଚିତ ଯେ, ତୁମେ ବର୍ତ୍ତମାନ ମୋତେ କେନ୍ଦ୍ରକରି ଗୋଟାଏ ବଡ ସମସ୍ୟା କଥା ଭାବୁଛ । ଯଦ୍ୱାରା କି ସୁଇଟର ବୁଣିବା ପାଇଁ କେହି ନାହାନ୍ତି ।" ଏହା କହି ସରଲା ପାଖରେ ଥିବା ସୋଫା ଉପରେ ସେ ବସିପଡିଲେ । କୃଷ୍ଣ ଗୋଟେ ଚେୟାରରେ ବି ବସିପଡ଼ିଲେ । ପୁଣି କହିଲେ— "ଭାଉଜ, ପ୍ରକୃତରେ ମୁଁ ଯଦି ବଜାରକୁ ଯାଏ ଗୋଟେ ସୁଇଟର କିଣିବାକୁ, ତେବେ ଦୋକାନିଟି ବୁଝିବ ଯେ, ବୋଧେ ଯ଼ାଙ୍କର ସ୍ତ୍ରୀ ନାହିଁ ।"

"କିମ୍ୱା ପିଲାମାନଙ୍କ ପାଇଁ ଭାରି ବ୍ୟସ୍ତ ରହୁଛନ୍ତି ଯା'ଫଳରେ କି ତାଙ୍କ ସ୍ୱାମୀ ପାଇଁ ସୁଇଟର ବୁଣିବାକୁ ସମୟ ନାହିଁ ।"

"ଆଚ୍ଛା ଭାଉଜ, ବର୍ତ୍ତମାନ ତୁମେ କ'ଣ ଚିନ୍ତା କରୁଥିଲ ମୋତେ କହିଲ ?'

"ମୁଁ ଭାବୁଥିଲି ତୁମେ ଯଦି ବିବାହ ନକର ତେବେ ମୋ ଜୀବନର ଅନ୍ୟଦିନଗୁଡ଼ିକରେ ତୁମ ପାଇଁ ମୁଁ ସୁଇଟର ବୁଣା, ତୁମ ସାର୍ଟରେ ବୋତାମ ଲଗାଇବା ଏବଂ ମୋଜା ଟ୍ରାଉଜର ଇସ୍ତ୍ରୀଦେଇ ରଖିବାରେ କଟାଇବି ।"

"ଓ.. ଏଇକଥା"

"ହଁ, ତାହା ନୁହେଁ ଆଉ କ'ଣ ? ଆଚ୍ଛା ! ତୁମେ ବିବାହ କରିବା ପାଇଁ ରାଜି କି ନାହିଁ କହିଲ ?"

"ମୁଁ ଭାବୁଛି କେଉଁଟା ଶସ୍ତା ହେବ, ଗୋଟେ ବୋତାମ ସିଲେଇ କରୁଥିବା ସ୍ତ୍ରୀ କିମ୍ୱା ଜଣେ ପାର୍ଟଟାଇମ୍ ଦରଜୀ ।"

ଦେବ୍ ଙ୍କର ଏଭଳି ମନ୍ତବ୍ୟକୁ ଉପଭୋଗ କରି କୃଷ୍ଣ ଆଲୋଚନାରେ ବାଧାଦେଇ କହିଲେ—"ତୁମେ ଭୁଲିଯାଅ ନାହିଁ ଯେ, ଜଣେ ବୋତାମ ସିଲାଇ କରୁଥିବା ସ୍ତ୍ରୀ ତୁମ ପାଇଁ ପିଲା ଜନ୍ମ କରିବ ।"

"ତାହା ହେଲେ ମୋ ପୁଅର ସାର୍ଟରୁ ବୋତାମଗୁଡ଼ିକ ହଜିଯିବ ଏବଂ ମୁଁ ବାଧ୍ୟହୋଇ ତୋ'ପାଇଁ ଗୋଟିଏ ବୋତାମ ସିଲେଇ ସ୍ତ୍ରୀ ଆଣିବି । ଯାହା ଅତ୍ୟନ୍ତ ଖରାପ ପରିବେଶ ସୃଷ୍ଟି କରିବ । ଏହାଫଳରେ ସେଇଟା ଗୋଟେ ଦାମିକା ବ୍ୟବସାୟ ହୋଇପଡ଼ିବ । ମୁଁ ଭାବୁଛି ଏଇ ସବୁ ଛୋଟ ଛୋଟ କାମ ପାଇଁ ଆମ ଭାଉଜ ଉପଯୁକ୍ତ ।"

ମନୁ ହଠାତ୍ ଘର ଭିତରକୁ ପଶି ଆସି ଦେବ୍?କୁ ସମ୍ବୋଧନ କଲା– "ଦାଦା" ଏଥରେ କୃଷ୍ଣ ଟିକେ ଥଟ୍ଟା କରିକହିଲେ– "ଆଚ୍ଛା କିଏ ଆଗ ଜନ୍ମ ହୋଇଛି ? ତୋ ଦାଦା ନା ବାପା ? ତୁ ମୋତେ ତ କାହିଁକି କିଛି କହିଲୁ ନାହିଁ ?' ସମସ୍ତେ ହସି ଉଠିଲେ । ଦେବ୍ ମନୁକୁ ଟାଣି ଆଣି ତାଙ୍କ ପାଖ ସୋଫାରେ ବସେଇଦେଲେ ।

କୃଷ୍ଣ ନିଜକୁ ଏକୁଟିଆ ଅନୁଭବ କରି କହିଲେ–"ମୋ ପାଖ ସୋଫାରେ ବସିବାକୁ କେହିନାହିଁ । ଠିକ୍ ଜଣେ ଅଛୁଆଁ ଭଳି ମୁଁ ଏ ଘରେ କାଠ ଚେୟାରରେ ବସିଛି । ସରଳା ଖୁବ୍ ଜୋରରେ ହସିଉଠି କହିଲା–"କାହିଁକି, ତୁମେ ଜଣେ ଗାନ୍ଧୀଜୀଙ୍କ ଶିଷ୍ୟକୁ ଡାକି ଆଣନ୍ତୁ ? ସେ ତୁମକୁ ଅଜାତିରୁ ଜାତିକୁ ଆଣିବେ ।" ପରେ ଆଲୋଚନାର ମୋଡ଼ ବଦଲାଇ କହିଲେ–"ତୁମେ ଜାଣିବାକୁ ଚାହୁଁଛ କି ତୁମେ ଆସିଲାବେଳକୁ ମୁଁ କାହିଁକି ଚିନ୍ତିତ ଥିଲି ?" କୃଷ୍ଣ ଓ ଦେବ୍ ସମସ୍ୱରରେ କହିପକାଇଲେ– "ହଁ"

ଆଜି ସକାଳେ ଜଳଖିଆ ଖାଇସାରି କାଶ୍ମୀର ଗେଟ୍ ପାଖରେ ଥିବା ଲୀଲା ଘରକୁ ମୁଁ ଯାଇଥିଲି । ତୁମେ ବିଶ୍ୱାସ କରିପାରିବନି ସେ ଶରଣାର୍ଥୀମାନେ ଫୁଟପାଥ୍ ଉପରେ ଖୋଲା ଆକାଶତଳେ କିପରି ମୁଣ୍ଡଗୁଞ୍ଜି କାଳ କାଟୁଛନ୍ତି । ଦେଖିବାକୁ ଗୋଟିଏ ଛୋଟ ଛୋଟ ଅଳିଆଗଦାଭର୍ତ୍ତି ଗୁମ୍ଫାଭଳି । ବଖରାଏ ଘରେ ଗୋଟିଏ ଗୋଟିଏ ପରିବାର ରହୁଛନ୍ତି । ଏହା କହି ସରଳା କାନ୍ଦି ପକାଇଲେ ।

ମନୁ କହିଲା–"ବୁଝିଲ ମା' । ସେଇଟା କିଛି ନୁହେଁ । ତୁମେ ଯଦି ଟିକେ ଗଭୀର ଭାବରେ ସେମାନଙ୍କ ନିକଟକୁ ଯାଇ ସେଇ ଶରଣାର୍ଥୀମାନଙ୍କର ଦୁଃଖ ଦୁର୍ଦ୍ଦଶା ଦେଖିବ ତେବେ ଭୋକ, ଶୋଷ ଓ ଖାଇବା ସବୁକିଛି ଦୀର୍ଘଦିନପାଇଁ ଭୁଲିଯିବ । ମନୁ ଟିକେ କ୍ରୋଧାନ୍ୱିତ ହୋଇ ପୁଣି କହି ଉଠିଲା– "କ'ଣ ସେଇ ଲୋକମାନଙ୍କ ଭାଗ୍ୟରେ ଅଛି ତା'ର କିଛି ଠିକ୍ ଠିକଣା ନାହିଁ । ସେମାନେ ଆଶା କରନ୍ତି ଯେ, ତାଙ୍କ ସରକାର ତାଙ୍କ ଜୀବନଧାରଣରେ କିଛିଟା ପରିବର୍ତ୍ତନ ଆଣିବ ଏବଂ ଏଇଟା ରାମରାଜ୍ୟରେ ପରିଣତ ହୋଇଯିବ । କିନ୍ତୁ ସରକାରୀ ଅଫିସଗୁଡ଼ିକରେ କ'ଣ ଘଟୁଛି ଜାଣ ? ଲାଞ୍ଚ ନଦେଲେ ବା ଉପରୁ ଚାପ ନପକାଇଲେ ଫାଇଲଗୁଡ଼ିକ ଇଞ୍ଚେ ସୁଦ୍ଧା ଆଗକୁ ଯାଉନାହିଁ ।"

କୃଷ୍ଣ କହିଲେ—"ଖାଲି ଟ୍ରେନର ଇଞ୍ଜିନ୍‌ଟା ବଦଲେଇ ଦେଲେ ଆମେ ଗୋଟେ ନୂଆ ଟ୍ରେନ୍ ପାଇଲେ ବୋଲି ଭାବିବା ଭୁଲ୍ । ଆମ ତ୍ରିରଙ୍ଗା ପତାକା ଆକାରରେ ଫରଫର ହୋଇ ଉଡୁଛି ନିଃସନ୍ଦେହ । କିନ୍ତୁ ଶହଶହ ବର୍ଷର ଦାସତ୍ୱ ମନୋଭାବର ପରିବର୍ତ୍ତନ ପାଇଁ ଆହୁରି ଦୀର୍ଘ ସମୟ ଆବଶ୍ୟକ । ଯେକୌଣସି ପରିବର୍ତ୍ତନ ପାଇଁ ସମୟଲୋଡା ।" କିଛି ସମୟ ରହି ସେ ପୁଣି କହିଲେ — "ତଥାପି ମୁଁ କହିବି ଯେ, ଆମ ଦେଶର ଭାଗ୍ୟ ଡୋରୀ ପାରଙ୍ଗମ ଓ ନିର୍ଭରଯୋଗ୍ୟ ନେତାମାନଙ୍କର ହାତରେ ।" ସରଳା ତଥାପି ଟିକେ ଭାବପ୍ରବଣ ହୋଇ ମନ୍ତବ୍ୟ ଦେଲେ —"ଆମେ କେବେହେଲେ ପୂର୍ବରୁ କଳାବଜାରୀ କ'ଣ ଶୁଣି ନଥିଲେ । ଆଉ ବର୍ତ୍ତମାନ ଏ ଘୃଣ୍ୟ କାର୍ଯ୍ୟକଳାପ ଏପରି ସୁଦୂର ପ୍ରସାରୀ ଯେ, ଯାକୁ ଆଉ ବାସନ୍ଦ କରିବା ସମାଜପକ୍ଷେ ଅସମ୍ଭବ ହୋଇ ପଡୁଛି । ପ୍ରତ୍ୟେକ ଲୋକ ନିଃସଙ୍କୋଚ ଭାବେ କହିଚାଲିଛି ଓ କାର୍ଯ୍ୟ କରିଚାଲିଛି ଏହାରି ମାଧମରେ । ତେଣୁ ଆଦର୍ଶ, ନୈତିକତାର ପ୍ରଭାବ ମୋତେ ନାହିଁ କହିଲେ ଚଲେ । ସେମାନେ ଖୋଲା ଖୋଲି ପଚାରୁଛନ୍ତି –"କଳା ଟଙ୍କା କେତେ ଦେଇପାରିବ ?"

କୃଷ୍ଣ ମୁଖ୍ୟତଃ ଆଶାବାଦୀହୋଇ କହିଲେ—"ଲୋକ ଯେତେ ଏହି ଘୃଣ୍ୟ ଅସାମାଜିକ କାର୍ଯ୍ୟକଳାପରେ ଲିପ୍ତ ହେଉଛି ସେଇ ପରିମାଣରେ ଏହାର ମଧ ନିନ୍ଦା କରାଯାଉଛି । ଆଉ ଦିନ ଆସିଗଲାଣି ଯେ, ପ୍ରତ୍ୟେକ ସେଇ ଦୁର୍ନୀତି ଓ ଧରାଧରି କରିବାକୁ ଦୃଢକଣ୍ଠରେ ସମାଲୋଚନା କରିବେ । ସେ ଆଉ ବେଶୀ ଦୂର ନୁହେଁ । ଯାହାହେଲେ ବି ସେଥିପାଇଁ ଆମର ଧୈର୍ଯ୍ୟ ଦରକାର । ଆସ୍ତେ ଆସ୍ତେ ସବୁକଥା ଠିକ୍ ହୋଇଯିବ ।"

ସରଳା କିନ୍ତୁ ଏହାର ଦୃଢ ପ୍ରତିବାଦ କରିଥିଲା । ସେ କହିଲା—"ଗୋଟିଏକଥା ମୁଁ ବୁଝି ପାରୁଛି ଯେ, ଆମ ଦେଶର ଲୋକମାନଙ୍କୁ ଅବା ଝିଅବୋହୂକୁ ଯେଉଁ ପାକିସ୍ତାନୀ ଅପହରଣକାରୀମାନେ, ଅପହରଣ କରିନେଇଥିଲେ ସେମାନଙ୍କୁ ଗ୍ରହଣ କରୁନାହାଁନ୍ତି କାହିଁକି ? ଏଇଟା କ'ଣ ସେଇ ହତଭାଗିନୀ ଝିଅବୋହୂମାନଙ୍କର ଦୋଷ ?"

"ମନୁ ତା' ମା'ଙ୍କ କଥାକୁ ସମର୍ଥନ କରି କହିଲା –"ଆଜି ସୁଦ୍ଧା ହଜାର ହଜାର ସ୍ତ୍ରୀ ଲୋକମାନଙ୍କୁ ପାକିସ୍ତାନ କବଳରୁ ଉଦ୍ଧାର କରାଗଲାଣି ।"

କୃଷ୍ଣ ପଚାରିଲେ—"ଆଛା ଆଉ କେତେ ପାକିସ୍ତାନୀ ଅଛନ୍ତି ?"

"ଏହାଠାରୁ ଆହୁରି ଅନେକ... ଖବରକାଗଜରେ ବାହାରିଛି ଯେ, ଆମ ସରକାର ଏ ହତଭାଗିନୀ ସ୍ତ୍ରୀଲୋକମାନଙ୍କର ସନ୍ତାନ ସନ୍ତତିମାନଙ୍କର ଯନ୍ ନେବାକୁ ବି ସରକାର ସ୍ଥିର କରିଛନ୍ତି ।"

"ତେବେ ଅସହାୟା, ନିରୀହାମାନଙ୍କ ପ୍ରତି ସେମାନେ ଦୋଷ କରିଲେ ବି ସେ ନିରୀହା ପିଲାମାନେ କାହିଁକି ଦଣ୍ଡ ପାଇଲେ ? ଦେବ୍ ଟିକିଏ ଉତ୍ତେଜିତ କଣ୍ଠରେ ପଚାରିଲେ । କୃଷ୍ଣ କହିଲେ– "ହଁ, ସେ ସ୍ତ୍ରୀ ଲୋକମାନେ ତାଙ୍କ ଇଚ୍ଛା ବିରୁଦ୍ଧରେ.. ସେମାନଙ୍କୁ ବାଧ୍ୟ କରାଯାଇଥିଲା ।"

"ତେବେ ସେମାନେ କ'ଣ ଦୋଷୀ ? କାରଣ, ସେମାନେ ଅବିବାହିତା ଓ କୌଣସି ସାମାଜିକ, ଧାର୍ମିକ ପ୍ରଥାକୁ ସମ୍ମାନ ଦେଇ ନାହାଁନ୍ତି ବୋଲି ?" ଦେବ୍ ଏହା କହିଲାବେଳେ ବିବ୍ରତ ହୋଇପଡ଼ିଥିଲେ ।

ଏଥର ସମସ୍ତେ ଆଉ ଏ ବିଷୟରେ କିଛି ମନ ନଦେଇ ନୀରବ ରହିଥିଲେ ଏବଂ ପ୍ରତ୍ୟେକ ଦେବ୍ କର ଅନୁଭୂତି ଓ ଅନ୍ତରର କୋହକୁ ଯେପରି ସମ୍ପୂର୍ଣ୍ଣ ବୁଝିପାରିଥିଲେ ।

॥ ଆଠ ॥

ଦେବ୍ ଶୋଇବାକୁ ଯାଉଥିଲେ । ବିଛଣାରେ ପଡ଼ିରହି ତରବରରେ ବହିର ଶେଷ ପୃଷ୍ଠାଗୁଡ଼ିକୁ ଲେଉଟାଉଥିଲେ । ଏହି ସମୟରେ ବାହାର ଦର୍ଜାରେ କିଏ ଡାକିଲା–

"ଦାଦା" ମନୁ ଡାକିଲା ।

ଦେବ୍ ଉଠିପଡ଼ି ଦର୍ଜା ଖୋଲିଲେ ଓ ମନୁ ଘର ଭିତରକୁ ପ୍ରବେଶ କଲା ।

"ଦାଦା, ତୁମେ ମୋ ବାପାଙ୍କ ପରି ବୟସ୍କ ଜଣାପଡ଼ୁଛ କିନ୍ତୁ ତୁମେ ମୋତେ ସବୁ ବେଳେ ଜଣେ ସାଙ୍ଗ ଭଲି ବ୍ୟବହାର ଦେଖାଉଛ ।"

ଦେବ୍ ଯଦିବା ଗମ୍ଭୀର ଓ ଚିନ୍ତାୟୁକ୍ତ ଥିଲେ ତଥାପି ଟିକେ ମୁରୁକି ହସା ଦେଇ ମନୁ ପିଠିକୁ ଆଉଁସି ପଚାରିଲେ "ହଁ ମନୁ, ତୋ ଇଚ୍ଛା କ'ଣ?"

"ମୁଁ ଆଜି ଗୋଟେ କଥା ଶୁଣିଲି । ତାହା କେତେଦୂର ସତ୍ୟ ମୁଁ ଜାଣିନି । ମୁଁ ଡ୍ୟାଡିଙ୍କୁ ହୁଏତ ଏକଥା କହି ନପାରେ କିନ୍ତୁ ତୁମକୁ ନିଶ୍ଚୟ କହିବି ବୋଲି ଭାବିଛି ।" ଏହା କହି ଅତିଛୋଟ ପିଲାଟି ପରି ମନୁ ଦେବ୍ଙ୍କ ଆଡ଼କୁ ଢଳିପଡ଼ିଲା ଏବଂ କିଛି ସମୟ ପରେ ପୁଣି କହିଲା–"ଦାଦା,ମୋ ଆଖିକୁ ଚାହିଁଲେ ତୁମେ ଠିକ୍ କଥା ଜାଣିପାରିବ । ମୁଁ ଜାଣିଛି ଏଇ କଥାର କିଛି ନା କିଛି ସତ୍ୟାସତ୍ୟ ରହିଛି ଏବଂ ତୁମେ ମଧ୍ୟ ଠିକ୍ ଭାବରେ ଜାଣ ; କାରଣ ତୁମେ ଡ୍ୟାଡିଙ୍କର ଅତି ନିକଟତର ଲୋକ । ଯେ ଏଇଟା କ'ଣ ସତ୍ୟ ? ମୁଁ ଡ୍ୟାଡିଙ୍କର ପୁଅ ନୁହେଁ, ମୁଁ ତାଙ୍କ ଦ୍ୱାରା ପାଲିତ ?"

ଦେବ୍ ଏଥିରେ ଆଶାତୀତ ଭାବରେ ଆଶ୍ଚର୍ଯ୍ୟ ତଥା ବିବ୍ରତ ହୋଇପଡ଼ିଥିଲେ । ସେ ଏଇ କଥାଶୁଣି ସମ୍ପୂର୍ଣ୍ଣ ମୂକ ପାଲଟିଗଲେ । ତାଙ୍କ ଶିରା ପ୍ରଶିରାରେ ଏକ ଶିହରଣ ଖେଳି ଯାଇଥିଲା ଏବଂ ରକ୍ତଚାପ ତଥା ଶ୍ୱାସକ୍ରିୟାର ଗତି ମଧ୍ୟ ଖୁବ୍ ପ୍ରଖର ହୋଇପଡ଼ିଥିଲା ।

"ଦାଦା, କ'ଣ ମୌନ ରହିଲ ଯେ, କିଛି କହୁନ କାହିଁକି ? ମୁଁ ତ ଗୋଟେ ଛୋଟ ପିଲା ହୋଇନି ଯେ, ଏହାଦ୍ୱାରା ମୁଁ ଅତ୍ୟନ୍ତ ଅଧୀର ହୋଇ ପଡ଼ିବି । ତୁମଠାରେ ମୁଁ ବହୁ ପରିମାଣରେ ରଣୀ । କାରଣ, ମୁଁ ଏବେ ଏକ ସଚେତନ ଓ ଦୂରଦୃଷ୍ଟି ସମ୍ପନ୍ନ ଯୁବକ ହିସାବରେ ସମାଜରେ ପରିଗଣିତ । ଆଉ ବର୍ତ୍ତମାନ ତା'ର ପ୍ରତିଫଳ ଯାହା ହେଉନା କାହିଁକି ମୁଁ ତା' ପାଇଁ ପ୍ରସ୍ତୁତ ।"

"ଆଚ୍ଛା ମନୁ, ଏ କଥାଟା ଯଦି ସତ ହୁଏ, ତେବେ କ'ଣ କୃଷ୍ଣ ଆଉ ସରଳା ପିତାମାତାରୁ ବଞ୍ଚିତ ହେବେ ?"

"ନାଁ, ଦାଦା, ସେମାନେ ସଦାସର୍ବଦା ପିତାମାତାର ସମ୍ମାନ ପାଇବେ । ତାଙ୍କ ପ୍ରତି ମୋର ସ୍ନେହ, ଶ୍ରଦ୍ଧା, ଭୟ ଓ ଭକ୍ତି କେବେହେଲେ ଊଣା ହେବନି । କିନ୍ତୁ ଗୋଟିଏ କଥା ମୋତେ ସଦାସର୍ବଦା ଘାରୁଛି" ଓ "ହଁ କହୁନୁ, ରହିଗଲୁ କାହିଁକି ?"

"ଯଦି ସୋମନାଥ ଏଇ କଥାଟା ଜାଣନ୍ତି ଆଉ ମଧୁ ଯଦି ଏସବୁ ଜାଣେ ମୋର ସବୁ ଭବିଷ୍ୟତ ଜଳିପୋଡ଼ି ଛାରଖାର ହୋଇଯିବ ।" କିଛି ସମୟ ନେଇ ପୁଣି କହିଲା— "ଦାଦା, ତୁମେ ଉପେନ୍ଦ୍ରକୁ ଜାଣ ? ସେ ମଧୁର ସାଙ୍ଗ ଏବଂ ତାଙ୍କ ଘରକୁ ବେଲେବେଲେ ଆସେ ।"

"ମୁଁ ତାକୁ ଗୋଟେ ଖରାପ ପିଲା ବୋଲି ଭାବିଛି ।"

"ଏଇ ମନଗଢ଼ା କଥାଟିକୁ ଉପେନ୍ଦ୍ର ଚାରିଆଡେ ପ୍ରଚାର କରୁଛି । ତା'ର ଉଦ୍ଦେଶ୍ୟ ହେଲା ପିତାମାତାଙ୍କୁ ବଦନାମ କରିବା ସଙ୍ଗେ ସଙ୍ଗେ ମଧୁ ଓ ତା' ପରିବାର ଆଗରେ ମୋତେ ଲାଞ୍ଛିତ ଓ ଅପମାନିତ କରିବା ।" ମନୁ ପୁଣି କହିଲା–"ଦିନେ ଉପେନ୍ଦ୍ର, ମଧୁର ସାଙ୍ଗ ରଞ୍ଜୁ ପ୍ରତି ଅତ୍ୟାଚାର କରିବାକୁ ଯୋଜନା କରୁଥିଲା । ରଞ୍ଜୁ କିନ୍ତୁ ତା'ର କୁଚିନ୍ତା ବିଷୟରେ ଜାଣିପାରିନଥିଲା । ସେ ତା'ର ମିଠା କଥାରେ ଭୁଲିଯାଇ ତା' ଗାଡ଼ିରେ ବସିଯାଇଥିଲା । ରଞ୍ଜୁକୁ ସେ ତା'ର ଘରପାଖରେ ଛାଡିଦେବ ବୋଲି ଉପେନ୍ଦ୍ର କହିଥିଲା । ମୁଁ ମଧ୍ୟ ମଧୁକୁ ଦେଖିବାକୁ ତାଙ୍କ କଲେଜକୁ ଯାଇଥିଲି । ମଧୁ ଯେତେବେଲେ ଉପେନ୍ଦ୍ର ଏଇସବୁ କଥା ଜାଣିପାରିଲା ସେ ଅତ୍ୟନ୍ତ ବିବ୍ରତ ହୋଇପଡ଼ିଥିଲା ଏବଂ ମୋ ସାହାଯ୍ୟ ଚାହିଁଥିଲା । ଆମେ ଉପେନ୍ଦ୍ର କାରକୁ ପିଛା କରିଥିଲୁ ଏବଂ ତା'ର ଗୋଟେ ସାଙ୍ଗଘର ପାଖରେ ତାକୁ ଆମେ ଧରିଲୁ । ସେଇଦିନଠାରୁ ଉପେନ୍ଦ୍ର ମୋତେ ଦେଖିଲେ ପାଗଲପରି

ହେଉଛି ଏବଂ ଜଣେ ପ୍ରଧାନ ଶତ୍ରୁ ଭଳି ବ୍ୟବହାର କରୁଛି । ମୁଁ ଭାବୁଛି ଏବେ ବୋଧେ ସେଇ ଘଟଣାର ପ୍ରତିଶୋଧ ନେବାକୁ ଚେଷ୍ଟା ଚଲେଇଛି ।'

"ଆଛା ମନୁ, ତୋ ବିଷୟରେ ଏ ସବୁ କଥା ଶୁଣି ତୁ କ'ଣ ଭାବୁଛୁ କହିଲୁ ?"

"ମୁଁ ଭାବୁଛି, ମୋର କିଛି ପରିବର୍ତ୍ତନ ହୋଇନି ।"

"ଆଛା ତୋ ପିତାମାତାଙ୍କ ପ୍ରତି ଏବେ ବି କ'ଣ ତୋ ମନୋଭାବରେ କିଛି ପରିବର୍ତ୍ତନ ହୋଇନି ?'

'ମୁଁ କିନ୍ତୁ ଆଗ ଅପେକ୍ଷା ଏବେ ତାଙ୍କୁ ଆହୁରି ଭଲ ପାଇଛି । ମୁଁ ତାଙ୍କୁ ଦେବତାଙ୍କ ପରି ପୂଜା କରେ ।'

"ତା'ହେଲେ ଏଇ ସମାଜପ୍ରତି ତୋର ଏତେ ଭୟ କାହିଁକି ? ଉପେନ୍ଦ୍ର ଅଧିକ କିଛି କ'ଣ କହିଲାକି ?"

"ସେ କହିଲା ଯେ, ମୁଁ କୁଆଡେ ଗୋଟେ ଅବିବାହିତ ଯୁବତୀର ସନ୍ତାନ ।'

"ସେକଥାଟା କିପରି ତୋତେ ଏତେ ଆଘାତ ଦେଲା ?"

"ମୁଁ ଟିକେ ଆଶ୍ଚର୍ଯ୍ୟ ଓ ବିଚଳିତ ହୋଇ ପଡ଼ିଥିଲି ।"

"ଆଛା ଯେଉଁ ମା' ମୋତେ ଜନ୍ମ ଦେଇଛି ତା' ଉପରେ ତୋର ଧାରଣା କ'ଣ ?"

"ତା' ପ୍ରତି ମୋର ସବୁ ସହାନୁଭୂତି ଅଛି ।"

"ମନେକର, ତୋ ସହିତ ତାଙ୍କର ସାକ୍ଷାତ୍ ହୋଇଗଲା ?"

"ମୁଁ ତାଙ୍କୁ ମୋ ମା' ରୂପରେ ଗ୍ରହଣ କରିବି ଏବଂ ଯେଉଁ ନିଷ୍ଠୁର ସମାଜ ସେହି ସ୍ନେହ,ଶ୍ରଦ୍ଧାରୁ ତାଙ୍କୁ ବଞ୍ଚିତ କରିଛି, ମୁଁ ତାଙ୍କୁ ସେତିକି ଦାନ କରି ଅତୀତ ଯନ୍ତ୍ରଣାକୁ ଭୁଲିଯିବାରେ ସାହାଯ୍ୟ କରିବି ଓ ଜୀବନର ଅନ୍ୟ ସମୟତକ ତାଙ୍କୁ ସୁଖୀ କରିବା ପାଇଁ ମୋ ପାରୁପର୍ଯ୍ୟନ୍ତ ଚେଷ୍ଟା କରିବି ।"

"ମନୁ ତୁ ମୋର ପ୍ରକୃତ ପୁତ୍ର । ମୁଁ ଯାହା ଆଶା କରିଥିଲି ତୁ ତାହା ପ୍ରକାଶ କରିଛୁ ।"

"ବୁଝିଲ ଦାଦା, ମୁଁ ତୁମର ପାଖେ ପାଖେ ଅଛି, ତୁମର ଆଶା-ଆକାଂକ୍ଷା,ନୀତି-ନିୟମ ଏବଂ ଆଦର୍ଶ ସବୁକିଛି ମୁଁ ଅନୁସରଣ କରୁଛି । ତୁମକୁ ମୁଁ ମୋର ଆଦର୍ଶ ରୂପେ ଗ୍ରହଣ କରିନେଇଥିବାରୁ ଅସମୟରେ ତୁମକୁ କିପରି ବା ମୁଁ ଛାଡିଚାଲିଯିବି ।'

"ବୁଝିଲୁ ମନୁ । ତୋ' ବାପା ଅତି ଉକ୍ଣ୍ଠାର ସହ ଅପେକ୍ଷା କରି ରହିଥିଲା ସେଇ ଗୁପ୍ତ ଘଟଣାରେ ଭାଗୀଦାର ହେବାପାଇଁ । ସେ ମଧ୍ୟ ପ୍ରସ୍ତୁତ ହୋଇ ରହିଛି ଠିକ୍ ସମୟରେ ତୁ ଯେମିତି ସେଇ ରହସ୍ୟ ଶୁଣିପାରିବୁ ।"

କିଛି ସମୟପରେ ଦେବ୍ କହିଲେ—"ଆଛା ତୋ ଜନ୍ମଦିନ କେବେ ହେବ ? ହଁ ମନେପଡ଼ିଲା, ଆର ମାସରେ । ସେଇଦିନ କୃଷ୍ଣ ତୋତେ ସବୁକଥା ଖୋଲି କହିବେ । ତା'ପରେ ସେମାନଙ୍କୁ ପିତାମାତା ରୂପେ ସମ୍ମାନ ଦେବୁ କି ନାହିଁ ତୋ ଦାୟିତ୍ୱ ?"

"ଦାଦା ମୋତେ ସେକଥା କୁହନା । ଏବେ ସେମାନେ ମୋର ମା' ବାପା, ଭବିଷ୍ୟତରେ ମଧ୍ୟ ସେମିତି ହୋଇରହିଥିବେ । ମୁଁ ସେମାନଙ୍କୁ ନେଇ ଗର୍ବ ଅନୁଭବ କରୁଛି; କାରଣ ମୁଁ ସେମାନଙ୍କର ଅଂଶ ବିଶେଷ ।"

"ସାବାସ୍ ଏତେବେଲେ ମୋ ପୁଅ ଠିକ୍ କହିଛି ।"

"ମୁଁ ତଥାପି ଜାଣିପାରୁନି ମୋ ବାପା କିଏ ?"

"ଆରେ ସେଥିରେ କ'ଣ ଅଛି, ଯୀଶୁଖ୍ରୀଷ୍ଟଙ୍କର ବାପା କିଏ ଦୁନିଆଁ ତ ଜାଣିନଥିଲା ।"

"ଏଇଟା ନିଷ୍ଠିତ ଯେ, କେତେକ ମା'ଙୁ ନିନ୍ଦା ଅପନିନ୍ଦା କରୁଥିବେ, ସେ ହଇରାଣ ହେଉଥିବେ କିମ୍ବ ଲୋକଲଜ୍ଜାର ଶରବ୍ୟ ହେଉଥିବେ ।" ଦେବ୍ ଏକଥା ଶୁଣି ସହିପାରିଲେନି । ସେ ମନ ଭିତରେ ଭାରୀ କଷ୍ଟ ଅନୁଭବ କରୁଥିଲେ । ସେ ଯନ୍ତ୍ରଣାରେ ଛଟପଟ ହେଉଥିଲା ପରି ମନେହେଉଥିଲା । ବର୍ତ୍ତମାନ ସେ ଅନୁଭବ କରିବାକୁ ଲାଗିଲେ ଯେ, ସେ ନିଜେ ତାଙ୍କ ଅସହାୟତାକୁ ଉପଲବ୍ଧି କରୁଛନ୍ତି । ତାହାଥିଲା ସମୟର ଏକ କୁଟିଲ ତଥା ନିଷ୍ଠୁର ପରିହାସର ମୁହୂର୍ତ୍ତ । ତାଙ୍କର ଆଦର୍ଶ, ଜୀବନ ସଂଗ୍ରାମର ବିଶ୍ୱାସ ସବୁକିଛି ଭାଙ୍ଗି ଏବେ ଛାରଖାର ହୋଇଯାଇଛି ଏବଂ ଯେଉଁ ମୁହୂର୍ତ୍ତ ଗୁଡ଼ିକ ତାଙ୍କ କ୍ଷମତାର ବାହାରକୁ ଦୂରେଇ ଯାଉଥିଲା । ଏ ପରିସ୍ଥିତିର ସେ ଥିଲେ ଏକମାତ୍ର ଅସହାୟ ଦେଖଣାହାରୀ ।

ନିଜ ଭାବନା ରାଜ୍ୟକୁ କିଞ୍ଚିତ ସଂଯମ କରି କହିଲେ— "ସେ ଜଣେ ଦେବୀ" । ଏଥିରେ ମନୁ ଅତ୍ୟନ୍ତ ଉକ୍ଷିତ ଓ ଆଶାବାଦୀ ହୋଇପଚାରିଲା— "ତୁମେ ତାଙ୍କୁ ଜାଣିଛ ? ସେ ଜୀବିତ ? ଟିକେ ଦୟାକରି ମୋତେ ତା' ବିଷୟରେ କହିଲ ।" ଦେବ୍ ସବୁକଥା ବୁଝିପାରି ଏବଂ ଏ ପରିସ୍ଥିତିରୁ ରକ୍ଷା ପାଇବେ ନାହିଁ ବୋଲି ଭାବି ଟିକେ ସୁଯୋଗ ଦେଇ କହିଲେ- "ମନୁ ଏ ବିଷୟରେ ଆଉ ଅଧିକ କିଛି ନ ପଚାରିବା ଭଲ । ତୁ ମୋତେ ବିଶ୍ୱାସ କର । ଯାହା ହେବାର କଥା ହେଇଯାଉ ।" ଏଥର ମନୁ ଟିକେ ବିଷର୍ଣ୍ଣ ବଦନରେ ଆଉ ଅଧିକ ବାଧ୍ୟ ନକରି କହିଲା — "ତୁମ ଇଚ୍ଛା ।"

ମନୁ ଏବଂ ଦେବ୍- ଦୁହେଁ ଦୀର୍ଘ ସମୟ ଧରି ନୀରବ ଓ ଚିନ୍ତାମଗ୍ନ ହୋଇ ବସି ରହିଲେ । ସେମାନଙ୍କ ମନରେ ପ୍ରତିବାଦର ସ୍ୱର ନଥିଲା ବରଂ ଦୁହିଁଙ୍କ ମଧ୍ୟରେ ଏକପ୍ରକାର

ଭଲ ବୁଝାମଣା ହୋଇଥିବାରୁ ପରସ୍ପର ପରସ୍ପରର ନିକଟତର ହେବାର ଜଣାଯାଉଥିଲା । ଅଳ୍ପ ସମୟପରେ ମନୁ ସେ ସ୍ଥାନ ଛାଡ଼ି ଚାଲିଗଲା । କକ୍ଷରେ ଜଳୁଥିବା ଆଲୋକକୁ ଦେବ୍ ଅସହ୍ୟ ମନେକରି ଭାବିଲେ ଯେ ଆଲୋକ ସତେ ଯେପରି ଏକ ଆଘାତପ୍ରାପ୍ତ ବାୟୁଣି ପରି ବାରମ୍ବାର ଆକ୍ରମଣ କରୁଛି ଯାହାର ଯନ୍ତ୍ରଣାରେ ସେ ଛଟପଟ ହେଉଛନ୍ତି । ମନୁ ଓ ମଧୁ ଦୁହିଁଙ୍କ ମଧ୍ୟରେ ବିଚ୍ଛେଦ ହୋଇଯିବକି ? ଏକଥା ଭାବି ସେ ଆଶ୍ଚର୍ଯ୍ୟ ହୋଇପଡ଼ିଲେ । ଉଠିପଡ଼ି ଆଲୁଅଟିକୁ ହଠାତ୍ ଲିଭେଇ ଦେଇ ବିଛଣାରେ ବସିପଡ଼ିଲେ ଏବଂ ଦୁଇ ଆଙ୍ଗୁଳିମଧ୍ୟରେ ନିଜ ମୁଣ୍ଡଟିକୁ ଲୁଚାଇ ରଖି ନିଜକୁ ନିଜେ ଅସ୍ପଷ୍ଟ ଭାବରେ କହିବାକୁ ଲାଗିଲେ— "ମନୁ, ମୋ ଜୀବନର ଗତିପଥ ଅସମ୍ପୂର୍ଣ୍ଣ ହୋଇ ରହିଲା । ମୁଁ ଭାବୁଛି ତୋ ଭାଗ୍ୟରେ ସେମିତି କିଛି ନଘଟୁ ।"

। ନଅ ।

ମଧୁକୁ ଉପହାର ଦେବା ପାଇଁ ଯେଉଁ ଲେଖାଗୁଡ଼ିକ କୁମାରୀ କିଣିଥିଲା ସେଗୁଡ଼ିକୁ ଆଉଥରେ ପରୀକ୍ଷା କରି ଦେଖୁଥିଲା । ଏ ସମୟରେ ଭୃତ୍ୟଟି ଆସି ବାହାରେ କିଏ ଜଣେ ଯୁବକ ଡାକୁଛି ବୋଲି କୁମାରୀକୁ ଖବରଦେଲା । ସେ ଯୁବକଟି କୃଷ୍ଣଙ୍କୁ ବୋଧେ ଦେଖିବାକୁ ଆସିଥିବ ଭାବି କୁମାରୀ ଭୃତ୍ୟକୁ ଆଉଥରେ ବୁଝି ଆସିବାକୁ କହିଲା । ସେ ଭୃତ୍ୟଟି ଠିକ୍ କରି କହିଲା—"ସେ ଆପଣଙ୍କୁ ସାକ୍ଷାତ କରିବାକୁ ଆସିଛି ।" ତେଣୁ କୁମାରୀ ଡ୍ରଇଂ ରୁମ୍‌କୁ ଗଲା ।

"ଏ ଅସମୟରେ ମୁଁ ଆପଣଙ୍କୁ ଅସୁବିଧାରେ ପକେଇଛି । ମୋତେ କ୍ଷମା କରିଦେବେ । ମୁଁ କେବଳ ଆପଣଙ୍କ ପାଇଁ ଆସିଛି ।" ଯୁବକଟି କହିଲା ।

"ଆପଣଙ୍କ ନାଁ କ'ଣ ?"

"ଉପେନ୍ଦ୍ର", ମଧୁ ସାଙ୍ଗରେ ମୁଁ ବହୁଥର ଆପଣଙ୍କ ଘରକୁ ଆସିଛି । ଆମେ ଦୁହେଁ ଏକା ଶ୍ରେଣୀରେ ପଢ଼ୁ ।"

"ହଁ, କ'ଣ କହିବାକୁ ଚାହାଁନ୍ତି ?"

"ଆଚ୍ଛା ଆପଣ ମଧୁର ବିବାହ ଠିକ୍ କରି ଆସିଛନ୍ତି ?"

"ବାହାଘର ପାଇଁ ସବୁ କିଛି ଆୟୋଜନ ସରିଲାଣି, କେବଳ ବିବାହ ଉତ୍ସବ ଅନୁଷ୍ଠିତ ହେବ ।"

"ମୁଁ ଏବେ ମଧୁର ସାଙ୍ଗ, ତେଣୁ ତା'ର ସୁଖମୟ ଭବିଷ୍ୟତ ଆଶା କରୁଛି ।"

"ଆଚ୍ଛା, ଆପଣ ଯାହା କହିବା କଥା ଖୋଲି କହୁନାହାଁନ୍ତି କାହିଁକ ?"

"ଏଥିରେ ମୋର କିଛି କହିବାର ନାହିଁ । ମୁଁ କେବଳ ମଧୁର ସୁଖ ଚାହେଁ ।"

"ଆପଣ ଯାହା କହିବାକୁ ଚାହାନ୍ତି ଦୟାକରି ସ୍ୱଷ୍ଟ ଭାବେ କୁହନ୍ତୁ । ମୁଁ ଆପଣଙ୍କର କିଛି ଅନ୍ୟ ଉଦ୍ଦେଶ୍ୟ ଅଛି ବୋଲି ସନ୍ଦେହ କରୁନାହିଁ ।" କୁମାରୀ ଟିକେ ଅଧୈର୍ଯ୍ୟ ହୋଇ ଏକଥା କହିଲା ।

"ମୁଁ ଚାହେନା, ସେ ଜଣେ ଲୋଫର ବା ଜାରଜକୁ ବିବାହକରୁ । ଆପଣଙ୍କର ଗୌରବମୟ ବଂଶ ତଥା ଆଭିଜାତ୍ୟପୂର୍ଣ୍ଣ ପରିବାରରେ ତା'ର ବିବାହକୁ ମୁଁ ଗ୍ରହଣ କରିପାରୁନାହିଁ । ଏକଥା ମୁଁ କେବେ ବି ବରଦାସ୍ତ କରିପାରିବିନି ।"

"ହଁ, ମୁଁ ଖୁବ୍ ଧୀର ସ୍ଥିର ଭାବରେ ଆପଣଙ୍କ କଥା ଶୁଣୁଛି । କିନ୍ତୁ ଆପଣ ଏଭଳି କଠୋର, କର୍କଶ ଭାଷା କାହିଁକି ବ୍ୟବହାର କରୁଛନ୍ତି ?"

"କାରଣ ମୁଁ ଜାଣିଛି, ତା' ବିଷୟରେ ଆପଣ କିଛି ଜାଣିନାହାଁନ୍ତି ।"

"ଆଚ୍ଛା କିଛି ପ୍ରମାଣ ଦେଇପାରିବେ ?"

"ହଁ, ଶେଠ କୃଷ୍ଣଲାଲଙ୍କର ପ୍ରକୃତ ପୁଅ ମନୁ ନୁହେଁ । ସେ ଜଣେ ପାଲିତ ।"

"ଧରନ୍ତୁ, ଆପଣଙ୍କ କଥାଟା ସତ । ତେବେ ମନୁର ଯେଉଁ ସମ୍ପର୍କ ଅଛି ସେଥିରେ ଅସୁବିଧା କେଉଁଠି ରହିଲା ? ଶେଠ୍ ଜୀ ମନୁକୁ ତା' ଜନ୍ମଦିନରୁ ଲାଳନ ପାଳନ କରି ଆସୁଛନ୍ତି ଏବଂ ସେ ସବୁବେଳେ ତାଙ୍କୁ ନିଜର ପୁଅ ହିସାବରେ ଦେଖ ଆସିଛନ୍ତି ।" କୁମାରୀ ଗମ୍ଭୀର ହୋଇ ଖୁବ୍ ଆମୃବିଶ୍ୱାସ ସହିତ ପ୍ରକାଶ କଲା ।

"ହଁ ସେ ଯଦି ଗୋଟେ ଗରିବ ଓ ଅବୈଧ ହୋଇଥାନ୍ତା କଥାଟା ଭିନ୍ନ ହୋଇଥାନ୍ତା । କିନ୍ତୁ ସେ ଜଣେ ଅବିବାହିତ ଯୁବତୀର ସନ୍ତାନ । ସେ ଏବେ ବି ବଞ୍ଚିଛି । ମନୁର ବାପା ମଧ୍ୟ ବଞ୍ଚିଛନ୍ତି । ମୁଁ ସେ ସ୍ତ୍ରୀଲୋକଟିର ନାଁ ଜାଣିନି କିନ୍ତୁ ଆପଣ ଯଦି ଚାହାଁନ୍ତି ତେବେ ତା' ବାପାଙ୍କ ନାମ କହିପାରେ ।"

"ତାଙ୍କ ନାଁ କ'ଣ ?"

"ଡାକ୍ତର ଦେବ୍"

"କିଏ ?" କୁମାରୀ ଅତ୍ୟନ୍ତ ବିଚଳିତ ହୋଇ ନିଜକୁ ବି ବିଶ୍ୱାସ କରିପାରିଲେନି ।

"ମନୁର ମା' ଯେତେବେଳେ ଅନ୍ତସତ୍ତା ଥିଲେ ଦେବ୍ ମେଡିକାଲ ପଢୁଥିଲେ । ତା' ପିତାମାତା ବିବାହ ପାଇଁ ଅନୁମତି ଦେଇନଥିଲେ । ବିବାହ ପୂର୍ବରୁ ତା'ର ଯେଉଁ ସନ୍ତାନଟି ଦେବ୍ଙ୍କ ଔରସରୁ ଜନ୍ମ ହେଲା ତାକୁ ହସ୍ପିଟାଲକୁ ପଠାଇ ଦିଆଯାଇଥିଲା ଏବଂ ତାକୁ ଜଣେ ଧନାଢ୍ୟ ଲୋକର ସନ୍ତାନ ସହ ଖୁବ୍ ତରବରିଆ ଭାବରେ ବିବାହ କରାଇ ଦିଆଯାଇଥିଲା । ଏହାପରେ ଦେବ୍ ଖୁବ୍ ଚତୁରତାର ସହ ଗୁପ୍ତଭାବରେ ସେ ପିଲାଟିକୁ ତାଙ୍କ ବନ୍ଧୁ କୃଷ୍ଣଲାଲଙ୍କୁ ଅର୍ପଣ କରିଥିଲେ ଯାହାଙ୍କର କୌଣସି ସନ୍ତାନ ସନ୍ତତି ନଥିଲେ ।"

ଏସବୁ କଥା ଶୁଣି କୁମାରୀ ଗଭୀର ଭାବରେ ଚିନ୍ତାମଗ୍ନ ହୋଇପଡ଼ିଥିଲେ । ଉପେନ୍ଦ୍ର ପୁଣି କହିଲା—"ହୁଏତ ଆପଣ ମୋତେ ବିଶ୍ୱାସ କରି ନପାରନ୍ତି କିନ୍ତୁ ଏଇ ଯେଉଁ ଘଟଣାଗୁଡ଼ିକ ଘଟିଯାଇଛି ସେଗୁଡ଼ିକ ହସ୍ପିଟାଲର ଜଣେ ନର୍ସକୁ ଭଲ ଭାବରେ ଜଣାଅଛି, ଯିଏ ଦିନେ ଦେବ୍ ଅନ୍ୟ ଜଣେ ଡାକ୍ତରଙ୍କୁ କହୁଥିଲାବେଲେ ସବୁ କଥା ଶୁଣିପାରିଛି । ସେ ନର୍ସଟି ମୋ ମା'ର ଦେହ ଖରାପ ଥିଲାବେଲେ ଡାକ୍ତରଖାନାରେ ତା'ର ଚିକିସା ଦାୟିତ୍ୱ ନେଇଥିଲେ । ମୋ ମାମୁଙ୍କର ସନ୍ତାନ ନଥିବାରୁ ସେ ଗୋଟିଏ ପିଲାକୁ ପୋଷ୍ୟପୁତ୍ର କରିବାକୁ କହିଥିଲେ । ସେ ନର୍ସଟି ତାଙ୍କୁ କଥା ଦେଇଥିଲା ଦେବ୍ଙ୍କ ପୁଅକୁ ତାଙ୍କୁ ଦେଇ ସାହାଯ୍ୟ କରିବ ବୋଲି । କିନ୍ତୁ ତା'ପରଦିନ ଦେଖିଲାବେଲକୁ ସେ ପିଲାଟି ରହସ୍ୟଜନକ ଭାବରେ ଅନ୍ତର୍ଦ୍ଧାନ ହୋଇଯାଇଛି । ଯଦିଓ ଏସବୁ ଘଟଣା ଘଟିଲାବେଲେ ମୁଁ ଅତି ଛୋଟପିଲା ଥିଲି, ତଥାପି ମୁଁ ସେ ନର୍ସକୁ ସେକଥା ବାହାରେ ପ୍ରକାଶ ନକରିବାକୁ ତାଗିଦ୍ କରିଥିଲି ।"

ଉପେନ୍ଦ୍ର ସେ ସ୍ଥାନ ଛାଡ଼ି ଗଲାବେଲକୁ କୁମାରୀ କେମିତି ଦ୍ୱନ୍ଦ୍ୱରେ ପଡ଼ିଯାଇଥିଲା, ତଥାପି ସେ ଭାରି ଖୁସି ଥିଲା ।

। ଦଶ ।

ଦେବ୍ଙ୍କ ବଡ଼ ଆକାରର ଫଟୋଟିକୁ କୁମାରୀ ଚାହିଁ ରହିଥିଲା । ବିଶେଷକରି ତାଙ୍କର ସେ ହସହସ ମୁହଁଟି ତା' ମନକୁ ବହୁ ପରିମାଣରେ ଆକର୍ଷଣ କରିଥିଲା ।

"ବୁଢ଼ୁଲ ଦେବ୍, ତୁମେ ସବୁବେଲେ ନିଜ ଜୀବନର ରହସ୍ୟଭରା ରୋମାଞ୍ଚକାହାଣୀଗୁଡ଼ିକୁ ଏପର୍ଯ୍ୟନ୍ତ ଲୁଚାଇ ରଖିଛ । କିନ୍ତୁ, ଆଜି ସେ ସବୁ ମୋ ଆଗରେ ପ୍ରକାଶିତ । ତୁମେ ଦିନେ କହିଥିଲ ନା ଯେ ତୁମେ ଯାହାକୁ ଭଲ ପାଉଛ ସେ ତୁମ ମାନସପଟରେ ଏଯାଏଁ ଜୀବିତ ବୋଲି ? ସେହି ପ୍ରେମକୁ ତୁମେ ଲୁଚାଇ ରଖିଲ ମୋ ଠାରୁ ସ୍ମୃତିର ଏକ ଖଣ୍ଡ ବୋଲି କହି । ତାହାର ପ୍ରକୃତ ଇତିହାସ ମୋ ଆଗରେ ପ୍ରକାଶ କରିବାକୁ ତୁମେ କୁଣ୍ଠାବୋଧ କରୁଥିଲ । କିନ୍ତୁ ଆଜି ମୁଁ ନିଜେ ଆବିଷ୍କାର କରିପାରିଛି ସେ ପ୍ରେମର ସ୍ମୃତିମୟ କାହାଣୀ । ତୁମ ପ୍ରତି ମୋର ଯେଉଁ ଅଯାଚିତ ସ୍ନେହ ଓ ସାଧନା ସେ ସବୁକୁ ତୁମେ ପାଦରେ ଠେଲି ଦେଇଛ ଏବଂ ମୋ ପ୍ରେମ ସହ ତୁମେ ତାଳ ଦେଇ ଚାଲିବାକୁ ଅନିଚ୍ଛା ପ୍ରକାଶ କରିଛ । ଆଜି ମୁଁ ସେ ସବୁର ବିବରଣୀ ଟିକିନିଖି ଭାବରେ ଜାଣିପାରିଛି । ତୁମରି ଔରସରୁ ଜାତ ମନୁ ଯିଏକି ସତ୍ ପ୍ରେମର ଜୀବନ୍ତ ପ୍ରତୀକ, ମୋ ନିଜର ହେବାକୁ ଯାଉଛି ।" ସେ ସୋଫା ଉପରେ ବସି ପଡ଼ି ନିଜକୁ ନିଜେ ଏହିଭଲି କହିବାକୁ ଲାଗିଲେ । "ଦେବ୍ ତୁମେ ପ୍ରକୃତରେ ଜଣେ ସ୍ୱର୍ଗଦୂତ । ପ୍ରେମର ଧାରାକୁ

ତୁମେ ଯେଉଁ ଭାବରେ ରୂପ ଦେଇଛ ତାହା ଏଇ ମରଣଶୀଳ ସଂସାର ପ୍ରତି ଏକ ବିରାଟ ଆଦର୍ଶ । ତୁମେ ତୁମ ଜୀବନର ସବୁକିଛି ଜଳାଞ୍ଜଳି ଦେଇପାରିଛ ସେଇ ଅମର ପ୍ରେମକୁ ରୁଦ୍ଧିମନ୍ତ କରିବା ପାଇଁ । ସେ ସ୍ତ୍ରୀଲୋକଟି ମଧ୍ୟ ଜଣେ ଦେବୀ ସଦୃଶ । କି ଭାଗ୍ୟବତୀ ସିଏ, ତୁମ ପ୍ରେମାଶ୍ରିତ ପବିତ୍ର ଜାହ୍ନବୀ ଧାରାକୁ ଲାଭକରି । ଅନ୍ୟ କେହି କେବେ ଏ ପ୍ରକାର ଉତ୍ସର୍ଗ କରିପାରି ନଥାନ୍ତା । ତୁମଠାରୁ ଓ ସେ ସନ୍ତାନଠାରୁ ଦୂରେଇ ଯିବାଟା ବିଧିର ଉପହାସ ନୁହେଁ ତ ଆଉ କଣ ?" କିଛି ସମୟ ରହି ପୁଣି ସେ କହିଲା–"ଦେବ୍ ତୁମେ ଯଦି ସେ ସ୍ତ୍ରୀଲୋକ ବିଷୟରେ କିଛି ମୋତେ ସଦେଶ ଦିଅ ମୁଁ ଯାଇ ସେ ରହୁଥିବା ପବିତ୍ର ଭୂମିକୁ ଆଲିଙ୍ଗନ କରି ଚୁମ୍ବନ ଦେବି । ମୁଁ ତାଙ୍କୁ ପୂଜା କରିବି । ମୁଁ ତାଙ୍କୁ କହିବି ଯେ, ସେ ପ୍ରକୃତରେ ଭାଗ୍ୟବତୀ ଯେ କି ଜଣେ ପ୍ରକୃତ ପ୍ରେମିକର ସାନ୍ନିଧ୍ୟ ଲାଭ କରିପାରିଛି ଏବଂ ଯିଏ ଏଯାଏଁ ତାହାରି ହୋଇ (ଆଉ କାହାରି ନୁହେଁ) ରହିପାରିଛି ।"

କୁମାରୀ କିଛି ସମୟ ନୀରବ ରହିଥିଲା ଏବଂ ତା'ପରେ ଆନନ୍ଦରେ ଉଲ୍ଲସିତହୋଇ ପୁଣି ଓଠ ଦୁଇଟି ତା'ର ଖୋଲିଯାଇଥିଲା–"ଉପେନ୍ଦ୍ର ଭାବିଥିଲା ମନୁକୁ କଳଙ୍କିତ କରିବ ବୋଲି । ସେ ଜାଣିନାହିଁ ଯେ ସେ ମୋ ଆଗରେ କେତେ ଉର୍ଦ୍ଧ୍ୱରେ । ମୁଁ ମଧୁକୁ କହିବି ଯେ ମନୁ ଗୋଟେ ସାଧାରଣ ଲୋକର ସନ୍ତାନ ନୁହେଁ । କିନ୍ତୁ, ସେ ଜଣେ ସ୍ୱର୍ଗଦୂତର ସନ୍ତାନ । ଦେବ୍‌ର ପୁଅକୁ ବିବାହ କରୁଥିବାରୁ ମଧୁ ପ୍ରକୃତରେ ଗୋଟେ ଭାଗ୍ୟବତୀ । ଏହି ସମୟରେ ବାହାର କବାଟରେ କିଛି ଶବ୍ଦ ଶୁଭିଲା । କୁମାରୀ ଅଳ୍ପ ଆଶାବାଦୀ ହୋଇଥିଲା କାହାର ଏ ଶବ୍ଦ ହୋଇପାରେ । କ'ଣ ସେ କିଛି ଆଶା ନା ନୈରାଶ୍ୟ ଘେନି ଆସିଛି । ଖୁବ୍ ସତର୍ପଣରେ ସେ କବାଟ ଖୋଲିଲା । ଦେଖେତ ଦେବ୍ ଆସି ଉପସ୍ଥିତ । ତାଙ୍କ ମୁଖମଣ୍ଡଳ କେମିତି ଏକ ବିଷର୍ଣ୍ଣତାରେ ପରିପୂର୍ଣ୍ଣ । ଉଦ୍ଦେଶ୍ୟ ବୋଧେ କୁମାରୀର ମନ ପରୀକ୍ଷା କରିବା ପାଇଁ । କୁମାରୀ କିନ୍ତୁ ଅନ୍ୟପକ୍ଷରେ ଖୁବ୍ ଖୁସିଥିଲା । ଦେବ୍ ଅପେକ୍ଷା କରିଥିଲା ଯେ, କୁମାରୀ କିପରି ସତ୍ୟତା ପ୍ରକାଶରେ ପ୍ରତିକ୍ରିୟା ସୃଷ୍ଟି କରୁଛି । କିନ୍ତୁ କେବେହେଲେ ସେ କୌଣସି ପ୍ରକାର ଅସୁବିଧା ଜନକ ପ୍ରଶ୍ନ ପଚାରିନଥାନ୍ତି । କୁମାରୀ ନିଜଆଡୁ ବଡ ଆଶାବାଦୀ ହୋଇକହିଲା–"ବିବାହ ସମୟ ଆହୁରି ମାସେ ବାକି ଅଛି । ଏହା ବହୁତ ଦିନ କହିଲେ ଚଳେ । ମୁଁ ଭାବୁଛି ମନୁକୁ ଯେତେଶୀଘ୍ର ହେଉନା କାହିଁକି ମୋ ପୁଅ ରୂପେ ଗ୍ରହଣ କରିନେବି — ତୁମ ପୁଅ, ମୋ ପୁଅ ହେବ । ସେଥିରେ ଆଉ ଭାବିବାର କଣ ଅଛି ।"

ଦେବ୍ ଯଦିଓ ଏଥିରେ ଆଷ୍ଚର୍ଯ୍ୟ ହୋଇଯାଇଥିଲେ, ତଥାପି ଭାରି ଖୁସି ଜଣାପଡୁଥିଲେ । କୁମାରୀ କିପରି ସେ କଥା ଜାଣିଲା ସେ ବିଷୟରେ କୌଣସି ପ୍ରଶ୍ନ ବି ପଚାରିନଥିଲେ ।

। ଏଗାର ।

ମାସେ ଚାଲିଗଲାପରେ ମଧୁ ଓ ମନୁଙ୍କର ବିବାହ ଉତ୍ସବ ଅନୁଷ୍ଠିତ ହୋଇଥିଲା । ସେମାନେ ଯେତେବେଳେ ବିଭିନ୍ନ ରଙ୍ଗର ଫୁଲରେ ସଜ୍ଜିତ କାରରେ ବସି ବିଦାୟ ନେଲେ ସେତେବେଳେ କୁମାରୀ ମନରେ ଏକ ଅପୂର୍ବ ଉନ୍ମାଦନା ଜାଗି ଉଠିଥିଲା । ସେ ଖୁବ୍ ଖୁସୀ ଥିଲା ।

ମଧୁ ଓ ମନୁ କୃଷ୍ଣଙ୍କର ଘରେ ପହଞ୍ଚି ଦେବ୍‌ଙ୍କ ପାଦ ଛୁଇଁଥିଲେ । ଦେବ୍ ଯେତେବେଳେ ନବ ଦମ୍ପତିଙ୍କୁ ଆଶୀର୍ବାଦ ଦେଇଥିଲେ ତାଙ୍କର ଆଖିଗୁଡ଼ିକ ଲୋତକାପ୍ଲୁତ ହୋଇଯାଇଥିଲା । ସେ ଅନୁଭବ କରିଥିଲେ ସତେ ଅବା ମମତା ତାଙ୍କ ପାଖରେ ଠିଆ ହୋଇଯାଇଛି ଏବଂ ତା'ର ଓ ତାଙ୍କର ଦୁଇଜଣଙ୍କର ହାତ ଏକାଠି ମିଶିଯାଇଛି ।

ମନୁ ଯେ ତା' ରକ୍ତର ତା' ନୁହେଁ, ସେ ମଧ୍ୟ ମମତାର ।

। ବାର ।

ରାତି ଏଗାରଟା । ଦେବ୍ ଖାଇବାକୁ ଯାଉଥିଲେ । ଏ ସମୟରେ କବାଟ ଖୋଲି ମନୁ ହଠାତ୍ ତାଙ୍କ କୋଳକୁ ଡେଇଁ ପଡ଼ିଲା । ଅତି ଆପଣାର ଭାବେ ମନୁ ଡାକିଲା –

'ଡ୍ୟାଡି'

ଦେବ୍ ଏଥିରେ ଅତ୍ୟନ୍ତ ବିବ୍ରତ ହୋଇପଡ଼ି ଭାବିଲେ- "ମନୁ ମଧ୍ୟ ଏହା କିପରି ଜାଣିଲା ?"

'ଡ୍ୟାଡି ତୁମେ ସବୁ କିଛି ତୁମ ସମ୍ପର୍କରେ ମୋଠାରୁ ଲୁଚାଇ ରଖିଥିଲ । ଆଉ ଅଧିକ ଦିନ ଏହା ରଖି ପାରିବ ନାହିଁ ।" ମନୁ କାନ୍ଦକାନ୍ଦ ହୋଇ ଉଠିଥିଲା । ଦେବ୍ କିନ୍ତୁ କିଛି କହିପାରି ନଥିଲେ । କେବଳ ମନୁର ପିଠିଟାକୁ ପିତୃ ସ୍ନେହରେ ଆଉଁଷି ଥିଲେ ।

"ଡ୍ୟାଡି, ତୁମେ ଖୁବ୍ ଭଲ । ତୁମେ ତୁମର ସମଗ୍ର ଜୀବନର ସୁଖ ସୁବିଧାକୁ ଜଳାଞ୍ଜଳି ଦେଇଛ । ସମାଜର ନିୟମ କାନୁନ ହୁଏତ ତୁମକୁ ଏଯାଏଁ ଜଣେ ସ୍ୱାମୀ ଓ ପିତା ହିସାବରେ ସ୍ୱୀକୃତି ଦେଇନି । କିନ୍ତୁ ସେହି ନିୟମ କାନୁନଗୁଡ଼ିକ ଅତି କ୍ଷୁଦ୍ର ମାନବ ପାଇଁ ଉଦ୍ଦିଷ୍ଟ ଆଉ କୌଣସି ପିତା ଏଭଳି କର୍ତ୍ତବ୍ୟ କରିନାହାଁନ୍ତି ।"

ଦେବ୍ ଏହାଶୁଣି ଗୋଟେ ମାର୍ବଲ ଷ୍ଟାଚ୍ୟୁ ଭଳି ରହିଥିଲେ । ବର୍ତ୍ତମାନ ଟିକିଏ ସତେଜ ହୋଇ ଉଠିଲେ । ଚକ୍ଷୁ ଦୁଇଟିରୁ ଝରିଆସୁଥିବା ଲୁହ ସମ୍ବରଣ କରିବା ପାଇଁ ଚେଷ୍ଟାକଲେ । କିନ୍ତୁ, ପାରିଲେନି । ଜୀବନରେ ପ୍ରଥମ ଥର ପାଇଁ ସେ କାନ୍ଦିବାକୁ ଆରମ୍ଭ କଲେ ।

'ଆଚ୍ଛା ମନୁ, ତୋତେ ଏସବୁ କିଏ କହିଛି କହିଲୁ ?"

"ଶେଠ୍ ଜୀ ନିଜେ ମୋତେ ଏହା କହିଛନ୍ତି । ତୁମେ ଜାଣ ଆଜି ମୋର ପଚିଶତମ ଜନ୍ମଦିନ ଠିକ୍ ଏଇ ଘଣ୍ଟାକ ଆଗରୁ ମୋତେ ଡାକି ସେ କହିଲେ ଯେ, ଦେବ୍ ତାଙ୍କ ଜୀବନକୁ ତୋ'ରିପାଇଁ ଜଳାଞ୍ଜଳି ଦେଇଛନ୍ତି । ସେ ତୋତେ ଖୁବ୍ ଭଲ ପାଆନ୍ତି; କିନ୍ତୁ କେବେହେଲେ ତୋତେ ତାଙ୍କର ପୁଅ ବୋଲି ସମ୍ବୋଧନ କରିନାହାଁନ୍ତି । ମୋ ପାଇଁ ତୁ ସବୁକିଛି । ମୁଁ ଆଶାକରୁଛି, ତୁ ମୋ ପାଖରୁ ଦୂରେଇ ଯିବୁ ନାହିଁ । ଆଉ ମଧ ଦେବ୍ ଙ୍କୁ କେବେହେଲେ ତୋ ସ୍ନେହ, ସହାନୁଭୂତି ଓ ସମ୍ମାନରୁ ବଞ୍ଚିତ କରିବୁ ନାହିଁ ।"

ଏହାଶୁଣି ଦେବ୍ କହିଲେ—"କୃଷ୍ଣ ପ୍ରକୃତରେ ଜଣେ ମହାନ୍ ।" ଦେବ୍ ଓ ମନୁ– ଦୁହେଁ ଉଭୟଙ୍କୁ ଧରି ବସି ରହିଲା ପରେ ମନୁ ପଚାରିଲା – "ଡ୍ୟାଡି, ତୁମେ ମୋତେ ତୁମର ଜୀବନ ଇତିହାସ ସମ୍ବନ୍ଧରେ କିଛି କହିବନି ?"

ଦେବ୍ ହସିଦେଇ କହିଲେ –'୧୯୭୪ ମସିହା । ମୁଁ ସେତେବେଲେ ମେଡିକାଲରେ ପଢୁଥିଲି । ଖରାଛୁଟି କଟାଇବା ପାଇଁ ମୁଁ ଯାଇଥିଲି 'ପହେଲ ଗାଁ' । ମୋ ବସାଟା ଠିକ୍ ତା' ବସାଠାରୁ ଅଛ ଦୂର ଥିଲା । କ୍ରମେ ଆମେ ପରସ୍ପର ଏକାଠି ବାସକରି ରହିଲୁ ଏବଂ ପ୍ରେମ ବନ୍ଧନରେ ବାନ୍ଧି ହୋଇଗଲୁ । ସେ ଥିଲା ଗୋଟେ ଧନି ଘରର ଝିଅ, କିନ୍ତୁ ମୋର ପାରିବାରିକ ଅବସ୍ଥା ସ୍ୱଚ୍ଛଳ ନଥିଲା । ତଥାପି ଧନି ଆଉ ଦରିଦ୍ର ମଧ୍ୟରେ ଯେଉଁ ବିଭେଦ ଥାଏ, ତାହା କୌଣସି ପ୍ରକାରେ ଆମ ସମ୍ପର୍କରେ ବ୍ୟାଘାତ ସୃଷ୍ଟି କରିନଥିଲା ।"

ଦେବ୍ ପୁଣି କହିଲେ – "ସେ ସମୟତକ ଆମେ ଏକାଠି ରହିଥିଲୁ । ଜଙ୍ଗଲ ଆଡେ ଖେଳିବାକୁ ଯାଉଥିଲୁ । ଝରଣା ଓ ହ୍ରଦରେ ପହଁରିବା ଠାରୁ ଆରମ୍ଭ କରି ହାତ ଧରାଧରି ହୋଇ ଆମେ ବୁଲାବୁଲି କରୁଥିଲୁ । ଆମେ କେବେହେଲେ ଭାବିନଥିଲୁ ଯେ, ଆମେ ପରସ୍ପର ଠାରୁ ଦିନେ ଅଲଗା ହୋଇଯିବୁ । ଚନ୍ଦନ ପୋଲ ଉପରେ ତାଙ୍କର ଠିଆ ହେବାର ବହୁତ ଗୁଡାଏ ଫଟୋ ମୁଁ ମଧ ଉଠାଇଛି ଏବଂ ସେଇ ଫଟୋଗୁଡ଼ିକରେ ସେ ଠିକ୍ ଏକ ବରଫର ଦେବୀ ପରି ମନେହେଉଥିଲେ । ତାଙ୍କ ନାଁଟା ଉଚ୍ଚାରଣ କରିବାକୁ ମୋତେ ପ୍ରଥମେ ଖୁବ୍ ଅସୁବିଧା ହୋଇଥିଲା ଏବଂ କ୍ରମଶଃ ତା'ର ସ୍ନେହ, ଶ୍ରଦ୍ଧା ଓ ଭକ୍ତିରେ ମୁଁ ଏପରି ଭାବରେ ମଜ୍ଜିଯାଇଥିଲି ଯେ ଗୋଟିଏ ପଶୁକୁ ଯେପରି ମନାଯାଏ ମୁଁ ମଧ ସେପରି ଆସ୍ତେ ଆସ୍ତେ ମନି ଯାଇଥିଲି ଏବଂ ସେ ସ୍ୱ ଇଚ୍ଛାରେ ନିଜକୁ ମମତା ବୋଲି ପରିଚୟ ଦେବାକୁ ଲାଗିଲା ।" ଲୋତକାପୂତ ଚକ୍ଷୁ ଦୁଇଟିକୁ ମନୁଠାରୁ ଦୂରେଇ

ନେଇ ଦେବ୍ ପୁଣି କହିଲେ — "ଆମର ଅପରିପକ୍ ଓ ଯୁବସୁଲଭ ସମ୍ପର୍କର ପ୍ରେମ ଦରବାରରେ ଆମେ ନିଜେ ନିଜଙ୍କୁ ପତିପତ୍ନୀ ରୂପେ ଈଶ୍ୱରଙ୍କ ଆଗରେ ଗ୍ରହଣ କରିନେଇଥିଲୁ । ତଥାପି ଆମେ ଭୁଲି ଯାଇଥିଲୁ ଯେ, ଦୁନିଆଁ ଆଗରେ ଆମେ ଅବିବାହିତ ବୋଲି । ମମତା ଅନ୍ତଃସତ୍ତ୍ୱା ଥିଲା ଏବଂ ତା'ର ପିତାମାତା ଆମ ବିବାହକୁ ପ୍ରତ୍ୟାଖ୍ୟାନ କରିଥିଲେ । ସେ ଯେକୌଣସି ତ୍ୟାଗ କରିବାକୁ ପ୍ରସ୍ତୁତ ଥିଲା । କିନ୍ତୁ ତା' ପିତାମାତା ମୋ ସହିତ ସାକ୍ଷାତ କରିବାକୁ ଅନୁମତି ଦେଇନଥିଲେ । ଏ ଅବସ୍ଥାରେ ମୁଁ ଦିନେ ଗୋଟିଏ ସମ୍ବାଦ ପାଇଲି ଯେ, ମୁଁ କୁଆଡେ ମମତାର ଜୀବନ ସବୁଦିନ ପାଇଁ ନଷ୍ଟ କରିଦେଇଛି ଏବଂ ମୋଭଳି ଏକ ଦରିଦ୍ର ଯୁବକଙ୍କୁ ବିବାହ କରିବାକୁ ସେ ଅନିଚ୍ଛୁକ ।"

ଆଖିରୁ ଅଶ୍ରୁମୋଚନ କରି ଦେବ୍ ପୁଣି କହିଲେ—"ଠିକ୍ ତୁ ଜନ୍ମହେଲା ବେଳକୁ ମୋତେ ହସ୍ପିଟାଲ ପଠାଇ ଦିଆଯାଇଥିଲା । ମୁଁ ଅତ୍ୟନ୍ତ ମର୍ମାହତ ଓ ଅସହାୟ ମନେକରୁଥିଲି । ତା'ପରେ ଡାକ୍ତରଙ୍କୁ ସାକ୍ଷାତ କରି ସବୁ ଘଟଣା ଜଣାଇଥିଲି । ସେ ଖୁବ୍ ଶାନ୍ତ, ଦୟାଶୀଳ, ଉତ୍ତମ ବୁଝାମଣାର ବ୍ୟକ୍ତି ଥିଲେ । ତା'ପରେ ତୋତେ ହସ୍ପିଟାଲରୁ ନେଇ ମୋର ବନ୍ଧୁ ଯାହାଙ୍କର କୌଣସି ସନ୍ତାନ ସନ୍ତତି ନଥିଲେ କୃଷ୍ଣଙ୍କୁ ତୋତେ ଅର୍ପଣ କରିଥିଲି । ତୋ ମା'ଙ୍କ ବ୍ୟତୀତ ମୁଁ ଆଉ ସବୁକଥା ତାଙ୍କୁ ଜଣେଇଥିଲି ।"

ମନୁ ଟିକେ ଆଶାବାଦୀ ହୋଇ ପଚାରିଲେ— "ମୋତେ ତାଙ୍କ ଠିକଣା ବିଷୟରେ କହିବନି ?"

'ନା ମନୁ, ଏଇଟା ସବୁଦିନ ପାଇଁ ଅଜଣା ଥାଉ ।'

"କାହିଁକି ?"

'ତା'ର ପିତାମାତା ଆମକୁ ଉପେକ୍ଷା ଓ ବେଖାତିର କରି ଏକ ଧନି ଘରେ ବିବାହ କରିଥିଲେ । ମୁଁ ସେଦିନଠାରୁ ତାକୁ ଦ୍ୱିତୀୟ ଥର ପାଇଁ ଦେଖିନାହିଁ ।'

'ଆଚ୍ଛା ତାଙ୍କ ବିଷୟରେ ତୁମେ ଜାଣିଛ କି ?'

"ଖୁବ୍ ଅଳ୍ପ, ତୁ ପିଲାଥିଲାବେଳେ କୃଷ୍ଣ ତୋର ଦେଖାଶୁଣା ପାଇଁ ଜଣେ ଧାଇ ନିଯୁକ୍ତ କରିଥିଲେ । ସେ ମଧ୍ୟ ମମତା ଘରେ କାମ କରୁଥିଲା । ସେ କହିଥିଲା ମମତାର ଗୋଟେ ଝିଅ ହୋଇଥିଲା ଏବଂ ତାର ନାମ ଦେଇଥିଲା ରଞ୍ଜୁ । ତାକୁ କାହିଁକି ରଞ୍ଜୁ ନାମ ଦେଇଥିଲା ସେ କଥା ମୁଁ ଜାଣେ । ଗାଁରେ ଆମେ ଥିଲାବେଳେ ସେ ମୋତେ କହିଥିଲା ଯେ, ପ୍ରଥମ ପିଲାଟିର ନାମ ରଞ୍ଜୁ ରଖିବ ବୋଲି । ତେଣୁ ପ୍ରଥମେ ମୁଁ ତୋତେ ରଞ୍ଜୁ ବୋଲି ଡାକୁଥିଲି, କିନ୍ତୁ ପରେ ମନୁକୁ ପରିବର୍ତ୍ତନ କଲି ।"

"ଆଚ୍ଛା ଡ୍ୟାଡି, ବର୍ତ୍ତମାନ ସେ କେଉଁଠି ଅଛନ୍ତି ? ତୁମେ ତାଙ୍କ ବିଷୟରେ ଜାଣିଛ କି ?"

'ମୁଁ ତ ଚାହୁଁଛି ସେ ସବୁଦିନ ପାଇଁ ମୋ ମନରେ ଥାଉ । କିନ୍ତୁ ତା'ଠାରୁ ମୁଁ ଦୂରରେ ରହିବାକୁ ଇଚ୍ଛାକରେ ।'

'ଆଚ୍ଛା ଡ୍ୟାଡି, ତୁମେ ତ ସବୁକଥା କହିଲ । କିନ୍ତୁ ସେ ଯେଉଁଘରେ ବିବାହ କରିଥିଲେ ସେ ବିଷୟରେ ତ କିଛି କହିଲ ନାହିଁ ?"

'ବର୍ତ୍ତମାନ ସେମାନେ କେଉଁଠି ଅଛନ୍ତି ସେ ବିଷୟରେ ମୋର ଧାରଣା ନାହିଁ । ଦେଶ ବିଭାଜନ ପୂର୍ବରୁ ସେମାନେ ଲାହୋରରେ ରହୁଥିଲେ ଏବଂ ଠିକ୍ ଲରେନ୍ସ ଗାର୍ଡିନ ପାଖକୁ ଲାଗିଥିବା ବଙ୍ଗଳାରେ ସେମାନେ ରହୁଥିଲେ । ସେ ଯାହାକୁ ବିବାହ କରିଥିଲା ତାଙ୍କ ନାମ ଜଗଦୀଶ ଚନ୍ଦ୍ର ।' ମନୁ ଟିକେ ଅନ୍ୟମନସ୍କ ହୋଇ କହିଲା– "ହଁ"

"ଆଚ୍ଛା ମନୁ ତୁ କ'ଣ ଭାବୁଛୁ ?"

"ନାଁ କିଛି ନୁହେଁ ।"

"ମୁଁ ଭାବୁଛି ତୁ ନିଶ୍ଚୟ କିଛି ଭାବୁଛୁ ।"

"ବୁଝିଲ ଡ୍ୟାଡି, ମଧୁ ଯେଉଁ କଲେଜରେ ପଢୁଛି ସେଠି ରଞ୍ଜୁ ବୋଲି ଗୋଟେ ଝିଅ ପଢୁଛି । ମୁଁ ଠିକ୍ ସେଇକଥା....... ।"

"ନା, ମନୁ ସେ ସେଇ ରଞ୍ଜୁ ହୋଇ ନପାରେ । ଏଇଭଳି କେତେ ଘଟଣା କେବଳ ଉପନ୍ୟାସ ଓ ନାଟକରେ ଘଟିଥାଏ । କିନ୍ତୁ ବାସ୍ତବ ଜୀବନରେ ନୁହେଁ ।"

"ହଁ ଠିକ୍ କଥା"–ତଥାପି ସେ କିଛି ଭାବୁଥିଲା ।

"ଆଚ୍ଛା ମନୁ ମୁଁ ଗୋଟେ କଥା କହିବି । ତୁ ଯେତେବେଳେ ତୋ ମା' କଥା ଚିନ୍ତା କରୁଛୁ ସମ୍ମାନର ସହ ତୋ ମଥା ନଇଁ ଯାଉଥିବ । ମୁଁ ମଧ୍ୟ ତାକୁ ପୂଜାକରେ । ତୁ ତା' ବିଷୟରେ କିଛି ଜାଣିନୁ ତଥାପି ମୋ କଥା ବିଶ୍ୱାସ କରିବା ଉଚିତ ଯେ, ସେ ଦେବ୍ ଙ୍କ ଠାରୁ ଆହୁରି ନିର୍ମଳ । ମୁଁ ଖୁବ୍ ଆନନ୍ଦର ସହିତ ଅନ୍ୟଦିନଗୁଡ଼ିକ ତା'ରି ସ୍ମୃତିରେ ହିଁ କଟାଇବି ।" ଦେବ୍ ପୁଣି କହିଲେ – "ହଜାରୀ ବାଗ୍‌ରେ ମୁଁ ଗୋଟେ ଡାକ୍ତରଖାନା ଖୋଲିବାକୁ ଚାହୁଁଛି । ବିହାରର ଗାଁଗୁଡ଼ିକ ରୋଗ ବ୍ୟାଧିରେ ସଢୁଛନ୍ତି । ହଜାର ହଜାର ପରିବାର ପ୍ରତି ବର୍ଷାରୁତୁରେ ଏଇ ରୋଗ ବ୍ୟାଧିରେ ଶହ ଶହ ସଂଖ୍ୟାରେ ଧ୍ୱଂସ ପାଇଯାଉଛନ୍ତି ।"

"ତୁମେ ଯାହା ଚାହିବ, ମୁଁ ତାହା କରିବି"

"ନା, ସେକଥା ହୋଇପାରେନା । ଏଠି ଡାକ୍ତରଖାନାରେ ତୋର ଉପସ୍ଥିତ ନିହାତି ଦରକାର । ଆଚ୍ଛା ଡାକ୍ତର ରମେଶଙ୍କ ଇଚ୍ଛା କ'ଣ ? ସେ ମୋ ସାଙ୍ଗରେ ଯିବେ କି ?'

"ହଁ ସେ ନିଶ୍ଚୟ ଯିବେ । ତୁମ ପ୍ରତି ତାଙ୍କର ପ୍ରଗାଢ ସମ୍ମାନ ଅଛି ଏବଂ ତୁମ କଥାମାନି ବିଶ୍ବର ଯେକୌଣସି ସ୍ଥାନକୁ ସେ ଯିବାକୁ ରାଜି ଅଛନ୍ତି ।"

"ହଁ ରମେଶ ଗୋଟେ ଭଲ ପିଲା ଯେ, ମୁଁ ତାକୁ ବହୁତ ଭଲପାଏ । ତାକୁ କହିଦିଏ ଶୀଘ୍ର ପ୍ରସ୍ତୁତ ହେବାକୁ । ମୁଁ କାଲିଗଞ୍ଜ ପହଞ୍ଚି ସେଠାରେ ଆବଶ୍ୟକୀୟ ବିଷୟ ପ୍ରଭୃତି ଆରମ୍ଭ କରିଦେବି ।'

ମନୁ ଘରକୁ ଫେରିଲାବେଳକୁ ଏଇସବୁ କଥାରେ ତା'ର ମୁଣ୍ଡଟା କେମିତି ଭାରିଭାରି ଲାଗୁଥାଏ । ବିଶେଷ କରି ରଞ୍ଜୁ ବିଷୟରେ । ସେ ତା' ଘରକୁ ଯାଇଥିଲା ଏବଂ ତା'ମାଆକୁ ମଧ ସାକ୍ଷାତ କରିଥିଲା । କିନ୍ତୁ ସେ ତାଙ୍କ ନାଁ ଜାଣିନଥିଲା କି ରଞ୍ଜୁର ବାପାଙ୍କ ନାମ ବି ଜାଣିନଥିଲା ।

ମନୁ ଜାଣିଥିଲା ଯେ, ସେମାନେ ଲାହୋର ଛାଡି ଆସିଥିଲେ ଏବଂ ସେହି ସମୟରେ ଆହୁରି ବହୁତ ଝିଅ ଆମ ଦେଶକୁ ଚାଲିଆସିଥିଲେ ସେମାନଙ୍କର ନାମ ମଧ ସେଇ ରଞ୍ଜୁ ଥିଲା । ସେ ବହୁତ ଚେଷ୍ଟାକଲା ରଞ୍ଜୁ ମା'ଙ୍କର ମୁହଁଟା ମନେ ପକାଇବା ପାଇଁ । ସେ ମୁହଁଟି ଖୁବ୍ ସୁନ୍ଦର, ହସହସ ଏବଂ ଭାବଗମ୍ଭୀର ଥିଲା । ସେ ଭାବିଲା ସେହିପରି ମୁହଁଗୁଡ଼ିକ ଏ ପୃଥିବୀରେ ଖୁବ୍ କମ୍ ଦେଖବାକୁ ମିଳିଥାଏ ।

ତେର

ପରଦିନ ଦେବ୍ ରମେଶ ସାଙ୍ଗରେ ରାଞ୍ଚି ଚାଲିଗଲେ । ରଞ୍ଜୁ କଥା ଭାବି ଭାବି ମନୁ କେମିତି ଏକୁଟିଆ ଅନୁଭବ କରୁଥିଲା । ଦୃଢ ପ୍ରତିଜ୍ଞ ହୋଇ ସେ ରଞ୍ଜୁ ଘରଆଡକୁ ଚାଲିଲା । ତା'ର ହୃଦସ୍ପନ୍ଦନ ବଢ଼ିଯାଇଥାଏ, କାରଣ ରଞ୍ଜୁକୁ କିପରି ବ୍ୟବ୍ହାର ଦେଖେଇବ ଏବଂ ଯାହାଙ୍କ ସମ୍ପର୍କରେ ସେ ଏତେ ଭାବୁଛି ସେ ପ୍ରକୃତରେ ସେହିଲୋକ କି ନୁହେଁ ? ଏପରି ଭାବି ଭାବି ବେଳେବେଳେ ସେ ହତୋସାହ ହୋଇପଡ଼ୁଥିଲା । ରଞ୍ଜୁ ମନୁକୁ ଖୁବ୍ ଆଦର ଅଭ୍ୟର୍ଥନା ସହ ଗ୍ରହଣ କଲା ଯଦିଓ ମନୁ ବିଷୟ ବେଶୀ କିଛି ଜାଣିନଥିଲା । ଏପରିକି ତା' ବିବାହ ଉସ୍ତବକୁ ମଧ ସେ ରଞ୍ଜୁକୁ ନିମନ୍ତ୍ରଣ କରିନଥିଲା ।

ଏମିତି କିଛି ସମୟ ଭାବର ଆଦାନ ପ୍ରଦାନ ପରେ ମନୁ ରଞ୍ଜୁକୁ ବିଭାଜନ ପୂର୍ବରୁ ସେମାନେ କେଉଁଠ ବାସ କରୁଥିଲେ ଏବଂ ତାଙ୍କର ବାପାଙ୍କ ନାମ କ'ଣ ବୋଲି ପଚାରିଲା । ରଞ୍ଜୁ କହିଲା—"ଆଗରୁ ଆମେ ଲାହୋରରେ ରହୁଥିଲୁ । ଦେଶ ବିଭାଜନ

ଫଳରେ ଆମେ ସବୁକିଛି ହରେଇ ବସିଲୁ । ମୋ ବାପା କୌଣସି ଏକ ଅଶ୍ୱସ୍ତିକର ପରିବେଶ ମଧ୍ୟରେ ପ୍ରାଣତ୍ୟାଗ କଲେ ଆଉ ମୋ ମା' ମଧ୍ୟ ସେହିଦିନଠାରୁ ବିଭିନ୍ନ ରୋଗ ଯନ୍ତ୍ରଣାରେ ସଢ଼ିସଢ଼ି ଭାଙ୍ଗି ପଡ଼ିଛନ୍ତି ।"

"ଆଚ୍ଛା ତୁମ ବାପାଙ୍କ ନାମ କ'ଣ ଥିଲା ?" ମନୁ ଆଉ ଥରେ ପଚାରିଥିଲା ।

"ଜଗଦୀଶ ଚନ୍ଦ୍ର ।"

"ଏଇ ନାମ ଶୁଣି ମନୁର ମୁଖମଣ୍ଡଳ ହଠାତ୍, ଉଜ୍ଜ୍ୱଳ ହୋଇଉଠିଲା । ରଞ୍ଜୁ ତା' ମୁଖମଣ୍ଡଳରେ ପରିବର୍ତ୍ତନ ଲକ୍ଷ୍ୟକରି ପଚାରିଲା– "ତୁମେ କ'ଣ ତାଙ୍କୁ ଜାଣିଛ ?"

"ନାଁ, ମୁଁ ତାଙ୍କୁ କେବେ ଦେଖିନାହିଁ ।"

ମନୁ ଏହାପରେ ତାଙ୍କ ମାଆଙ୍କ ନାମ ପଚାରିବାକୁ ଭାବୁଥିଲା ରଞ୍ଜୁ ମନରୁ ସନ୍ଦେହ ଦୂର କରିବା ପାଇଁ; କିନ୍ତୁ ସେ କୁଣ୍ଠାବୋଧ କଲା । ସେ ଯେମିତି ହେଉ ତାଙ୍କ ମାଆଙ୍କୁ ସାକ୍ଷାତ କରିବାକୁ ଆଗ୍ରହ ପ୍ରକାଶ କରିଥିଲା । ପାଖକୁ ଯାଇ ସେ ଦେଖିଲା ବିଷର୍ଣ୍ଣ ବଦନରେ ମମତା ବିଛଣାରେ ପଡ଼ିଥିଲେ । ଯଦିବା ମମତା ରୁଗ୍ଣ ଦେଖାଯାଉଥିଲା ତଥାପି ତାଙ୍କ ମୁଖମଣ୍ଡଳରେ କେମିତି ଏକ ଆଭା ଝଟକୁ ଥିଲା । ମନୁ ନିଶ୍ଚିତ ହୋଇଯାଇଥିଲା ଯେ, ସେ ତା'ର ମା' ବୋଲି । ସେ ମନରେ ଭାବୁଥିଲା ତାଙ୍କୁ କୋଳାଗ୍ରତ କରିବ ବୋଲି କିନ୍ତୁ ନିଜକୁ ସଂଯତ କରିନେଲା । ଏମିତି କଷ୍ଟଦାୟକ ପରିବେଶରେ ଆଉ ଅଧିକ ଯନ୍ତ୍ରଣା ଦେବାକୁ ସେ ଚାହୁଁନଥିଲା । ସେ ମଧ୍ୟ ତାଙ୍କୁ ପାଇ ହରାଇବାକୁ ଚାହୁଁନଥିଲା । ଠିକ୍ ଖଟର ଶେଷଧାରକୁ ମମତାଙ୍କ ପାଖକୁ ଲାଗି ହସହସ ମୁଖରେ ସେ ବସିପଡ଼ିଲା । ଉପେନ୍ଦ୍ରର କବଳରୁ ରଞ୍ଜୁକୁ ରକ୍ଷାକରିବା ଦିନଠାରୁ ମନୁପ୍ରତି ମମତାର କେମିତି ଏକ ଶ୍ରଦ୍ଧା ବଢ଼ିଯାଇଥିଲା । ରଞ୍ଜୁ ତା' ବାପାଙ୍କ ଫଟୋଗୁଡ଼ିକ ଆଣି ମନୁକୁ ଦେଖେଇଥିଲା । ଗୋଟିଏ ଫଟୋରେ ମମତା ଓ ରଞ୍ଜୁର ବାପା ଥିଲେ । ସେ ଗୋଟେ ଠିକ୍ ସୁନ୍ଦର ରାଣୀପରି ଦେଖାଯାଉଥିଲେ । ମନୁ କହିଲା– "ମା' ଯେମିତି ସୁନ୍ଦର ଦେଖାଯାଉଛନ୍ତି ତାଙ୍କ ନାଁଟା ମଧ୍ୟ ସେପରି ଆକର୍ଷଣୀୟ ।" ଏଭଳି ମନ୍ତବ୍ୟ ଦେଇ ସେ କେମିତି ଏକ ପ୍ରକାର ବିବ୍ରତ ହୋଇପଡ଼ିଥିଲା । କିନ୍ତୁ ମମତା ଏ ବିଷୟରେ କିଛି ଭାବି ନଥିଲା । ସେ ହସହସ କହିଥିଲେ –"ମୋ ନାଁ, ମୋ ପାଇଁ ଏଇଟା ସୁନ୍ଦର ହୋଇଥାଇପାରେ । ଅନ୍ୟମାନଙ୍କ ପାଇଁ ନୁହେଁ । ଏଇଟାକୁ ନିଜେ ମୁଁ ବାଛିଥିଲି ।"

ମନୁର ଏକଥା ଶୁଣି ଆନନ୍ଦ କହିଲେ ନସରେ । ସାଙ୍ଗେସାଙ୍ଗେ ସେ ମୁଣ୍ଡ ନୁଆଇଁ ତାଙ୍କ ଦି' ହାତ ଧରି କହିପକାଇଲେ –"ମା' ତୁମେ ନିଶ୍ଚୟ ଭଲ ହୋଇଯିବ ।"

"ମନୁ ତୋତେ ଦେଖିଲେ ମୋତେ ଭାରୀ ଖୁସି ଲାଗେ ।"

"ତା' ହେଲେ ତୁମେ ମୋ ଆଗରେ କଥାଦିଅ ଯେ, ଆଉ ତୁମ ଦେହ ଖରାପ ହେବନାହିଁ ।"

"ନାଁ, ମନୁ, ମୋ ସମୟଗୁଡ଼ିକ ସେମିତି କଟିଯାଇଛି । ଗୋଟିଏ କଥା ମୋତେ ବେଶୀ ବିବ୍ରତ କରୁଛି । ସେଇଟା ହେଲା ରଞ୍ଜୁର ବିବାହ ।"

"ହଁ, ରଞ୍ଜୁର ବିବାହ ପରେ ତୁମର ସବୁପ୍ରକାର ସମସ୍ୟା ଉଭେଇଯିବ । ଅନ୍ତତଃ ମୋ ପାଇଁ ତୁମେ ଭଲରେ ରୁହ ।" ସେ ଆଉ କିଛି ଅଧିକ କହିବାକୁ ଚାହୁଁଥିଲା କିନ୍ତୁ ମମତା ଏ ବିଷୟରେ କିଛି ଭାବି ନଥିଲା । ତା'ପରେ ସେ ରଞ୍ଜୁକୁ କହିଲା—"କ'ଣ ତୁମେ ଭାବୀକୁ କେବେ ଦେଖିବ । ତୁମ କଲେଜ ସାଙ୍ଗ ମଧୁ ବର୍ତ୍ତମାନ ତୁମର ଭାବୀ ହୋଇସାରିଲେଣି ।"

। ଚଉଦ ।

ଦେବ୍ ନିୟମିତ ଭାବରେ ବିହାରରୁ ମନୁ ପାଖକୁ ଚିଠି ଲେଖୁଥିଲେ । ଗୋଟେ ଚିଠିରେ ସେ ଲେଖିଥିଲେ ସେଠାରେ ଖଣ୍ଡେ ସେ ଜାଗା କିଣିଛନ୍ତି ଏବଂ ଖୁବ୍ ନିକଟରେ ସେ ଜାଗା ଉପରେ ଏକ ଚିକିତ୍ସାଳୟ ଘର କରିବେ ।

ଅନ୍ୟଗୋଟେ ଚିଠିରେ ଜଙ୍ଗଲରେ ରହୁଥିବା ମାଝି, ବିରହର, ସତାନ୍ତ୍ରୁ, ଝୁରି, ମୋତି, ଶୁଣ୍ଡି ଓ କୁର୍ମିମାନଙ୍କର ଜୀବନଧାରଣ ବିଷୟରେ ଲେଖିଥିଲେ ।

ମାଝି ଜାତିଟା ବଡ ଶିକାରୀ ଥିଲେ । ଯେଉଁ ମୁହୂର୍ତ୍ତରେ ଗୋଟେ ମହାବଳ ବାଘ କିମ୍ବା ଅନ୍ୟ ଗୋଟେ ବାଘ କୌଣସି ଜାଗାରେ ରହୁଥିବାର ଶୁଣିଲେ, ସେହି ମୁହୂର୍ତ୍ତରେ ଧନୁଶର ଧରି ସେମାନେ ତାକୁ ମାରିବାକୁ ପ୍ରସ୍ତୁତ ହୋଇପଡୁଥିଲେ । ଶିକାରକୁ ଛାଡ଼ି ଫେରି ଆସିବା ତାଙ୍କ ପାଇଁ ଗୋଟେ ବିରାଟ ଅପମାନ ଥିଲା ।

ସେହିପରି ବିରହର ଜାତିଟା ଖୁବ୍ ଯୁଦ୍ଧପ୍ରିୟ । ସେମାନଙ୍କ ପ୍ରଧାନ ଜୀବିକା ହେଲା ଶିକାର କରିବା । ଜଙ୍ଗଲରୁ ମିଳୁଥିବା ଫଳମୂଳ ସଂଗ୍ରହ କରି ତାକୁ ଖାଇ ସେମାନେ ବାସ କରୁଥିଲେ ଏବଂ କ୍ୱଚିତ୍ ସେମାନେ ଗହମ ଓ ଭାତ ଖାଆନ୍ତି ।

ଆଉଦିନେ ଦେବ୍ ଝୁମର ବିଷୟରେ ଲେଖିଥିଲେ । ଏଇଟା ହେଉଛି ଏକପ୍ରକାର ସ୍ଥାନୀୟ ଅଧିବାସୀମାନଙ୍କର ନୃତ୍ୟ ଏବଂ ଏହା ଜାତି ଜାତି ମଧ୍ୟରେ ଫରକ ଥିଲା । ସବୁତାରୁ ମାଝିମାନଙ୍କର ଝୁମର ନାଚ ଆନନ୍ଦଦାୟକ ଓ ଉପଭୋଗ୍ୟ । ସ୍ତ୍ରୀ ଓ ପୁରୁଷମାନେ ଦୁଇଦିନ ଏବଂ ଗୋଟିଏ ରାତି ଅବିଶ୍ରାନ୍ତ ନାଚନ୍ତି । ଏପରିକି ଖାଇବା ସମୟରେ ମଧ୍ୟ

ନାଚ ବନ୍ଦ କରନ୍ତି ନାହିଁ । ତା' ବ୍ୟତୀତ ବିବାହ ସମୟରେ ମଧ୍ୟ ବରକନ୍ୟା ନାଚ କରନ୍ତି ।

ଏସବୁ ଚିଠିପଢ଼ି ମନୁ ଅତ୍ୟନ୍ତ ଆନନ୍ଦରେ ଉତ୍ଫୁଲ୍ଲିତ ହୋଇଉଠିଥିଲା । ସେ ଏପରି ଆନନ୍ଦ ଅନୁଭବ କଲା ଯେ, ବହୁଥର ମଧ୍ୟ ସେ ଚିଠିଗୁଡ଼ିକ ପଢ଼ିବାକୁ ଲାଗିଲା ଏବଂ ପଢ଼ୁପଢ଼ୁ ମଧ୍ୟ ତାକୁ ନିଦ ବି ଆସିଯାଉଥିଲା । ସେହି ଶୋଇବା ମଧ୍ୟରେ ସେ ମଧ୍ୟ ସ୍ୱପ୍ନ ଦେଖୁଥିଲା ଯେ, ଦଲେଲୋକ ଜଙ୍ଗଲରେ ନାଚ କରୁଛନ୍ତି । ସେମାନଙ୍କ ରଙ୍ଗ ତ୍ରିପଣ୍ଠ କଳା, ଖୁବ୍ ସ୍ୱାସ୍ଥ୍ୟବାନ ଏବଂ ମାଂସପେଶୀଗୁଡ଼ିକ ଖୁବ୍ ଶକ୍ତ । ସେମାନଙ୍କ ମୁହଁଗୁଡ଼ିକ ଖୁବ୍ ଉଜ୍ଜ୍ୱଳ ଏବଂ ସୁନ୍ଦର ଦେଖାଯାଉଥିଲା । ସେହି ନୃତ୍ୟରତ ଲୋକମାନଙ୍କ ମଧ୍ୟରୁ ଦୁଇଜଣଙ୍କୁ ସେ ନିଜେ ଦେବ୍ ଓ ମମତା ବୋଲି ଚିହ୍ନିଥିଲା । ସେ ଜଙ୍ଗଲ ଅଧିବାସୀମାନଙ୍କ ପରି ଚିରା ଆଣ୍ଠୁଲୁଚା ଲୁଗା ପିନ୍ଧି କେଉଁ ଏକ ସ୍ୱର୍ଗୀୟ ଆନନ୍ଦରେ ପରସ୍ପର ହାତ ଧରାଧରି ହୋଇ ହସହସ ମୁହଁରେ ନୃତ୍ୟକରି ଚାଲିଥିଲେ ।

। ପନ୍ଦର ।

ପ୍ରାୟ ପ୍ରତିଦିନ ମନୁ ରଞ୍ଜୁ ଘରକୁ ଯାଉଥିଲା । କିନ୍ତୁ ସେ ନିଜର ପରିଚୟ ତାକୁ ଦେଇନଥିଲା । ରଞ୍ଜୁ ଓ ମମତା-ଦୁହେଁ ମନୁକୁ ଭାରି ଭଲ ପାଉଥିଲେ ଏବଂ ସବୁଦିନ ତା' ଆସିବାକୁ ଚାହିଁ ବସୁଥିଲେ । ମମତା କ୍ରମଶଃ ରୋଗଗ୍ରସ୍ତ ହୋଇ ଅତ୍ୟନ୍ତ ଦୁର୍ବଲ ହୋଇପଡ଼ିଥିଲା । କିନ୍ତୁ ମନୁର ଉପସ୍ଥିତି ଯୋଗୁଁ ହିଁ ତା' ଦିନଗୁଡ଼ିକ ବେଶ ହସଖୁସିରେ କଟିଯାଉଥିଲା ଏବଂ ମାନସିକ ଯନ୍ତ୍ରଣା କ୍ରମଶଃ ଉପଶମ ହେବାକୁ ଲାଗିଲା ।

ଦିନେ ମନୁ ମମତାକୁ କହିଲା- "ମମି, ମୋର ଗୋଟେ ଅନୁରୋଧ ଅଛି ।"

"କି ଅନୁରୋଧ ?"

"ତମେ ସେ ଅନୁରୋଧ ରଖିବ କି ?"

"ଯଦି ରଖି ହେବ ତେବେ ରଖିବି ।"

"ତୁମେ ରଖିବାକୁ ହେବ । ତୁମେ ଜାଣ ପିଲାମାନେ ବେଲେବେଲେ ସେମାନଙ୍କ ପିତାମାତାଙ୍କ ପାଖରେ ଖୁବ୍ ଜିଦ୍ ଧରି ବସିଥାନ୍ତି ?"

"ମୁଁ ଭାବୁନାହିଁ ଯେ ତୋ'ପରି ଗୋଟିଏ ବୟସ୍କ ବ୍ୟକ୍ତି ପିଲାମାନଙ୍କ ଭଲି ବ୍ୟବହାର କରିବ ।"

"ମନେକର, ମୁଁ ସେମିତି ଜିଦ୍ କରି ବସିଲି, ତେବେ ତୁମେ ମୋ କଥାନୁସାରେ କାମ କରିବ କି ?"

"କ'ଣ ସେ କଥାଟା କହନ୍ତୁ ?"

"ମୁଁ ଚାହୁଁଛି ତୁମେ ମୋ ସାଙ୍ଗରେ କିଛିଦିନ ପାଇଁ ଗୋଟେ ଜାଗାକୁ ଯିବ ।"

"କେଉଁଠି କି...?"

"ଯେଉଁଠିକି ମୁଁ ଇଚ୍ଛା କରିବି । ମୋ ବାପା ଜଣେ ଭଲ ଡାକ୍ତର । ବର୍ତ୍ତମାନ ବିହାରର କେତେଗୁଡିଏ ଦରିଦ୍ର ଗାଉଁଲି ଲୋକମାନଙ୍କ ପାଇଁ ସେ ଗୋଟେ ହସ୍ପିଟାଲ ଖୋଲୁଛନ୍ତି ।"

"କ'ଣ ପାଗଳ ହୋଇଗଲୁ କି ? ଏତେ ବାଟ ମୁଁ କିପରି ଯିବି ? ମନୁ ମୋ' ଜୀବନ ଆଉ ସେମିତି ଅମୂଲ୍ୟ ହୋଇ ରହିନାହିଁ, ଯେଉଁଥ୍ ପାଇଁ କି ତୁ ଏତେ କଷ୍ଟକରିବୁ ।" ମମତା ଟିକେ ନିରାଶ ହୋଇ ଏ କଥା କହିଲେ ।

"ମୂଲ୍ୟବାନ କି ନୁହେଁ, ମୁଁ ଠିକ୍ ଭାବେ ଜାଣିଛି । ତୁମର ସ୍ୱାସ୍ଥ୍ୟ ଓ ଭଲ-ମନ୍ଦ ମୁଁ ଆଉ ତୁମ ଉପରେ ଛାଡ଼ିଦେବାକୁ ଚାହେଁନା"- ମନୁ ଏହା ଦୃଢ କଣ୍ଠରେ କହିଲା ।

"ମୋ ଦେହ ପରୀକ୍ଷା ତୁମ ବାପାଙ୍କ ଦ୍ୱାରା ଯଦି କରିବା ପାଇଁ ଚାହଁ, ତେବେ ସେ ଦିଲ୍ଲୀରେ ଦେଖିଲେ ଭଲ ହୁଅନ୍ତା ।"

"ନାଁ ମମି, ତୁମକୁ ମୋ' କଥା ମାନିବାକୁ ପଡ଼ିବ । ଏହାଦ୍ୱାରା ଯେଉଁ ପରିବର୍ତ୍ତନ ଆସିବ ସେଇଟା ତୁମ ସ୍ୱାସ୍ଥ୍ୟ ପ୍ରତି ଖୁବ୍ ଅନୁକୂଳ ହେବ । ତେଣୁ ତୁମେ ଖାଲି ହଁ କରିଦିଅ ।" ମନୁ ଟିକିଏ ନରମ କଣ୍ଠରେ ଏବଂ ଦୃଢ ଭାବରେ କହିଥିଲା ।

ମମତା ଏହାଶୁଣି ଟିକେ ପ୍ରଫୁଲ୍ଲିତ ହୋଇପଡ଼ିଥିଲା । ସେ ମନେମନେ ସ୍ଥିରକଲେ ଯେ ଦିଲ୍ଲୀର ଅଶନିଃଶ୍ୱାସୀ ବାୟୁମଣ୍ଡଳରୁ ବାହାରି ବାହାରକୁ ଗଲେ ହୁଏତ କିଛି ପରିବର୍ତ୍ତନ ଦେଖାଦେବ ଏବଂ ମନରେ କିଛିଟା ପ୍ରଭାବ ମଧ ପକାଇବ । ତେଣୁ ସେ ବାଧ ଶିଶୁଟି ପରି ରାଜି ହୋଇ ଯାଇଥିଲେ ।

କିଛିଦିନ ପରେ ମମତା, ମନୁ ଓ ରଞ୍ଜୁ-ସମସ୍ତେ ବାହାରି ପଡ଼ିଥିଲେ । ସେମାନେ ଗୋଟିଏ ପ୍ରଥମ ଶ୍ରେଣୀ ଡବାରେ ବସିଥାନ୍ତି । ପ୍ରତ୍ୟେକଙ୍କର ଖଣ୍ଡିଏ ଲେଖାଏଁ ବେଡିଙ୍ଗ ଓ ସୁଟକେଶ ବ୍ୟତୀତ ସେମାନଙ୍କ ପାଖରେ ଆଉ କିଛି ନଥିଲା । ଯଦିଓ ଖୁବ୍ ଦୂରପଥ ଯାତ୍ରା କରିବାକୁ ପଡ଼ୁଥିଲା ତଥାପି ମଝିରେ ଗୋଟିଏ ମାତ୍ର ଜାଗାରେ ତାଙ୍କୁ ଟ୍ରେନ୍ ବଦଳାଇବାକୁ ପଡ଼ିଲା । ମମତା କହିଲେ– "ମନୁ, ମୁଁ ଯେମିତି ଭାବୁଥିଲି କାହିଁ ସେମିତି ଏଇ ଯାତ୍ରା କିଛି କଷ୍ଟଦାୟକ ନୁହେଁ ଯଦିଓ ମୁଁ ବିଛଣାରୁ ଉଠିବାକୁ ଅକ୍ଷମ ତଥାପି ମୁଁ ଦୁର୍ବଲ ଅନୁଭବ କରୁନି ।" ଏହାପରେ ମନୁ ଖୁସିହୋଇ କହିଉଠିଥିଲା–"ମମି ଏବେ ତୁମ ଅତୀତ ଜୀବନରେ ଘଟିଯାଇଥିବା କିଛି ଗୋଟେ କାହାଣୀ ଆମକୁ କୁହ ।" ମମତା

ମନେ ମନେ ହସିଦେଇ ଭାବିଲେ ଯେ, ଗୋଟେ ଅବାନ୍ତର ପ୍ରଶ୍ନ ହଠାତ୍ ତାଙ୍କ ମାନସ ପଟରେ ଉଙ୍କି ମାରିଥିଲା ସମଗ୍ର ଅତୀତ ଜୀବନର କାହାଣୀ । ସ୍କୁଲ ଶିକ୍ଷକମାନଙ୍କର କଲୋନୀରେ ସେ ସମୟ କିପରି ଅତିବାହିତ କରିଛନ୍ତି ସେ କଥା ଭାବି ଭାବି ତାଙ୍କର ଚକ୍ଷୁ ଲୋତକାପ୍ଲୁତ ହୋଇଯାଇଥିଲା ଏବଂ ସେ କହି ଉଠିଲେ– "ମୁଁ ଆଶାକରୁଛି ଜୀବନଟା ଏଇଭଳି ଚାଲିଥାଉ ଏବଂ ମୋର ଜୀବନଯାନ ଲକ୍ଷ୍ୟ ସ୍ଥଳରେ ନ ପହଞ୍ଚିଲା ପର୍ଯ୍ୟନ୍ତ ଏମିତି ଏ ଯାତ୍ରାଟା ଲାଗିରହିଥାଉ ।"

"ମମି, ତୁମେ ସେପରି କଥା କୁହନା, ଏହା ବି ହୋଇପାରେ ଯେକୌଣସି ଏକ ରାସ୍ତା ପାଖ ଷ୍ଟେସନରେ ତାଙ୍କ ପାଇଁ ଆନନ୍ଦ ଉତ୍ସାହର ଚାଙ୍ଗୁଡିଟି ଅଭ୍ୟର୍ଥନା ଜଣେଇବା ପାଇଁ ଅପେକ୍ଷାରତ । ଏଇ ଟ୍ରେନ ହୁଏତ କେଉଁଠାରେ ତା' ଲକ୍ଷ୍ୟସ୍ଥଳରେ ପହଞ୍ଚି ଅଟକି ଯିବ ।"

"ନାଁ ମନୁ, ତୁ ମୋ କଥାବୁଝି ପାରିବୁ ନାହିଁ । ମୁଁ ଜାଣୁଛି ଯେ ମୋ ଜୀବନରେ ଆଉ ଅଧିକ କିଛି ଆନନ୍ଦଦାୟକ ମୁହୂର୍ତ ନାହିଁ । ସେ ସମୟତକ ଅତିବାହିତ ହୋଇଯାଇଛି ।" ଏକଥା କହିଲା ପରେ ମମତା ଖୁବ୍ ଶୁଷ୍କ ଓ ବିଷର୍ଣ୍ଣ ଦେଖାଯାଇଥିଲେଏବଂ ନିଜ ସିଟରେ ଶୋଇ ପଡ଼ିଲେ । ମନୁ ଓ ରଞ୍ଜୁ ତାସ୍ ଖେଳୁଥିଲେ । ମମତା ଶୋଇରହି ଅତ୍ୟନ୍ତ ଉଦ୍‌ଗ୍ରୀବ ହୋଇ ସେମାନଙ୍କୁ ଚାହିଁ ରହିଥାନ୍ତି । ମନେ ହେଉଥିଲା ସତେ ଅବା ଏ ହସଖୁସିର ଦୁନିଆଁରେ ସେ ଦୁଇଟି ସୁନ୍ଦର ଉତଡ଼ା ଚଟେଇ ।

| ଷୋହଳ |

'ରାଞ୍ଚିରୋଡ' ରେଲୱେ ଷ୍ଟେସନରେ ପହଞ୍ଚି ମନୁ ଗୋଟେ ଟେଲିଗ୍ରାମ ମଧୁ ଓ କୁମାରୀ ପାଖକୁ ପଠେଇଲା । ଦିଲ୍ଲୀ ଛାଡିବା ପୂର୍ବରୁ ତାଙ୍କ ଯାତ୍ରା ବିଷୟରେ ସେ ସେମାନଙ୍କୁ ଭଲ କରି ଜଣାଇ ଦେଇଥିଲା । ଦେବ୍ ଯେଉଁ ଗାଁରେ ଚିକିତ୍ସାଳୟ ଆରମ୍ଭ କରି ରହୁଥିଲେ ସେଠାକୁ ସେମାନଙ୍କୁ ବସରେ କେତେମାଇଲ ଯିବାକୁ ପଡ଼ିଥିଲା । ସୁଦୂର ମଫସଲ ଅଞ୍ଚଳର ଗୋଟିଏ ଛୋଟିଆ ଗାଁ । ଛୋଟ ଛୋଟ କେତୋଟି ଦୋକାନ । ଠିକ୍ ଗାଁ ପାଖଦେଇ ଯାଇଥିବା ରାସ୍ତାକୁ ଲାଗି ନୂଆକରି ତିଆରି ହୋଇଥିଲା ଡାକ୍ତରଖାନାଟି । ଫରେଷ୍ଟ କଣ୍ଟ୍ରାକ୍ଟର ସାଙ୍ଗରେ ଗୁଡାଏ ସ୍ଥାନୀୟ ଲୋକ ମଜୁରିଆ ହିସାବରେ କାମକରୁଥିଲେ । ଦିନ‌ଯାକ ସେମାନଙ୍କୁ ହାଡ଼ଭଙ୍ଗା ପରିଶ୍ରମ କରିବାକୁ ପଡ଼ୁଥିଲା । ସେମାନଙ୍କ କାମ ଥିଲା ଜଙ୍ଗଲ କାଟି ସଫାକରିବା ଏବଂ ତାକୁ ପୋଡି ସେଥିରୁ କାଠ କୋଇଲା ବାହାର କରିବା । ଠିକ୍ ସନ୍ଧ୍ୟା ହେଲା ବେଲକୁ ସେମାନେ ହାଲିଆ ହୋଇ

ଥକ୍କା ମାରୁଥିଲେ । ଯତ୍ର ରସରୁ ତିଆରି ହୋଇଥିବା ତାଡ଼ିପିଇ ସେମାନେ ରାତିଟିକୁ ଆନନ୍ଦରେ କଟାଉଥିଲେ ।

ଦେବ୍ ତାଙ୍କ ବଗିଚା ଭିତରେ ଗୋଟେ ଚେୟାର ଉପରେ ବସିରହିଥିଲେ । ଦିନସାରା ଖଟିଖଟି ସେ କ୍ଲାନ୍ତ ହୋଇପଡ଼ିଥିଲେ । କିନ୍ତୁ ସର୍ବଦା ଦୁଃଖୀ ଦରିଦ୍ରଙ୍କୁ ସାହାଯ୍ୟ କରିବା ପାଇଁ ସେ ପ୍ରସ୍ତୁତ ଥିଲେ ।

ସେ ଚେୟାରରେ ଦଶମିନିଟ୍ ହେବ ବସିଛନ୍ତି କି ନାହିଁ ଜଣେ ସ୍ତ୍ରୀ ଲୋକ ତା'ର ରୁଗ୍ଣ ପିଲାଟିକୁ ଧରି ପହଞ୍ଚିଲା ଏବଂ ଦେବ୍ ତାକୁ ଧରି ପରୀକ୍ଷାଗାରକୁ ଚାଲିଗଲେ ।

ଏ ସମୟରେ ଠିକ୍ ହସ୍ପିଟାଲ ବାହାରେ ଗୋଟିଏ ବସ୍ ରହିଲା । ରଞ୍ଜୁ ଏବଂ ମନୁ ବସ୍‌ରୁ ଓହ୍ଲାଇ ପଡ଼ିଲେ । ମମତାର ମୁହଁ ବିଷର୍ଣ୍ଣ ହୋଇ ପଡ଼ିଲା ଦୀର୍ଘପଥର ଯାତ୍ରାରେ ଏବଂ ସେ କହିଲେ ଏଠିକାର ଔଷଧ ମୋତେ କିଛିଫଳ ଦେଇ ନପାରେ । କିନ୍ତୁ ଏଇ ଯାତ୍ରା ନିଶ୍ଚିତ ଭାବରେ ମୋ ଜୀବନର ଗତିପଥକୁ ଆହୁରି କିଛିଦିନ ଲମ୍ବେଇଦେଇଛି । ରଞ୍ଜୁ ଉପସ୍ଥିତିରେ ମମତାକୁ କିପରି ଦେବ୍ ଙ୍କ ପାଖକୁ ନେବ ଏଇକଥା ଭାବିଭାବି ମନୁ ଟିକିଏ ହଡ଼ବଡ଼ ହୋଇଯାଇଥିଲା । ରଞ୍ଜୁର ପ୍ରତିକ୍ରିୟା କ'ଣ ହେବ ସେ ଏସବୁ ଆଗରୁ ଜାଣିନାହିଁ । ତେଣୁ ସେ ଠିକ୍ କଲା ଯେ ସେମାନଙ୍କୁ ହସ୍ପିଟାଲର ଗୋଟିଏ ଖାଲି ରୁମ୍ କୁ ନେଇଯିବ ।

ମମତା କ୍ଲାନ୍ତି ଅନୁଭବ କରୁଥିଲା । ତେଣୁ ଗୋଟିଏ ଖଟରେ ଶୋଇପଡ଼ିଲା । ରଞ୍ଜୁକୁ ରୋଷେଇ ଘରକୁ ପଠେଇଲା ମନୁ ଚା' ପ୍ରସ୍ତୁତି ପାଇଁ । ରମେଶ ଏମାନଙ୍କ କଥା ବୁଝାବୁଝି କରି ଏମାନଙ୍କର ଆସିବା କଥାକୁ ଜଣେଇବା ପାଇଁ ଦେବ୍ ଙ୍କ ପାଖକୁ ଗଲା । ଠିକ୍ ମମତାର ଶେଯ ଉପରେ ମନୁ ବସିଥାଏ । ସେ କେମିତି ବିବ୍ରତ ଓ ଚିନ୍ତିତ ଜଣାପଡୁଥିଲା ଏବଂ ଅପେକ୍ଷାକରି ବସିଥିଲା ତା'ଜୀବନର ସେଇ ଅବିସ୍ମରଣୀୟ ମୁହୂର୍ତ୍ତଟିକୁ, ଦେବ୍‌ଙ୍କର ଉପସ୍ଥିତିକୁ ଏବଂ ତାଙ୍କ ସହିତ ମମତାର ସାକ୍ଷାତ୍‌କୁ ସେ ଅପେକ୍ଷା କରି ବସିଥାଏ ।

ମମତା ବୁଝି ପାରିଲା ଯେ, ମନୁର ବାପା ଆଉ ଅଳ୍ପ ସମୟରେ ଆସିବେ । ସେ କହିଲେ —"ମନୁ ତୋ ନିଜ ଜୀବନର ତୁ ସବୁକଥା ମୋତେ କହିଛୁ । କିନ୍ତୁ ତୋ ବାପାଙ୍କ ନାଁ କଣ ମୁଁ ଜାଣିନାହିଁ ।" ମନୁ ବିଶେଷ ଭାବରେ ଗୁରୁତ୍ୱ ନଦେଇ ଖାମ୍‌ଖେଆଲି ଭାବରେ କହିଲା— "ତାଙ୍କ ନାଁ ଦେବ୍ ।"

ମମତା ଏଇ କଥା ଶୁଣି ହଠାତ୍ ଆଶ୍ଚର୍ଯ୍ୟ ହୋଇପଡ଼ିଲା । ତା' ଗୋଡ ଆଡ଼କୁ ଚାହିଁ ଆଗ୍ରହ ଓ ଉତ୍କଣ୍ଠାର ସହ ପୁଣି ପଚାରିଲେ ... "ଆଚ୍ଛା ତୁମ ମାଆ କିଏ ?"

"ମୋ ମାଆ......?" ମନୁ କଣ୍ଠରୁଦ୍ଧ ଗଳାରେ କହିଆସୁଥିଲା । ଏହି ସମୟରେ କକ୍ଷ ମଧ୍ୟକୁ ଦେବ୍ ପ୍ରବେଶ କଲେ । ଟିକେ ଆଡ଼ ଦୃଷ୍ଟିରେ ମମତା ଦେବଙ୍କୁ ଦେଖି ପକେଇଲେ । ଏଇ ଯେ ସେଇ ଦେବ, ଯାହାଙ୍କ ସହିତ ସେ ଦୀର୍ଘ ପଚିଶ ବର୍ଷତଳେ ତାଙ୍କ ସଂସ୍ପର୍ଶରେ ଆସିଥିଲା । ମୁହଁର କିଞ୍ଚିତା ପରିବର୍ତ୍ତନ ଏବଂ ଉଚ କପାଳରେ କେଇଟା ପକ୍ କେଶ ବ୍ୟତୀତ ତାଙ୍କ ଶରୀରରେ ଆଉ ବିଶେଷ କିଛି ପରିବର୍ତ୍ତନ ହୋଇ ନଥିଲା । ମମତାର ମୁହଁ ଆହୁରି ବିଷର୍ଣ୍ଣ ପଡ଼ିଯାଇଥିଲା ଏବଂ ସେ ଘରକାନ୍ତୁ ଆଡ଼କୁ ମୁହଁ ଫେରାଇଲା । ସେ ହଠାତ୍ କହିଉଠିଲା — "କିଏ ଦେବ୍ ଜୀ ।"

ଦେବ୍ ମମତା ଆଡ଼କୁ ଆସି କହିଲା ଠିକ୍ ଭୂମିକୁ ଲକ୍ଷ୍ୟରଖି — "ହଁ, ମମତା...ମୁଁ ।"

ମମତାର ପ୍ରତିକ୍ରିୟାକୁ ତନ୍ନତନ୍ନ କରି ମନୁ ନିରୀକ୍ଷଣ କରୁଥାଏ । ସେ କ୍ରମଶଃ ଦୁର୍ବଳ ଓ ଭାବ ବିହ୍ୱଳ ହୋଇଆସୁଥାଏ । ତେଣୁ ଖଟରେ ଶୋଇରହିବା ପାଇଁ ସେ ମମତାକୁ ସାହାଯ୍ୟ କଲା । ଏ ସମୟରେ ରଞ୍ଜୁ ଚା'ନେଇ ଭିତରୁ ଆସିଲା । ଦେବ୍ ତାକୁ ଚିହ୍ନପାରି ତା' ପିଠି ଆଉଁଶି ଦେଲେ । ରଞ୍ଜୁ ପଚାରିଲା.... "ମୋ ମା' କେବେ ଭଲ ହେବ ?"

ଦେବ୍ ଟିକେ ଅଶ୍ରୁ ସମ୍ବରଣ କରି ଉତ୍ତର ଦେଲେ— "ତୋ ମା' ପାଇଁ ମୁଁ ଈଶ୍ୱରଙ୍କଠାରେ ପ୍ରାର୍ଥନା କରିବି ।"

"ସମସ୍ତେ ଚା' ପିଇସାରିଲେ । ମମତା ଟିକେ ଖୁସି ହେଉଥିଲା ପୁଣି ରଞ୍ଜୁ ରୋଷେଇ ଘର ଆଡ଼କୁ ଚାଲିଗଲା । ଦେବ୍ ମମତାର ବିଛଣା ଆଡ଼କୁ ନଇଁପଡ଼ି ପଚାରିଲା...ମୁଁ କିଛି ସମୟ ପାଇଁ ଡାକ୍ତରଖାନା ଯାଇପାରେକି ?" ମମତା ତାଙ୍କ ମୁହଁ ଆଡ଼କୁ ଚାହିଁ ମୁଣ୍ଡ ହଲାଇଲେ । ଦେବ୍ ଟିକେ ହସି ପକେଇଲେ । ଏହା ପରେ ହଠାତ୍ ମମତା ଅନୁଭବ କଲା ଯେ ସେମାନେ ଏକୁଟିଆ ନାହାଁନ୍ତି । ମନୁ ମଧ୍ୟ ତାଙ୍କ ସାଙ୍ଗରେ ଥିଲା । ତା'ଆଡ଼କୁ ଅନେଇ ଟିକେ ଧୀର ଗଳାରେ କହିଲେ — "ମନୁ ତୁ ବୋଧେ ଜାଣିନୁ ଯେ, ମୁଁ ଦେବ୍ ଜୀଙ୍କୁ ବହୁ ଦିନରୁ ଜାଣେ ।"

ଦେବ୍ ହସି ହସି ବାଧା ଦେଇ କହିଲେ — "କ'ଣ ଏବେ ଜାଣିଲ କି ?"

"ମମି, ମୁଁ କ'ଣ ଜାଣିନି, ତୁମ ପୁଅ ରଞ୍ଜୁ ବୋଲି ।" ଏକଥା କହି ମନୁ ମମତା ଆଡ଼କୁ ଧାଇଁଗଲା ।

"ବାପା ରଞ୍ଜୁ, ମୋ ରଞ୍ଜୁରେ... ।" ମମତା ଏହା କହିଛି କି ନାହିଁ ଅଚେତ ହୋଇପଡ଼ିଲା । ଦେବ୍ ତୋଲିନେଇ ମମତାକୁ ଗୋଟେ ଇଜି ଚେୟାରରେ

ବସେଇଦେଲେ ଏବଂ କ୍ରମଶଃ ସେ ଚେତା ଫେରି ପାଇଲେ । ଦେବ୍ ଟିକେ ମୃଦୁ ହସ ହସି ବୟସର ଛାପ ଲାଗିଥିବା ମୁହଁରେ କହି ଉଠିଲେ—"ତୁମ ରଞ୍ଜୁ-ବର୍ତ୍ତମାନ ବଡ ହୋଇଗଲାଣି । ତେଣୁ ତୁମେ ମୋତେ ଧନ୍ୟବାଦ ଦେବା ଉଚିତ ।"

<h2 align="center">। ସତର ।</h2>

ତା'ପର ଦିନ ସକାଳେ ବ୍ରେକଫାଷ୍ଟ ଟେବୁଲ ପାଖରେ ବସି ମନୁ ଦେବ୍ ଙ୍କୁ ପଚାରିଲା – "ଆଜିର ଖବର କାଗଜ ପଢ଼ିଛନ୍ତି ?"

"ମୋତେ ଏପର୍ଯ୍ୟନ୍ତ ସମୟ ହୋଇନି ତାହା ଦେଖ଼ିବାକୁ ?"

"ଗତକାଲି ଗୋଟେ ଭୟଙ୍କର ଝଡ ତୋଫାନ ବମ୍ୟେ ସହର ଉପରେ ବୋହିଯାଇଛି । ଫଳରେ ବଡ ବଡ ଗଛ ଓ ଟେଲିଫୋନ ଏବଂ ଇଲେକ୍ଟ୍ରି ଖୁଣ୍ଟି ସବୁ ଉପୁଡ଼ିପଡ଼ିଛି । ଏହା ପ୍ରଭାବରେ କେତେକ ସ୍ଥାନରେ ଟ୍ରେନ୍?ଗୁଡ଼ିକ ଲାଇନ୍?ଚ୍ୟୁତ ହୋଇଛି ଓ ବହୁତ ଧନଜୀବନ ନଷ୍ଟ ହୋଇଛି ।"

"ଏଭଳି ଝଡ ବାତ୍ୟା ଆମ ମନୁଷ୍ୟ ସମାଜପ୍ରତି ଖୁବ୍ ଭୟଙ୍କର ମଧ ।" ଦେବ୍ ଏହାଦ୍ୱାରା ଅତ୍ୟନ୍ତ ମର୍ମାହତ ହୋଇ ପଡ଼ିଲେ । ବ୍ରେକଫାଷ୍ଟ ପରେ ରଞ୍ଜୁ ଓ ମନୁ ଜଙ୍ଗଲକୁ ଚାଲିଯାଇଥିଲେ ଝୁମର ନୃତ୍ୟ ଦେଖ଼ିବାକୁ ଓ ମମତା ଓ ଦେବ୍ ଦୁହେଁ ଏକାକୀ ସେ କକ୍ଷରେ ଥିଲେ ।

ମମତା କହିଲେ –"ମୋର ଯେତେବେଳେ ସବୁକିଛି ଥିଲା ସେଥିରୁ କାଣିଚାଏ ବି ତୁମକୁ ଦେଇ ପାରିନି । କିନ୍ତୁ ବର୍ତ୍ତମାନ ମୁଁ ରିକ୍ତହସ୍ତା । ତୁମେ ବୋଧେ ଏଇ ଦୀର୍ଘ ସମୟତକ କେବଳ ସେଇ ସ୍ମୃତି ଚାରଣରେ କାଟିଥିବ ।"

ମମତାର ହାତ ଧରି ଦେବ୍ କହିଲେ –"ନାଁ ମମତା, ତୁମେ ରିକ୍ତହସ୍ତା ନୁହଁ, ମୁଁ ତୁମଠାରୁ ବର୍ତ୍ତମାନ କିଛି ଚାହେନା ।"

"କ'ଣ ମୋତେ ବି ଚାହନା ?"

ସେ ପୁଣି କହିଲେ—"ମୁଁ ତୁମରି ଉପସ୍ଥିତି ମାଧମରେ ହିଁ ବିତିଯାଇଥିବା ସମୟତକ କଟେଇଛି ଏବଂ ବଞ୍ଚିଛି । ଆଉ ବର୍ତ୍ତମାନ ମୋ ଆଗରେ ତୁମକୁ ଦେଖ଼ିପାରୁଛି । ଏହାଠାରୁ ଅଧିକ କିଛି ଆଶୀର୍ବାଦ ମୋ ପାଇଁ ନଥାଇପାରେ । ଆମର ଏଇ ନୂତନ ଯାତ୍ରା ପଥରେ ନାଁ ଅଛି ଯୌବନର ଅଭୀପ୍ସା, ନାଁ ଅଛି ବାର୍ଦ୍ଧକ୍ୟ, ନାଁ ଅଛି ଭ୍ରଷ୍ଟାଚାର ।"

ସନ୍ଧ୍ୟା କ୍ରମଶଃ ଶୀତଳ ଓ ଗମ୍ଭୀର ହୋଇ ଆସୁଥାଏ । ଦେବ୍ ଗୋଟିଏ ଉଲେନ୍ ଶାଲ ଆଣି ମମତା ଦେହରେ ଘୋଡାଇ ଦେଲେ । କିଛି ସମୟ ପାଇଁ ଦୁହେଁ ନୀରବ ରହିଲେ ।

ନୀରବତା ଭଙ୍ଗକରି ମମତା କହିଲେ—"ଆସନ୍ତା ଦିନଗୁଡ଼ିକ ପାଇଁ ତୁମେ ରୋଗୀମାନଙ୍କୁ ଔଷଧ ଦେବ ଆଉ ମୁଁ ସେମାନଙ୍କର ସେବା କରିବି । କ'ଣ ସମ୍ଭବ ହୋଇପାରିବ ତ ?"

"ସମ୍ଭବ, ଆମ ଯାତ୍ରାପଥରୁ ଆମକୁ ବିଚ୍ୟୁତ କିଏ ବା କରିବ ?" ଖୁବ୍ ଦୃଢକଣ୍ଠରେ ଦେବ୍ ଉତ୍ତର ଦେଲେ ।

ଦୀର୍ଘଶ୍ୱାସ ପକେଇ ମମତା କହିଉଠିଲା—"ନାଁ କେହି ନୁହେଁ, ମୁଁ ଟିକେ ଭୟଭୀତ ହୋଇପଡ଼ୁଛି । ହୁଏତ ଯେଉଁ ସୁଖଟିକକ ମୁଁ ପାଇଛି ତାକୁ କିଏ ଅପହରଣ କରିନେଇ ପାରିବ ?"

ମମତାର ଦେହ ଆହୁରି ଖରାପ ହେବାକୁ ଲାଗିଲା । ଦେବ୍ ମଧ୍ୟ ଗତକାଲି ଦେଖିଲାଠାରୁ ସେହି ଅବସ୍ଥା ଆଶଙ୍କା କରିଥିଲେ । ସେ ଜାଣିପାରିଲେ ଯେ ଏଭଳି ଏକ ମାରାମ୍ଳକ ରୋଗୀ ପାଇଁ କୌଣସି ଚିକିସ୍ଥା ନାହିଁ । ଖାଲି ଆଶାକରିଥିଲେ ଯେ, ତାକୁ କଷ୍ଟମୁକ୍ତ କରି ଆଉ କିଛି ଦିନ ବଞ୍ଚେଇଦେବା । କିନ୍ତୁ ବର୍ତ୍ତମାନ ସେ ଆଶା ନିର୍ବାପିତ ହୋଇଗଲା ପରି ମନେ ହେଉଥାଏ । ଦେବ୍ ମମତାକୁ ଖଟରେ ଶୁଆଇଦେଲେ, ମମତା ରକ୍ତବାନ୍ତି କରି ଅଚେତ୍ ହୋଇପଡ଼ିଲା । ଭଲ କରିବା ପାଇଁ ଦେବ୍ ବହୁ ପ୍ରକାର ଚେଷ୍ଟା କଲେ ।

ରଞ୍ଜୁ ଓ ମନୁ ଘରକୁ ଫେରିଲା ବେଳକୁ ଘନ ଅନ୍ଧାର ହୋଇ ଆସୁଥାଏ । ମମତାର ଶେଷ ଅବସ୍ଥା । ବୋଧହୁଏ ସେ ଅପେକ୍ଷା କରିଥିଲା ମହାଯାତ୍ରା ପୂର୍ବରୁ ସେମାନଙ୍କ ଉପରେ ଟିକେ ଆଖି ବୁଲାଇଦେବ । ମମତା ସେମାନଙ୍କୁ କୋଳକୁ ଟାଣିଆଣିଲା । ଦୁହେଁଯାକ ମମତାକୁ ଏପରି ଅବସ୍ଥାରେ ଦେଖିବାକୁ ଅସହ୍ୟ ମନେକଲେ । କକ୍ଷରୁ ବାହାରି ଯାଇ ସେମାନେ ଛୋଟ ପିଲାଙ୍କ ପରି କାନ୍ଦିବାକୁ ଲାଗିଲେ ।

ଜୀର୍ଣ୍ଣ ଶୀର୍ଣ୍ଣ ହାତ ଦୁଇଟାକୁ ମମତା ଦେବଙ୍କ ଆଡ଼କୁ ବଢ଼େଇଦେଲା । ତା' ହାତ ଦୁଇଟାକୁ ଧରିପକାଇ ମମତାର ମଥାଟିକୁ ଦେବ୍ କୋଳକୁ ଟାଣିଆଣିଲା । ମମତା ଦେହରେ କେମିତି ଏକ ଶିହରଣ ଖେଳିଯାଇଥିଲା । ଯଦିଓ ଯନ୍ତ୍ରଣାରେ ଛଟପଟ୍ ତଥାପି ସେ ସଂଗ୍ରାମ କରିଚାଲିଥାଏ ଟିକିଏ ହସ ପାଇଁ । ଏହା ପରେ ଚକ୍ଷୁ ଦୁଇଟିକୁ ସେ ବୁଜିଦେଲା ଖୁବ୍ ଧୀର ସ୍ଥିର ଭାବରେ ଚିର ଦିନ ପାଇଁ ।

ମଧ୍ୟରାତ୍ରିର ଶେଷ ଅବସ୍ଥା । ଦେବ୍ ସ୍ଥାଣୁ ପରି ମମତା ମୁଣ୍ଡଟିକୁ ନିଜ କୋଳରେ ରଖିଦେଇ ସେମିତି ବସି ରହିଥାଏ । ମନୁ ଗୋଟେ ଟେଲିଗ୍ରାମ୍ ଆଣି ତାଙ୍କୁ ଦେଇଥିଲା ।

ସେଇଟା ଥିଲା କୁମାରୀର ଟେଲିଗ୍ରାମ । ସେ ଅନୁରୋଧ କରିଥିଲା ଦେବ୍‌ଙ୍କୁ ସ୍ନେହ, ଶ୍ରଦ୍ଧାର ସଙ୍କେତ ସ୍ୱରୂପ ତା’ ପାଇଁ ଗୋଟିଏ ପୁଷ୍ପଗୁଚ୍ଛ ମମତାକୁ ଅର୍ପଣ କରିବା ପାଇଁ । ଏଇଟା ସତ ଯେ, ସେ ମମତାକୁ ଥରେ ହେଲେ ଦେଖିବାର ସୁଯୋଗ ପାଇନି । ମାତ୍ର ବହୁଥର ସେ ଦେଖିପାରିଛି ମମତାର ଜ୍ୱଳନ୍ତ ପ୍ରତିଛବି ସେଇ ଦେବପ୍ରତିମ ଦେବ୍‌ଙ୍କ ଚକ୍ଷୁ ମାଧ୍ୟମରେ ।

ଦେବ୍‌ଙ୍କ ନିସ୍ତବ୍ଧ ଶରୀରରେ ସ୍ପନ୍ଦନ ସୃଷ୍ଟି ହୋଇଥିଲା । ଠିକ୍ ମମତାର ପାଦ ତଳେ ଟେଲିଗ୍ରାମଟିକୁ ଥୋଇଦେଲେ । କିନ୍ତୁ ମମତାର ଏତାଦୃଶ ଅବସ୍ଥାରେ ଦେବ୍ ନିଜର ଆତ୍ମସଂଯମତା ହରେଇ ବସିଲେ । ଗୋଟିଏ ନିରୀହ ଅବୋଧ ଶିଶୁପରି ତାଙ୍କ ଜୀବନଯାତ୍ରାର ସମସ୍ତ ସଂଗ୍ରାମ ଓ ଆଦର୍ଶ ତଥା ପୌରୁଷକୁ ପଛରେ ଠେଲିଦେଇ ଦେବ୍ ମମତାର ଶବ ଉପରେ ଝୁଙ୍କିପଡ଼ିଲେ । ଝରଝର ଅଶ୍ରୁ ବୋହି ଚାଲିଥାଏ ତାଙ୍କ ଦୁଇ ଚିବୁକ ଉପରେ ଅବିରତ ଭାବରେ ।

■ ■ ■

www.ingramcontent.com/pod-product-compliance
Lightning Source LLC
Chambersburg PA
CBHW050425110726
47899CB00008B/2853